전흥웅의 장편소설

난(蘭)의 혼(魂) 추사의 얼

난의 혼
蘭 魂
추사의 얼

전 흥 웅 의　장편소설

난을 그렸으나,

난이 아니니

세상 사람들이

어찌 그 뜻을 알 것이며,

어찌 좋아할 수 있으랴

맑은샘

마치 불이 춤을 추듯 한다. 춤 속에서 아내와 딸아이가 태워져 간다. 불은 점점 걷잡을 수 없는 기세로 타오르며 몸을 비튼다. 도대체 어쩌려고 저토록 애달아 하는지 모를 일이다. 화마는 결국 자신에게서 모녀를 빼앗아 간다. 화마의 춤은 계속되고 나는 지쳐간다. 지나온 세월이 주마등처럼 지나간다. 미안타.

오도 가도 못하는 진퇴양난의 망연한 모습을 하고 섰다. 간당간당하게 선 야윈 고목과도 같은 황망한 모습을 하고 그대로 있을 뿐이다. 춤사위는 언제 끝날 것인가! 아무래도 오늘 밤으론 안 될 판이다. 화마는 인제 시시각각으로 변한다. 노래졌다가 붉었다가 보랏빛을 토한다. 아마도 아내와 딸아이가 토해내는 숨결 따라 변하는 것이리라. 색이 점점 발해져 가고 있다. 인제 춤사위가 끝나가는 것인가!

한쪽 지붕이 서서히 내려앉고 있다. 마당 한편의 애꿎은 배나무 머리에 불이 붙었다. 마치 화형식을 거행하듯 그렇게 절절히 타들어 간다. 춤사위에 다시 힘이 더한다. 다 소멸할 때까지 절대 멈추지 않으리라. 멀리 급한 소리로 달려드는 불자동차의 소리! 이미 때는 늦었다.

제1장 | 만나다

제2장 | 나서다

제3장 | 찾다

제1장

만
나
다

하루를 열다

연일 계속되는 폭음에다 과로로 민수는 초주검이 되어갔다. 3년의 세월은 숫자에 불과할 뿐 한 치 회복도 없이 그날 그때의 기억으로 서서히 죽어가고 있다. 시간이 흐를수록 오히려 그때의 기억은 날마다 새롭게 살아났다. 전열기의 열기를 조금 빌어 작품을 말리려다, 그만 모두 태워 죽인 죄책감은 인제 그를 확연히 죽이고 있었다. 장애가 무슨 죄라고, 하늘은 그렇게 아내를 데리고 가버린 것이다. 그뿐인가! 제대로 된 세상 구경 한번 못하고 홀연히 떠나 버린 아이는 어떻고. 지난밤에도 아이가 나타나 마냥 울기만 했다. 어미를 잃고 마냥 울어대는 아이의 꿈은 저주였고 악몽 그 자체였다. 두 번 다시 보고 싶지 않은 광경이 당장 끝나길 바라지만, 그것은 단지 자신의 바람일 뿐 오늘 밤 눈을 붙여봐야 알 일이다. 차라리 영영 잠들어 버렸으면 아니, 그들 곁으로 가버렸으면 아니, 홀연히 사라져 버렸으면 좋겠다.

언제 잠이 들었었나? 그렇게 바랐던 소망은 물거품이 돼 버렸고 어제보다 더 맑은 색감의 아이와 어미를 맞는다. 그리고 또다시 아이와 어미는 춤을 추기 시작한다. 불 속에서의 춤이다. 활화산처럼 타오르는 기운에 맞서 둘은 앞다퉈 춤을 추기 시작한다. 화마가 휘는 대로 몸도 따라 휜다. 그리고 활활 타오른다. 화마의 색에 따라 아이와 어미는 무슨 소리인지 절규하듯 소리 지른다. 정작 들리지 않는 소리에 애만 탄다. 흐르는 눈물은 붉은색으로 시작하지만, 바닥으로 떨어질 땐 맑고 투명한 색으로 변한다. 눈물은 개울을 만들다 마침내 강을 이루고 흐른다. 그 강물 속에서 허우적대는 자는 바로 나다. 자꾸만 가라앉아 숨통이 막혀온다. 힘을 써 보지만 역부족이다. 누군가 발목을 잡고 끌어당긴다. 힘이 억세다. 결국 빨려 들어간다. 순간 목구멍 한가득 밀려드는 뜨거운 물에 숨이 '턱' 하고 멈추자, 자리에서 벌떡 일어났다.

소파 위 간당간당하게 올라앉은 민수는 깊은숨을 몰아쉬며 물통을 찾았다. 하지만 어두컴컴한 가게 안 벽에 걸린 액자만이 흐릿한 윤곽만 보일 뿐 아무것도 보이지 않았다. 눈이 부어 제대로 뜰 수 없었던 민수는 물통을 찾는 일을 관두고 그냥 자리에 그대로 앉았다. 시간이 흘렀는지 민수 눈에 가게 안의 광경이 하나둘 선명해져 갔다. 서서히 어제와 같은 일상을 펼쳐 내고 있었다. 순간 머리가 깨질 것 같은 두통이 밀려들었다. 어제와 다른 게 있다면 지금의 두통일 것이다. 물론 낯선 통증은 아니라고 해도 지금의 두통은 견디기 어려운 고통이었다.

"우울감은 선생님에게 최고의 적입니다. 극복하셔야 합니다."
대책 없는 의사의 조언은 저주가 된 것 같았다. 의사의 말이 있기 전엔 간혹 느낄 수 있었던 우울감이 의사의 말이 있고 난 후엔 이상하게도 우울감은 되레 더 심해졌다. 느닷없는 울적함은 인제 넌더리가 났다. 민수에게 의사는 존재감 없는 사람이었다. 하지만 다신 찾지 않을 거라는 다짐과 달리 오늘 당장에라도 병원을 찾아 두통만이라도 가라앉히는 약을 처방받아야 할 터였다.

셔터 틈을 비집고 들어온 새벽의 미명은 서서히 가게 안을 깨우고 있었다. 제일 먼저 눈에 들어온 것은 탁자 위 술병들이었고 다음으로 안주로 했던 과자 봉지였다. 과자 봉지 뒤로 놓인 전기밥솥의 LED 창 속 초록 불빛이 그다음으로 눈에 들어왔다. 고개를 젖혀 소파에 등을 기댔다. 자연스레 쇼윈도가 눈에 들어왔다. 거기에 '병풍과 서양화 표구합니다'라는 문구가 밖으로 붙어 있는 게 보였다.

"배운 게 도둑질이라고 씨벌⋯⋯."

민수는 눈에 들어온 작업 테이블 위 물통을 집어 들고 뚜껑을 열려다 이미 열린 것을 알고 입으로 가져갔다. 민수는 남은 물을 목구멍 너머로 마구 쏟아부었다. 목울대로 타고 내려가는 물은 비록 텁텁했지만, 말라비틀어져 곳곳에 들러붙은 갈증을 씻어내기엔 넉넉했다. 씻어낸 물이 내장 어딘가 고이자 어색한 쾌감이 전신으로 타고 흘렀다. 민수는 바닥난 물통을 저만치 던져 버리곤 자리에서 일어나 냉장고로 향했다. 냉장고 문을 열고 불빛을 마주한 채 한참을 두리번거렸다. 하지만 남은 갈증을 완전히 밀어낼 만한 걸 찾지 못했다. 대신 말라비틀어진 김치통 서너 개와 표구용 밀가루 풀 통만이 자신을 마주하고 있었다. 순간 역한 기분과 짜증이 와락 밀려들었다. 밀려든 짜증은 잠시 잊고 있었던 두통을 다시 의식하게 했다. 민수는 내던지듯 냉장고 문을 닫아버리고 다시 소파로 오려다, 출입문으로 다가갔다. 이중으로 잠긴 문은 언뜻 가게 안 그림들의 값어치를 떠올리게 했다. 하지만 이내 팔리지도 않는 고가의 작품이라는 사실이 새삼스레 허망했다.

바깥 셔터가 둘둘거리며 위로 말려 올라가자 빌딩 옆을 비켜난 태양 빛이 눈으로 쏟아져 들어왔다. 두통이 순간 싹 하고 머리에서 사라지는 듯했지만, 잠시일 뿐 지끈거리는 두통은 더욱 선명함으로 되살아났다. 문을 열고 밖으로 나갔다. 이면 도로를 끼고 있는 가게지만 아직 차량이 없어 아침 공기는 신선했다. 간간이 지나다니는 자동차는 이렇다 할만한 소음 없이 바삐 지나다녔다. 다시 가게 안으로 들어오자 그저께 배접해 둔 목단그림이 한쪽 벽면에서 붉은 피를 토하며 민수를 마주 보았다. 간결하면서도 뭔가 힘을 느끼게 하는 목단작품은 근래에 보기 드문 작품이었다. 노신사가 맡기고 간 것을 상기하면서 배접 상태를 확인했다.

탱글탱글하게 말라 있는 작품은 손끝으로 묘한 쾌감을 주었다. 배접판에 잘 말라 있는 작품을 만질 때마다 매번 느끼는 감정이지만, 언제나 이렇게 새롭다. 특히나 열 폭짜리 병풍 작품은 손맛이 일품이다. 어쩌면 그것 때문에 지금까지 이 일을 관두지 못하고 있는지 모를 일이다. 두통이 조금 가라앉는 것 같았다.

민수는 커피포트에 물을 붓고 전원을 켰다. 그리고 잔에 혼합된 막대 커피를 붓고 물이 끓을 때까지 소파로 돌아와 앉았다. 맞은편 눈높이쯤에 걸려있는 작품이 자연스레 눈에 들어왔다. 주인 없이 벌써 일년 넘게 자리를 지키고 있다. 늘 눈에 들어오는 글이지만 볼 때마다 속에서 뭔가 꿈틀거리는 감정을 불러일으켰다.

'靑山見我無語居 蒼空視吾無埃生 貪慾離脫怒抱棄 水如風居歸天命 (청산견아무어거 창공시오무애생 탐욕이탈노포기 수여풍거귀천명)' 나옹 스님의 '청산은 나를 보고'라고 시작하는 액자 속 글귀는 오늘도 민수를 그렇게 쳐다보고 있다.

"스님, 그래도 어찌 그렇게 살 수 있습니까? 세속을 떠난다면 모를까 말입니다. 지키지 못할 걸 아시면서 계율처럼 말씀하시면 그건 저희를 정죄하는 거나 다름없습니다."

민수는 자신의 독백이 벌써 반년쯤 된 것을 깨닫고 입가 씁쓸한 웃음을 머금었다. 그런 민수는 뭔가 결심한 것처럼 자리에서 벌떡 일어나 액자가 걸린 쪽으로 다가섰다. 그리고 벽에 걸린 액자를 떼려고 액자를 잡았다. 순간 커피포트의 '삐' 소리가 귀를 때렸다. 그 탓에 사라졌던 두통이 되살아나 단번에 욕지기가 일었다. 한데 소리가 오늘따라 어찌나 섬뜩한지 의아했다. 민수는 간신히 욕지기를 삼키고 고개를 돌려 커피포트를 물끄러미 바라보았다. 수증기가 푹푹 주전자 콧구멍으로 빠져나오고 있었다. 마치 손에 쥐고 있는 액자를 떼는 순간 큰일이라도 일어날 것처럼 섬뜩함을 주면서.

민수는 끓는 물을 컵에 붓고 잔을 들고 소파로 가서 앉았다. 그리고 조금 전 떼려고 했던 나옹 스님의 글귀를 다시금 무연한 표정으로 들여다보면서 커피를 마시기 시작했다. 커피 본연의 향은 온데간데없고 프리마의 비릿한 냄새가 콧구멍 속으로 빨려 들어왔다. 딱히 싫지는 않았지만, 이상하게도 진한 커피 향이 당겼다. 그런 민수는 마시던 잔을 보조탁자 위에 내려놓았다. 그러나 가게 안에는 막대 커피 외엔 달리 커피가 없었다. 새삼 그것을 안 민수는 내려놓은 잔을 다시 들고 홀짝거리며 마시기 시작했다. 피어오른 수증기 속 비릿한 냄새는 여전히 그대로였다. 일순 나옹 스님의 말씀 한 구절이 눈에 쏙 들어왔다. 마치 프리마의 향이 콧구멍 속으로 빨려든 것처럼. 말없이 살라

하고…….

언뜻 그저께는 '바람같이 살다가 가라 하네.'라는 글귀가, 또 다른 날은 다른 글귀가 눈에 들어왔던 게 생각났다. 그러고 보니 그날 기분에 따라 눈에 박히는 글귀가 바뀌는 모양이었다. 한동안 분이 났을 그때 '성냄도 벗어놓고…….'라는 글귀가 오래도록 눈에 박혀있었었다.

민수는 액자를 떼려고 했던 이유를 객쩍게 반문해 보았다. 딱히 이유가 있는 것도 그렇다고 없는 것도 아니었다. 굳이 떼려고 했던 이유라면 아마도 심적 부담이 원인이지 싶었다. 스님 말씀처럼 잊고자 한 아픔이 자고 나면 또다시 밀려왔기 때문이다.

켜둔 텔레비전에서 동일범으로 보이는 도굴꾼들이 전국을 돌며 문화재를 마구 훼손한다는 보도를 내보냈다. 이어 촛불 때문에 일가족이 불에 타 숨졌다는 뉴스가 흘러나왔다. 단박에 텔레비전을 껐다. 개 같은 입이 LED 패널 속으로 쏙 사라졌다. 하지만 그 보도는 가슴과 머리를 이미 헤집어 놓고 있었다. 또 두통을 유발케 했다. 흘러나온 방송은 또다시 자신을 3년 전 사건 현장으로 데리고 갔다. 언제부턴가 텔레비전을 켜지 않았다. 어제 고객 때문에 켠 탓에 오늘도 자연스레 켜둔 것이다. 그 와중에 공교롭게도 저런 소식을 접하고 말았다. 액자보다 텔레비전을 먼저 없애야 할 것 같았다. 텔레비전을 처리하는 것은 간단했다. 매일 중고 텔레비전을 거둬 가는 사람이 가게 앞을 지나다니기 때문이다.

민수는 작은 테이블 쪽으로 다가가 작품 주문서를 들여다보았다. 주문서는 최근 들어 혼란스러운 민수의 일과를 잡아주는 역할을 해주었다. 가게를 시작하면서 기록하기 시작한 주문서는 최근 들어 적잖은 도움이 되었다.

아내와 아이가 홀연히 떠난 후 받았던 충격은 기억력에 문제를 일으키고 있었다. 그 일이 있기 전과 확연히 다른 기억력이 그것을 말해주었다. 주문서가 아니었다면 아마도 곤욕 치르는 일이 한두 번이 아닐 거였다.

민수는 문을 밖으로 걸어 잠그고 아침 해장을 위해 가게를 나섰다. 길거리는 이미 활기를 띠고 있었다. 아침의 분주함을 느낄 수 있었다. 하지만 도로 양옆으로 늘어선 상가들은 아직 셔터를 대부분 내리고 있었다. 마침 해장국집 맞은편 구두수선집은 문을 여는 중이었다. 곱사등을 한 노 씨와 친분은 없지만, 수년간 안면이 있는 사람이어서 지나다니다 눈인사 정도는 하는 사이였다. 닦을 구두가 없어 닦을 일은 없었지만, 한번은 아내의 구두를 손보기 위해 갔던 적은 있었다. 왜소한 데다 성품이 너무 유순해 엉터리 시비 고객 탓에 '얼마나 버틸 수 있을까!' 생각했었다. 그러나 그는 여전히 건재하게 그곳에서 자신의 입지를 수년째 다져가고 있었다.

해장국집에 들어섰다. 여느 때처럼 식당은 만원이었다. 민수는 이곳에서 아침을 해결하는 사람들을 볼 때마다 이상한 동질감을 느끼곤 했다. 그럴 때마다 자신이 홀아비라는 사실을 상기했다.

민수는 점원이 만들어준 자리에 가서 시래깃국 한 그릇을 비우고 쫓기다시피 가게로 향했다. 그동안 여기저기 문을 연 상가가 눈에 많이 띄었다. 이곳 이면도로에도 이제 일과가 시작되고 있었다. 가게에 도착한 민수 역시 등 뒤로 드리운 태양을 의식하며 주문의뢰서에 따라 움직이기 시작했다. 민수는 어느새 두통이 가라앉은 걸 잊고 있었다.

만나다

언제 두통이 가라앉았는지 머리가 맑아진 것 같았다. 그때, 한 남자가 문을 열고 들어섰다. 젊은이는 표구점 안을 두리번거리다가 민수 쪽을 보고 인사했다. 민수는 무덤덤한 어투로 어서 오라며 젊은이를 맞았다. 꾀죄죄한 청바지에다 질질 끄는 헐거운 샌들을 신은 모습은 단박에 비호감이었다. 머리는 언제 감았는지 까치집을 지었고 그걸 감추느라 애쓴 흔적이 역력했다. 젊은이는 자신 앞에 선 민수를 떼꾼한 눈으로 멀뚱히 쳐다보았다. 순간 민수의 의중을 알았는지 들고 있던 누른 각대 봉투를 작업대 위에 올려놓았다. 각대 봉투 역시 꼬질꼬질했다. 남자는 잠시 머뭇거리다 봉투 속에서 봉투 색깔처럼 누리끼리한 한지 작품을 꺼냈다. 반으로 접힌 작품의 크기는 사절지 작품이었다. 한지는 누렇게 탈색되어 있었다. 남자는 한 손엔 누런색 봉투를 들고 다른 한 손으론 작업대 위에 올려놓은 한지를 펴면서 민수에게 말을 건넸다.

"이거 표구하는데 얼마나 합니꺼?"
"⋯⋯하기 나름인데 오만 원에서 십만 원 선보면 돼요."
"우와! 그렇게나 비쌉니꺼?"
"그래도 우리 집 표구 값은 삼 년 전 가격 그대롭니다."
"그래도 생각보다 비싸네예. 어째 저렴하게 할 수는 없을까예?"

"얼마 생각하시는데요?"

"좀 보기 좋게 해서 오만 원 선 정도예."

"……알았어요. 놓고 가요."

"감사합니더. 보기 좋게 부탁드립니더."

민수는 남자 손에서 누런 각대 봉투를 빼앗듯 낚아챘다. 언뜻 조잡하고 낙관이 난립한 작품을 반으로 접어 봉투에 밀어 넣었다. 민수는 남자에게 다음 주말경에 찾으러 오라고 하고는 돌려보냈다. 누런 각대 봉투는 작업대 밑 표구를 기다리는 작품 더미 속에 가서 놓았다. 오늘내일 중으로 처리해야 할 작품들이 있어서 그다지 이문이 남지 않는 작품을 뒤로 미루는 것은 인지상정이었지만, 붉은 피를 토하듯 붉은 꽃잎의 목단과 '昏定晨省(혼정신성)'의 사자로 된 한지 작품을 먼저 표구해야 하기 때문이다. 작품을 찾으러 올 날짜가 모레였다. 주문 의뢰 차례를 보자면, 연꽃과 잉어가 어우러진 민화 그림은 그다음이었고 십자수로 된 달마도가 그다음, 그리고 오늘 남자가 가져온 작품이 그다음 차례였다. 다행히 비 소식이 없어서 약속한 날짜는 다 맞출 수 있을 거 같았다. 물론 그동안 비가 내린다면 약속일은 늦춰질 수밖에 없지만. 아! 남자의 전화번호…….

순간 '비'라는 생각과 함께 두통이 또다시 시작되었다. 얼른 떨치려 했지만, 이미 늦었다. 두통의 원인, 그것은 서슬 퍼런 날을 추켜세우고 눈앞에서 어른거렸다. 언제쯤 이 아픔에서 해방될 수 있을지…….

3년 전 국전에 나갈 작품 때문에 일어난 사고는 다름 아닌 작업실에 불이 난 일이다. 그 불로 인해 아내와 아이를 잃었다. 당장 다음 날 저녁까지 출품해야 할 작품이 완전히 건조되지 않은 탓에 전열기를 이용해 작품을 말리다 그런 불상사가 일어나고 말았다. 그런데 지금까지도 의문한 일은 전열기에서 발화한 것인지 아니면 다른 이유 때문인지를 아직도 밝히지 못하고 있다. 3년이 지난 현재까지 조사하고 있다는 말만 하고 있다. 소방당국이나 국과수의 황망한 입장은 도저히 이해할 수 없다. 그냥 미루는 것인지 아니면 처리할 다른 사건이 많아 그런지 도무지 알 길이 없는 형국이다.

두통이 아슴아슴할 때쯤, 점심을 같이하자며 친구 인배가 가게 문을 열고 들어섰다. 이렇게 한 번씩 찾아들곤 하는 친구였다. 하지만 오늘처럼 이른 시각은 드문 일이었다.

"열심히 사네?"

"누가?"

"누구긴?"

"내가?"

"그럼, 아닌가?"

"마지못해 사는 거 알면서…….."

"그래. 그게 잘 사는 거지."

"내 처지로 살아나 보소."

"그럼 못살까. 그나저나 요즘 죽을 맛이라네."

"……왜? 또, 그 처남 때문에 그래?"

"아니라네. 이번에는 아내 때문일세."

"제수씨가? 왜? 무슨 일인데 그래, 또?"

"점을 보고 왔다는데, 앞으로 편하게 노년을 보내려면 지금 하는 사업을 미련 없이 접어야 한다나. 그것도 두 사람 다 다른 일을 하라고 하더래. 나 참, 기가 차서……."

"그래서?"

"그래서라니……. 당장에 사업장 접으라고 난리지 뭐."

"……."

"그래서 한바탕 하고 나왔네."

"어째, 접을 건가?"

"글쎄. 자네도 알지 않는가? 같이 살려면 그래야겠지. 나 참."

"그래도 그건 좀 그렇다."

"허 참, 요즘은 혼자인 자네가…… 아니네."

"그나저나 아침은?"

"이 판국에 아침은 무슨."

"해장이나 하러 가지."

민수는 아침에 들렀던 해장국집으로 인배를 데리고 갔다. 이른 아침보다는 군데군데 자리가 비어 있었다. 인배는 자리를 잡자마자 자기 일은 뒤로하고 걱정스레 민수의 근황부터 물었다. 민수는 늘 같은 대답을 기계적으로 할 뿐이었다. 그렇지만 인배는 늘 진지한 표정으로 술, 건강과 같은 말을 입에 침이 마르도록 했다. 민수는 그런 인배의 진심을 알기에 고맙고 미안하기까지 했다.

손님이 하나둘 빠져나갈 때, 그들도 자리에서 일어났다. 가게에 들러 커피라도 마시고 가라는 민수의 말을 뒤로하고 인배는 돌아갔다.

민수는 그 이유를 알지만, 인배는 늘 그 이유를 원두가 아니라 커피 믹스 때문이라고 장난삼아 말했다.

사실 인배는 아내가 세상을 떠나기 전엔 자주 집에 들렀었다. 아내를 자신에게 중매한 사람이 인배였다. 다리 하나 빼곤 빠질 게 없는 신붓감이라고 노래를 불렀었다. 물론 결정은 둘이 하는 것이지만, 인배는 아내 정숙을 적극 지지하고 두둔했다. 아내 정숙과 인배는 고향 사람으로 누구보다 잘 아는 사이였다. 사실 민수는 다른 건 몰라도 아내가 인배와 고향 사람이라는 게 마음에 들었다. 굳이 하나 더 끌린 게 있다면 단아한 정숙의 이미지였다. 그런 민수는 소개받았던 그해 겨울에 아내 정숙과 백년가약을 맺었다.

인배는 민수의 앞날을 누구보다 축복해 주었다. 그러나 지금에 와선 둘 사이는 그리 편한 관계가 되지 못했다. 그것은 가끔 들리는 것으로도 쉽게 알 수 있었다. 이유야 어쨌든 부주의한 것은 민수 때문이지만, 인배 입장에선 장애인을 소개한 일 때문에 마음의 짐은 어쩔 수 없는 모양이었다. 민수는 이러다 친한 친구까지 잃을까 염려되기도 했다.

사실 고등학교, 대학교까지 같이 다녔던 인배는 주위 사람 중 제일 가까운 사이라고 해도 과언이 아닐 만큼 허물없는 사이다. 하지만 3년 전의 일로 안타까운 관계로 굳어져 가는 상황이 민수로서는 가슴 아픈 일이 아닐 수 없었다. 그러고 보면 마음의 상처는 시간이 죄다 씻어준다는 말은 그리 맞는 말이 아닌 것 같았다.

작업대엔 노인이 주문의뢰한 작품이 완성을 기다리며 나란히 누워 있었다. 굵고 반듯한 사자성어와 피의 목단그림은 그렇게 민수의 마지막 손길을 기다리고 있었다.

민수는 서양화를 전공했지만 한지에 대나무를 잘 그렸다. 그런 탓에 한동안 방황하다가 결국, 전공과 다른 길을 선택하고 말았다. 사실 서양화의 소재는 다양했지만, 시간이 갈수록 열정이 시들해져 갔고 자신의 정체성까지 모호해져 갔다. 그런 차에 국전 전시장에서 보게 된 한 점 대나무 그림은 민수의 영혼을 일순간 사로잡아 버렸다. 물론 평소 대나무에 관심이 있어 그리기도 하고 일부러 찾아가 그림을 자주 보기도 했다. 하지만 그날의 그 순간은 전기 충격을 맞은 듯 서양화로 뻗대던 영혼이 허물어졌고, 모든 열정을 대나무에 쏟는 계기가 되고 말았다. 주위 동기들과 지인들의 만류는 거대한 변화의 소용돌이에 휘말린 민수를 어찌할 수 없었다.

이후 국전 문 앞에도 나가지 못하고 돌아서야 했던 일이 숱하게 많았지만, 그래도 민수는 끝까지 포기하지 않았다. 그러던 어느 날 민수가 그리는 그림을 본 지인이 '대나무가 서서히 살아난다' 말했고, 그 말에 반색한 민수는 그 작품을 곧 있을 국전에 나갈 작품으로 단박에 결정해 서두르기 시작했다. 그러던 차에 모든 것을 잃어버리는 비극적인 일이 일어나고 만 것이다.

민수는 자신 앞에 놓여있는 두 작품을 아까부터 물끄러미 내려다보고 있었다. 그런 자신을 깨닫고 피식 입가에 웃음을 머금었다. 그리고 소파로 가서 몸을 파묻었다. 오후가 되면서 두통은 어느 정도 사라졌지만, 묵직한 머리는 여전히 민수를 힘들게 하고 있었다. 소파에 몸을 파묻은 민수의 눈으로 또다시 들어오는 글귀 '水如風居歸天命(수여풍거귀천명)'[1]의 물 같이 바람같이 살다가 가라는 스님의 말씀이 오늘따라 더 무겁게 느껴졌다.

"그게 마음대로 됩니까? 스님."

민수는 단언하건대 그렇게 살지 못할 거 같았다. 민수는 아내와 아이를 잊기 위해 작품과 관계되는 모든 일을 그만둔 때가 있었다. 하지만 그 일을 기억하지 않으려 하면 할수록 그들이 살아났었다. 견디다 못한 민수는 그리는 일은 아니지만, 다른 사람의 작품을 만지며 거기에 몰두한다면 어떨까 하고 일을 시작했다. 그게 지금까지 이어지고 있는 것이다. 물론 이 일을 시작하고 난 후 그들 때문에 생활 자체가 어려워지는 일은 현저히 줄어든 건 사실이다. 하지만 하루가 멀다고 꿈속에서 절절히 죽어가는 둘의 모습은 쉽게 사라지지 않고 있었다.

어젯밤도 그랬다. 잠들기 전부터 느닷없이 찾아온 우울감은 술을 찾게 했고 급기야 그 밤에 또 아내와 아이를 만났던 거다.

민수는 다시 작업대로 돌아와 두 작품의 건조 상태를 다시 확인했다. 조금 더 시간이 필요할 것 같았다. 민수는 두통 때문에 약국에 가지 않으면 안 될 것 같아 외투를 걸쳤다.

때마침 전화가 걸려왔다. 인배였다.

"있었네."

"그럼, 있지 이 시간에."

---

1   나옹화상의 시 「청산은 나를 보고」

"한 건 했어. 당분간 집사람이 사업 접으라는 말은 하지 않을 것 같네."

"뭔 말이야? 전시회라도 잡았나?"

"당연하지. 다음 달 국전과 초대전 때 우리 물건 쓸 거라네."

"와우, 잘됐네. 축하해."

"그래. 축하해 주시게. 죽다 살았네, 나."

"허허허……."

"모르지. 자네한테도 물어올는지."

"자네와 하기로 했다며? 그리고 난 사양하겠네."

"뭔 소린가! 이런 불경기에."

"좌우지간 난 싫으이. 그 사람들 얼마나 까다로운지 자네도 알잖아."

"물론 그렇지. 하지만 자넨 전문가 아닌가."

"전문가는 무슨 얼어 죽을……."

"그러지 말게. 난 자네가 부러워. 자네같이 실력 있는 사람 흔치 않아."

"허, 실력이라고……. 하긴 그래. 그렇지. 나만큼 하는 사람 없지 아마. 허허."

"맞지. 없지. 암. 그래서 난 자네가 부러워."

"뭐야, 무슨 소린가? 내가 부럽다니……."

"깎고 닦고 칠하고 그리고 끝."

"아니, 이 사람. 누굴 놀리나! 그래, 나 단순 노무자다. 왜?"

"화난 건가? 그렇게 화내지 말게나. 진짜라니까."

"이 사람이 정말."

"아, 그래그래. 알겠네."

"……뭐 그렇기도 하겠네. 그렇게 까다로울 필요도, 잔소리들을 일도 없으니."

"그러니 자네가 부럽다는 거지. 내 일이 좀 까다로운가."

"그건 그래. 그래도 자네의 퀄리티를 알아봐 준거 아닌가! 그러니 자부심을 가져도 돼."

"……그런데, 참. 그 이야기가 있던데……."

"무슨?"

"김정희의 부작란[2]이 초청돼 나올 거래."

"뭐…… 부작란? 그 불이선란?"

"그래. 그 작품. 실체가 있다, 없다 하던 그 작품 말이야."

"……그 작품 진짜 없는 거 아니었나?"

"물론 나도 그렇게 알고 있지. 한데 진짜가 있는가 봐. 이번 국전 때 초청작으로 건다고 난리라는데. 소장자가 있긴 있나 봐…… 그런데 자네, 진짜 실체가 없다고 생각한 건가?"

"글쎄……."

"이번 참에 확인도 할 겸 좋은 기회일 거 같네."

"글쎄. 난 별로 관심 없네. 대나무면 모를까……."

"이 사람, 또 그 대나무 소리한다! 그리고 인제 대나무 안 그릴 거라 며?"

"그랬지. 안 그릴 거야. 결심엔 변함없어."

"그런데 웬 대나무 타령?"

"그렇다는 이야기지……."

---

2 추사 김정희의 작(作), 「부작란」 또는 「불이선란」이라고도 함.

"여하튼 항간의 오래된 관심거리니 일찍부터 담쌓으려 하지 말게. 실체를 아는 것도 우리 직업 아닌가?"

"알겠네. 때가 되면 안내지 한 장 정도는 날아들겠지. 뭐, 그래도 화랑인데."

"그렇겠지."

민수는 인배의 전화를 끊고 나가려던 걸음을 잠시 뒤로 하고 소파에 가서 다시 앉았다. 말은 그렇게 했지만, 인배의 말을 소파 깊숙이 몸을 밀어 넣으며 다시 떠올렸다. 두통은 이미 가슴 속 우둔거림으로 변해 버린 듯했다.

"부작란이라……."

그동안 공공연하게 존재하지 않는다며 입에 오르내리던 작품이 세상에 나온다는 이야기는 사실 적잖이 민수의 가슴을 우둔거리게 했다. 물론 그 부작란이 어떤 그림인지는 알 수 없었지만, 문화예술 학계가 관심을 가졌던 작품이었고, 모작이나 위작 같은 그림이 나올까 하여 노심초사했던 것은 누구나 아는 사실이었다. 그런 상황에서 입에만 오르내렸던 작품이 느닷없이 실체가 있다는 이야기가 나온 것이다. 거기다 전시장에 전시된다는 말에 진귀한 작품을 접해보는 표구하는 사람으로서 남다른 호기심은 자연스러운 일이었다.

"당분간 시끄럽겠군그래. 학계나 이름 있다는 미술관엔 난리가 나겠어."

어떻게 생겨 먹은 그림이기에 그리도 말들이 많았던가! 좌우지간

나온다면 누구보다 먼저 달려가 보고 싶은 마음 간절했다. 일순 애달
아 하는 자신이 겸연쩍었다.

"그게 뭐라고……. 꿈 안 꾸게 하는 신묘한 물건이라면 또 모를
까……."

표구하다

　간밤에 또다시 같은 꿈을 꾸고 말았다. 물론 술도 마시지 않았고 우울증 같은 증상도 없었다. 단지 피곤해 일찍 드러누운 잠자리라 뒤척이긴 했다. 하지만 맑은 기분으로 아침을 맞을 것 같았었는데. 급기야 또 그 꿈을 꾸고 말았다. 여전히 난의 춤과 같은 불꽃 가운데서 아내와 아이가 춤을 추고 있었다. 태워져 사라졌어도 벌써 사라졌을 모녀가 건재한 모습으로 불 가운데서 자신을 향해 소리치며 기괴한 춤을 또 추었다. 물론 난의 춤, 불의 춤사위는 언제나 그대로였고 기세는 당당했다. 갈수록 그 작태가 단아했고, 섬뜩한 기운마저 풍겼다. 무뎌져 갈 줄 알았던 자신의 절절한 통곡과 애달픔은 또다시 깊어져만 갈 것 같았다.

　침대인지 난의 덤불인지 분간이 안 되는 곳에서 눈을 뜬 민수는 사방이 막힌 낯익은 벽을 보고야 자신이 침대 위에 누워 있다는 사실을 깨달았다. 낮은 천장은 밤새 더 내려왔는지 눈앞까지 내려온 것 같았고, 천장이며 벽의 니코틴에 절인 연꽃 문양 벽지가 오늘따라 꽃향기를 진하게 뿜어내는 듯했다. 마치 사방 천지가 연꽃으로 뒤덮여 있는 형국이었다. 조그마한 창으로 들이친 강렬한 햇살이 사선을 그으며 반대쪽 벽에 박혀 있었다. 햇살이 박힌 부분에는 연꽃이 소멸하고 없었다.

멀리 자동차 경음기 소리 외엔 들리는 것이 없었지만, 민수는 아침 출근 시간대임을 알 수 있었다. 창으로 들어온 밖의 밝기도 그랬지만, 경음기 소리는 좁은 골목 맨 안쪽에 세워둔 차가 먼저 빠져나가기 위해 아침마다 내는 신호임을 알기 때문이다.

민수는 무거운 몸을 천천히 일으켰다. 어색한 방 안 공기 속에서 멀뚱히 한참을 앉아 있었다. 민수는 협탁 위 약봉지에든 진통제를 꺼내 먹으려고 팔을 뻗었다. 아침 식후 복용이라는 새까만 글자에 그만 팔을 거두었다. 민수는 침대에서 일어나 주방으로 가 가스레인지 위에 올려놓은 찌개 냄비를 데웠다. 이어 텔레비전을 켜려다 말고 밥솥에 밥을 확인한 뒤, 테이블 위에 놓인 담뱃갑에서 한 개비를 꺼내 입에 물었다. 담배에 불을 붙이자 비로소 어색했던 방 안의 분위기가 물러나는 듯했다. 항상 후회하지만, 담배는 영영 끊을 수 없을 것 같았다. 두 사람을 보내고 난 후 늘었던 담배는 더 이상 줄지가 않았다. 물론 가게에선 될 수 있으면 담배를 피우지 않았지만, 집에서는 담배를 입에 물고 있는 형국이었다.

개인 주택 2층에 세 들어 사는 민수는 일주일에 대략 세 번만 집에 왔다. 뭐, 특별히 집에 와야 하는 일이 없기도 했지만, 일하고 바로 가게 소파에서 자는 게 편했고 일상이 되어버렸기 때문이다. 굳이 세 번정도 집에 오는 이유가 있다면 빨래와 옷을 갈아입으려고 오는 거라해도 틀린 말이 아닐 것이다. 물론 오늘 아침도 새 옷으로 갈아입고 나갈 거였다.

민수는 독자로 일찍이 부모를 잃고 자취했기 때문에 옷에는 별로 신경 쓰지 않았다. 하지만 결혼 후 아내 때문에 옷을 정갈하게 입는

습관이 뱄다. 아내는 옷을 깨끗하게 준비해 두고 민수가 언제든 갈아입을 수 있도록 했다. 잘 마른 옷이 피부에 와 닿을 때의 그 깔깔함은 묘한 쾌감을 자극했다. 시간이 흘렀지만, 그 느낌을 생각하면 아내의 부재가 가슴 한복판으로 확 밀려들기도 한다.

일찍 출근한 민수는 이른 아침의 정적을 깨며 굳게 닫혀 있는 셔터를 위로 들어 올렸다. 이번엔 쇼윈도에 나붙은 글자가 빠르게 눈에 들어왔다. 노란색 바탕에 황색 글씨로 써진 글들은 아침 햇살을 받으면서 기운을 차리는 것 같았다. 마치 잠들어 있던 글들이 깨어나는 것 같았다. 어쩌면 무너져 가는 민수의 마음속 어딘가에 실낱같은 삶의 용트림이리라…….

가게에서 자고 나면 느낄 수 없지만, 이렇듯 집에서 출근해 가게 문을 열 때면 언제나 가게 안에서 밖으로 밀려 나오는 향기가 있었다. 물론 밖의 신선한 공기가 들어가면서 그 향기를 희석하겠지만, 여하튼 먹 냄새 같은 얼핏 쇄락한 향기가 은은하게 묻어 나오는데, 그 향기가 그다지 싫지만은 않다. 그 순간 기분을 차분히 가라앉히는 쇄락한 태곳적 향기는 어쩔 땐 반갑고 또 어쩔 땐 부담스러울 때가 있다. 오늘은 반반이다. 그런데 오늘은 익숙한 향기에 뭔가 다른 게 첨가된 듯했다. 뭐랄까, 풀냄새 같은 싱그러운 그런…… 아니다! 진한 먹 냄새였다.

민수는 다른 때와는 확연히 다른 진한 먹 냄새가 의아했지만, 어제 정리하지 못한 가게를 대충 정리하고 커피포트에 전원을 넣고 주말에 찾아오기로 한 작품을 작업대 밑에서 꺼냈다. 그리고 누른 봉투 안에서 누렇게 탈색된 한지 작품을 조심스럽게 꺼냈다. 아뿔싸! 조심했지만 봉투에서 거의 다 빠져나온 작품은 입구 찢어진 부분에 걸려 끝이 살짝 찢어져 버렸다. 오래된 한지에 미세한 구멍 탓이었다. 반으로 접힌 부분을 조심해서 펼쳤다. 민수의 눈은 그림에 가 있지 않고 조금 전 찢어진 부위에 가 있었다. 한시(漢詩) 말미와 낙관 아랫부분이 살짝 찢어져 있었다. 작품에 큰 이상은 없었다. 하지만 순간 이상하리만치 긴장되었다. 작업하다 보면 왕왕 있는 일이기도 한데 이번엔 달랐다. 뭔가 부담감이 마음을 휘감는 것 같았다.

"별일이네……."

민수는 순간적으로 밀려든 긴장을 애써 부인하며 혼잣말로 그렇게 중얼거렸다. 얼른 봐선 남자가 들고 왔던 그날처럼 난은 대충 그려져 있는 느낌을 주었지만, 작품 곳곳에 어지러이 한시 같은 것들이 난해하게 적혀 있는 게 새삼 눈에 들어왔다. 근간에 보기 드문 작품이었다. 하지만 낙관의 난립함과 한시의 구도가 작품과 영 어우러지지 않아 장난삼아 그린 것인가, 하는 의구심마저 들었다. 그러나 그 의구심은 오래가지 못했다. 오래된 듯한 한지의 상태로 봐선 어느 정도 값어치는 있겠다는 생각이 들어서다. 여하튼 그런 생각을 하면서도 민수의 시선은 여전히 찢어진 부분에 가 있었다. 민수는 찢어진 부분의 낙관을 원래대로 잘 맞춰 보았다. 주의를 기울이지 않으면 낙관 일부분이 조금은 찌그러질 같아 한숨이 나왔다. 그러나 한숨은 그냥 한숨이 아니라 긴장한 숨결이었다. 3년의 세월, 이 직업으로 밥을 먹었지만, 오늘처럼 긴장한 적은 일찍이 없었던 것 같았다. 사실 이보다 더 보관 상태가 안 좋은 작품을 다룰 때나 민감한 작품을 표구할 때도 지금처럼 이러지 않았다. 민수는 일순 그 이유가 궁금했고 의뭉했다.

"이래서 어디 배접이나 제대로 하겠나!"

중얼거리던 민수는 배접을 시작했다. 배접판에 작품을 뒤집고 문지름솔로 작품을 반듯하게 폈다. 그리고 물뿌리개를 들고 물을 뿌리기 시작했다. 순간 물을 뿌리는 민수의 입이 쩍 하고 벌어졌다. 한지가 아니, 마치 그림 속 난이 물을 기다렸다는 듯이 빨아들이는 것이 아닌가! 마치 목말라 죽어가는 생명이 물을 만난 것처럼 한지는 뿌리는 족족 단번에 물을 빨아들였다. 그뿐 아니라 민수를 더 기겁하게 한 건 정작 다른 데 있었다. 물 먹은 한지 작품이 두 개의 현상을 민수에게 보여주었다. 먼저 난이 누른 한지 위로 선명하게 도드라지면서 진한 묵 냄새를 훅 피워냈다. 그 강도가 어찌나 센지 순식간에 영혼을 사로잡는 듯했다.

그리고 또 한 가지는 한지에 미세한 구멍이 숭숭 뚫려있었다. 구멍은 한두 군데가 아니었다. 묘하게도 그림과 글을 비켜난 곳곳에 구멍이 나 있었다. 물을 뿌리기 전에 보이지 않던 기이한 현상은 민수의 머릿속을 새하얗게 만들었다.

민수는 순간 먹이 확 번져 버릴 것 같은 극한의 불안감에 몸을 떨었다. 하지만 다행히 그러지는 않았다. 하기야 먹이 어디 그런가! 바보같이! 하지만 그와 같은 자책은 눈앞의 기이한 현상을 애써 무마하려는 차원이었다.

그야말로 그림과 글은 처음부터 살아 있었고, 한지는 죽어 있었던 것이다. 그나저나 이런 현상을 의뢰인은 알고 있기나 한지 궁금했다. 물론 알 리가 없을 것이다. 그렇다면 되레 큰일이 아닐 수 없었다. 기이하게 변한 작품을 당장에 변상해 달라할 수도 있었다. 생각이 거기에 닿자 의뢰인이 느닷없이 원망스러웠다.

"재수가 없으려니 온갖 게 다 애를 먹이네. 쯧, 확 찢어버릴까 보다."

민수는 다음으로 해야 할 일을 두고 걷잡을 수 없이 예민해지기 시작했다. 풀이 미세한 구멍을 통해 전면으로 스며드는 일이 일어나면 안 된다. 그게 고민이었다. 물론 마르고 나면 표는 나지 않지만, 당장에 배접판과 작품이 스며든 풀 때문에 들러붙는다면 여간 곤란한 일이 아닐 수 없다. 만약 들러붙는다면 여간 조심해도 배접판에서 떼는 과정에 작품이 자칫 상할 수 있었다. 민수는 그 생각에 피가 거꾸로 흐르는 것 같았다. 황당한 일이 아닐 수 없었다. 민수는 순간 자신이 살아있다는 존재감 같은 것을 필요 이상으로 느끼는 것에 어이가 없었다. 무미건조했던 일상, 근근이 살아가는 미지근한 인생에 누군가 차디찬 얼음물을 확 끼얹는 상황을 맞은 격이었다. 너무나 갑작스러운 일이었다.

"도대체 이게 뭐길래……."

민수는 뜬금없고 기가 찬 감정을 애써 억눌렀다. 당장에라도 작품 위에 코를 박고 엎어져 죽어버리고 싶은 충동질은 생뚱맞았다. 하지만 꼭 그런 것만 아닌 것 같았다. 어쩌면 죽고자 하는 생각은 마음 한 구석에 오래전부터 자리 잡고 있다가 무슨 일인지 오늘에야 밖으로 툭 튀어나온 것인지도 몰랐다. 아니, 그랬다. 사실 죽고자 했던 순간이 얼마나 많았던가! 둘을 보내고 매일의 삶이 그랬다. 무슨 이유인지 지금까지 둘을 따라가지 못하고 있을 뿐. 정말이지, 당장에 죽어?

하지만 유감스럽게도 죽음은 또 뒤로 미뤄 두어야 할 것 같았다. 순간 작품이 눈에 들어오기 시작했다. 이어 먹의 굵고 진한 냄새가 넋을 잃은 황망한 민수의 영과 혼을 일깨우고 있었다. 민수는 물을 머금고 뒤집혀 있는 작품에 결국 풀칠하지 못하고 배접지에 풀을 바르기 시작했다. 작품에 직접 풀칠한다는 것은 너무도 위험했다. 물론 풀이 배어 나오는 것은 그다음 문제였다.

민수는 앞에 놓인 작품이 오래되었음을 알 수 있었지만, 작품의 진위는 도시 알 수 없었다. 거기다 모작이나 인쇄된 작품이 아니라는 확신은 시간이 흐를수록 더 확고하게 굳어 갔다. 그러기에 작품의 값어치를 간과하고 무턱대고 배접한다는 것은 있을 수 없는 일이었다. 사실 예측하지 못한 돌발적인 상황이 간혹 있지만, 오늘처럼 이토록 부담스러운 경우는 표구를 시작한 이래 처음이었다.

"전문가…… 꼴 좋다."

배접지에 풀칠해서 배접할 경우 지금의 상황보단 위험 부담은 적지만 관건은 바닥에서 빠르게 작품을 들어 올리는 일이었다. 풀을 먹은 배접지는 그야말로 늘어질 대로 늘어진 상태가 되어 대자를 든 민수의 왼쪽 팔에 끝을 붙이고 아래로 늘어졌다. 인제 작품에 배접지를 단번에 붙이는 일이 관건이었다. 바닥에서 작품을 떼는 일은 그 뒷일이었다. 작품보다 여분을 많이 줘 배접지를 잘랐기 때문에 한 번에 제대로 붙이는 일은 그리 어렵지 않을 것 같았다. 한 번에 붙어주기만 하면 일단 절반 이상은 성공한 상황이 되기 때문에 민수의 신경은 곤두설 대로 곤두섰다. 민수는 순간 이토록 예민한 자기 모습에 설핏 실소가 흘러나왔다. 늘 하던 일과 진배없는 일이라 어이가 없었다. 하지만 어느 순간 자신이 그렇게 되어 있었다.

배접지를 한 번에 붙이고 바닥에서 작품을 떼기 시작했다. 전신으로 혼이 빠져나가는 순간이 계속되었다. 작품의 양 귀를 잡고 일으켜 세울 때 양손의 힘이 균등하도록 집중했다. 미세한 힘의 배려 그것은 어떤 경지에 도달하는 움직임이었고 간절함이었다. 실소는 이미 사라지고 없었다. 목덜미에서 땀이 흘러내리는 것을 느꼈다. 이어 등줄기를 타고 흐르는 땀과 이마와 콧잔등에 올라선 땀도 느껴졌다.

배접판에 작품을 붙이고 작품을 물끄러미 쳐다보았다. 수십 톤의 무게가 어깨에서 사라지는 듯했다. 배접은 전체적으로 잘된 것 같았다. 순간 민수의 시선은 찢어졌던 부분에 날아가 박혔다. 낙관이 약간 비딱했다. 일순 전기에 감전된 듯 멍했다. 확대경과 집게를 이용해 낙관 부분을 맞출 일이 다시 남은 것이다. 당장에 맞추고 싶었지만 그러다간 물과 풀을 먹은 한지가 너덜너덜하게 찢어질 가능성이 있기 때문에 약간 마르고 난 후에 손을 대야 했다. 하지만 마음은 바빠 죽을 것 같았다. 기가 막힐 노릇이었다. 아무리 생각해봐도 이런 경우는 처음 있는 일이다. 순간 인배가 전문가라고 추켜세웠던 말의 진의가 궁금했다.

언제쯤 찢어진 부분에 손을 대야 할지 막막할 따름이었다. 지극히 평범한 일인데도 분명 평소와는 다른 상황이 벌어지고 있었다. 전문가 친구에게 이 황당한 일을 물어볼 수도 있었다. 하지만 그는 민수가 표구하는 걸 못마땅하게 생각하는 친구여서 쉬이 그럴 순 없었다. 아내와 아이가 그렇게 가지 않았더라면 그도 인배처럼 막역한 사이로 남아 있었을 친구였다. 물론 인배보다 한참 뒤에 알게 된 사람이지만, 민수뿐 아니라 아내와도 관심 분야가 같아서 짧은 시간에 깊은 관계로 발전할 수 있었던 사이였다. 그는 여전히 대나무를 그리며 표구점을 운영하고 있었다. 대처럼 강직하고 곧은 성격의 그는 아내와 아이가 죽던 날, 비수를 민수의 가슴 깊이 찔렀었다.

"대(竹)로 성공하려다 마누라와 자식새끼를 불로 태워 죽인 꼴이라니⋯⋯."

민수는 그 친구가 그래도 좋았다. 하지만 그가 민수를 극구 밀어내고 있는 형국이니 더 이상 가까이 다가설 수 없었다. 그 친구라면 지금의 상황을 적절히 일러 줄 수 있을 것인데.

민수는 작품이 건조되는 걸 분침을 좇아 확인하다 인제는 초를 다투며 확인해야 했다. 조금 늦어 깡말라 버리기도 한다면, 덜 마른 작품에 손을 대 작품이 망가지기라도 한다면, 여태 심사숙고한 일이 도루묵이 되고 말 것이기에 민수는 또다시 흥분한 상태가 되어 버렸다. 점입가경의 형국이 아닐 수 없었다. 하지만 이런 와중에도 이상하리만큼 두통은 따라 일지 않았다.

난의 모습은 좀체 민수의 시선을 잡지 못했다. 하지만 시선을 잡고 놓지 않는 건 찢어진 부분이었다. 이윽고 결행의 시간이 되었고 그 결행은 완벽하리만큼 성공적으로 끝났다. 집중하느라 눈동자가 뻑뻑했다. 이어 나른함이 일시에 밀려들었다. 육체가 아니라 그 속에 깃든 영혼이 소멸되는 느낌⋯⋯. 뭐, 그런 기이한 느낌. 민수는 극한 사투를 끝내고 기진맥진해 소파로 와 천 길 나락으로 떨어지듯 그대로 쓰러지고 말았다.

불의 숨

　몽롱한 의식 속의 일은 또렷했다.

　아내와 아이가 먼발치에서 민수를 부른다. 민수는 앞으로 가려고 하지만 발걸음이 떨어지지 않는다. 누군가 발목을 또 잡았다. 발이 땅에 박힌 듯 꼼짝할 수 없다. 아내와 아이는 애절한 눈빛으로 민수를 쳐다만 본다. 어디선가 바람이 분다. 바람은 덥지도 차지도 않다. 다만 짙은 향내를 머금었다. 불 냄새다. 난생처음 불 냄새를 맡았다. 섬뜩함만 남기고 이내 어디론가 사라져 갔다.

　그런 줄 알았다. 하지만 바람은 가던 길을 멈추고 돌아서 이번엔 반대로 불었다. 인제는 뜨거웠다. 대나무가 타는 진한 냄새가 진동했다. 연기가 사방에 짙게 깔렸다. 냄새가 공기 속에 부유하듯 유유하다. 매캐한 냄새였나? 대나무가 타는 냄새 또한 처음이다. 가까이 어딘가 대나무 타는 타닥거리는 소리가 들린다. 모습은 볼 수 없다.

　불똥과 불씨를 머금은 재가 공기 중으로 부유하다 급기야 아내와 아이에게로 서서히 날아든다. 하지만 둘은 아무렇지도 않은 듯 태연하다. 애달아 하는 민수의 몸짓과는 사뭇 다르다. 둘은 물끄러미 민수를 바라다보며 인제 자기들 쪽으로 오라며 연신 손짓한다. 하지만 둘은 입을 열지 않는다.

　발목이 더 굳세게 잡힌 상태다. 아래를 보며 급기야 비명을 질러댄다. 비명은 돌아서 자신의 귀로 되돌아온다. 머릿속이 아득하다. 일순 멍멍한 머릿속엔 온갖 잡다한 곤충들이 날아다닌다.

고개를 들자, 둘은 등을 돌리고 가만히 자리에 앉아 있다. 느닷없이 친구가 나타나 자신의 목을 조른다. 그러나 숨통은 트였다. 자연스레 숨을 쉴 수 있다. 하늘이 푸른색으로 변하더니 일순 잿빛으로 변한다. 되레 친구가 비통에 겨워 고함을 지른다. 소리를 들을 수 없다. 친구의 얼굴도 보이지 않는다. 그의 목구멍에서 피가 터져 나왔나? 확인할 수 있는 거라곤 그것뿐이다.

순간 아내와 아이가 불길에 휩싸인다. 어디서 발아된 불인지 알 수 없다. 불길은 모녀를 감싸 안듯 그렇게 사위를 섬뜩하게 둘러쌌다. 둘은 여전히 앉은 채로 등을 보인다. 목을 조르던 친구가 돌연 아내와 아이에게로 달려간다. 하지만 불은 친구를 더 이상 앞으로 나가지 못하게 막고 선다. 친구는 대나무를 손에 들었다. 그리고 불 속을 향해 구원의 손을 내민다. 그러나 대나무는 이내 불에 타들어 가고 만다. 재가 되어 사위로 흩날리는 것을 그는 망연히 바라다본다. 그리고 뒤를 돌아 민수를 부른다. 친구는 성배. 성배의 부름에도 여전히 갈 수 없다.

친구의 등에 불이 붙었다. 고통은 없나 보다. 태연하다. 하지만 모녀는 비로소 고통을 호소하는 비명을 질러대기 시작한다. 처절한 절절함이 배어있다. 불은 쉬지 않고 춤을 춘다. 곧게 뻗어 오른 불의 가지는 단아하고 날카롭다. 한 점 흠잡을 데 없는 맑고 투명한 모습이다. 불은 뜨겁다. 모든 것을 사르고도 남음이 있는 불이다.

불은 계속해서 두 모녀를 부둥켜안고 춤춘다. 춤사위는 부드럽고 단아하며 절제된 모습이다. 결연하고 엄숙하기까지 하다. 불은 언뜻 여자의 몸짓이다. 춤은 멈출 줄 모른다. 한도 끝도 없이 계속된다. 민수는 지친다. 급기야 모녀가 불의 춤에 몸을 맡기고 따라 추기 시작한다.

　아내가 악기를 들었다. 입에 물려고 애를 쓴다. 그러나 결코 입에 물지 못한다. 민수는 결국 혀를 깨문다. 피 맛은 흙 맛이 났다. 그리고 냄새도 흙냄새다. 아니, 먹 냄새? 먹 냄새는 순간 역하다. 역한 먹 냄새가 머릿속을 헤집는다. 순간 뜨악하며 고개를 뒤튼다. 눈을 뜬다. 민수는 간당간당 소파 위에 걸려 있었다. 가게 안은 먹 냄새가 진동했다. 묘한 갈증에 목구멍이 탔다.

난이 떠나다

"나, 민수네. 그동안 잘 있었나?"

"웬일인가?"

"그러지 마라. 나 무척 힘들어."

"왜, 인제 죽을 각오라도 했나?"

"……그럴 작정이야."

"……."

"그나저나 아무 일 없나?"

"걱정하지 마. 아무 탈 없이 잘 살아가고 있으니."

"잘 산다니 다행이네."

"왜, 지난밤에 내가 죽는 꿈이라도 꾼 거야?"

"뭔 소리야! 여하튼 삐딱하긴."

"……."

"언제 한번 봐."

"……."

"너무 그렇게 뻣뻣하지 말게. 나도……."

"……자네는 아내를 잃었지만, 난 영혼의 친구를 잃었어."

"또, 또……."

"글쎄, 자네가 뭘 알까마는."

"혹시, 색소폰 말하는 건가?"

"……."

"맞네. 설마 했더니……. 속에만 넣고 살았군, 그래."

"이야기했다면, 달라질 게 뭐가 있었겠나?"

"적어도 자네가 왜 그렇게까지 변했는지는 알 수 있었잖아."

"자네가 나를 안다고 해도 마찬가지야."

"……."

민수는 성배와의 일그러진 관계를 다시금 확인할 뿐이었다. 일순 망연함이 밀물같이 밀려들었다. 일말의 희망이 깡그리 무너지는 순간이었다. 물론 예상한 일이지만 그래도 혹시나 했었다.

'도대체 시간이 얼마나 지나야 할까!'

성배는 30년이 지나도 여전히 자신을 냉대할 것 같았다. 민수는 성배의 행동이 처음엔 이해되었지만, 시간이 흐르면서 성배의 행동이 의뭉했다. 하지만 친구를 잃을 순 없었다. 뭔가 묶였다면 풀어야 했다. 해서 먼저 전화했다. 그러나 그런 민수의 의도는 혼자만의 리그에 불과했다. 민수는 당장에 전화를 다시 걸어 진짜 그러는 진의를 따져 묻고 싶었다. 왜 그러냐고! 이젠 좀 그만두라고!

안타까운 민수는 그래 봐야 파인 골만 더 깊을 거여서 그만두었다. 서로에게 상처만 남길 것은 자명했다. 거기다 아내와 아이 일이 나 때문이라고 다그친다면 당장에 혀를 깨물고 죽을 수도 있을 것 같았다.

사실 민수는 죽는다면 그렇게 죽고 싶지는 않았다. 누구도 찾을 수 없는 곳에서 조용히 소멸하고 싶었다. 자신의 주검을 다른 사람들에게 보인다는 것이 왠지 죽기보다 싫었기 때문이다. 차갑게 굳어져 있는 송장. 섬뜩하고 징글징글한 고깃덩어리. 어쩌면 기간이 지난 썩은 고깃덩어리의 기괴한 주검의 모습, 저주. 생각만 해도 끔찍했다. 둘의 모습이 그러했다. 반쯤 타다만……

굳이 만천하에 드러내 놓고 죽는다면 스스로 몸에 불을 놓아 타 죽고 싶었다. 그것도 완전히 타 고스란히 재만 남는 그런 죽음. 그것은 아내와 아이가 꿈속에서 매번 도전한 일이다. 민수는 가더라도 어떤 흔적도 없이 깨끗하게 사라질 거였다. 민수는 이런 생각을 하며, 담배 연기가 창문 사이로 들친 햇살에 허리가 잘려져 있는 것을 물끄러미 바라다보았다. 그러나 담배 연기는 한 줄기 햇살 속에서 고통 없이 천천히 부유했고 평화로웠다. 되레 허리를 단박 잘라놓은 햇살을 더듬으며 햇살의 몸통을 부드럽게 감아 돌고 있다는 생각이 들었다. 민수는 생각의 꼬리를 자르며 자리에서 일어났다. 침대에 일어나 앉자 아내와 아이가 불길에 휩싸여 꼼짝없이 망연해하던 모습이 눈앞에 느닷없이 그려졌다. 진저리가 쳐졌다. 또다시 두통이 시작되려 했다. 민수는 기겁하고 자리에서 벌떡 일어섰다.

"그래, 죽자!"

민수는 그 순간, 두통의 시작점 그 지점쯤에서 생뚱맞은 묘한 자신감이 생겨나는 것에 의아했다. 자신감……. 죽음 결행의 자신감! 하지만 그 전에 해야 할 일이 있었다. 죽더라도 의뢰된 난 작품만은 반드시 완성하고 죽어야 했다. 그것은 자의가 아니라 난에 인한 타의였다. 그건 명징한 사실이었다. 그 후에 죽든 살든…….

"그게 뭔데 사람의 생명줄을 잡고 이 난리야. 나 원 참…….."

집을 나서는 민수의 머리 위로 태양 빛이 비스듬히 내리꽂혔다. 따스함이 전신으로 퍼져 나갔다. 한참을 걸어 버스 정류장에 도착한 민수는 얼굴이 익은 사람들을 기억해 냈다. 모두 비장한 각오로 출근하고 있었다. 새 아침을 맞아 삶의 터전으로 향하는 사람들의 모습은 기운찼다. 물론 그들에게 민수가 어떻게 보였는지는 모르나, 분명한 건 그들은 아직 도래하지 않은 미래에 대한 희망을 품고 있다는 것이고, 민수는 끝이 보이는 삶을 살고 있다는 것이다.

"그래도 햇살은 누구에게나 똑같이 비춰주는군."

민수는 가게 문을 열면서 또 다른 세계로 들어가는 느낌을 받았다. 그야말로 먹의 세계 아니, 흙의 세계, 돌을 갈아 만든 흙의 세계로 들어가는 느낌이었다. 그다지 싫지는 않았다. 돌가루 냄새는 묵직했고 향긋했다. 하지만 의뭉한 세계로 발을 선 듯 들여놓지 못했다. 순간이었지만, 그 느낌은 확연히 뇌리에 각인되었다. 민수는 죽어 꼭 이런 향기가 있는 곳으로 갔으면 생각했다. 그러자 머뭇거리던 발에 힘이 들어갔다. 가게 안으로 발을 들여놓았다.

"스님, 홀연히 미련 없이 가는 게 인생이라는 말씀이죠?"

민수는 가게 안으로 들어서면서 혼잣말로 중얼거렸다. 처음 있는 일이었다. 평소 같았으면 커피포트에 물을 확인하러 그쪽으로 먼저 걸어갔을 터였지만, 오늘은 벽에 나붙은 주문 같은 스님의 글귀를 쳐다보면서 작업대로 향했다. 자연스러운 움직임이었다.

배접판의 난 작품은 완벽한 모습으로 잘 말라 있었다. 여전히 눈길은 낙관과 약간 찢어졌었던 시 구절의 마지막 소절에 갔다. 민수는 자신의 눈길이 닿아 있는 곳으로 손을 내밀었다. 어쩌면 깔깔하고 또 어쩌면 매끄러운 듯한 한지의 표면을 조심스럽게 쓸어보았다. 묘한 쾌감 같은 것이 손끝에서 전해져 왔다. 사투 끝에 이뤄낸 결과물이라 그런지 오늘은 특별났다. 먹의 향기를 난이 여전히 뿜어내고 있는 듯 먹 냄새가 끊이지 않고 뿜어져 나왔다.

민수는 마지막 마무리를 위해 기본 사이즈 액자 틀을 액자 창고에서 꺼내고 작업대 위에 올려놓고는 그제야 커피가 생각나 커피포트가 있는 테이블로 걸어갔다. 스위치를 누르고 민수는 잠시 소파로 가 앉았다. 그리고 눈을 지그시 감고 가게 안에 꽉 들어찬 먹 냄새를 폐부 깊숙이 들이마셨다. 마약으로 인한 환각 상태가 이런 것인가! 몽롱한 순간과 맞닿는 찰나 커피포트에서 김이 빠져나오는 소리에 눈을 떴다. 여기가 어딘가……. 가게 안의 정형화된 구조는 혼미한 민수를 단박에 가게 안으로 끌어다 주었다.

역시 커피 향은 느껴지지 않았다. 대신 오늘 아침 막대 커피는 구수하고 달았다. 자연스레 눈이 간 맞은편엔 스님의 글귀가 여전히 나붙어 있었다. 조금 전 가게에 들어설 때도 봤던 글귀를 다시금 들여다봤다. 그런데 평소와 달리 사뭇 다르다는 느낌이 들었다. 마치 스님께서 직접 말씀하시는 것 같았다. 그리고 이상한 건 글귀의 말씀이 아니라 글귀의 의미와 판이한 말씀이었다. 아프냐고? 괴로우냐고? 힘드냐고? 그렇게 꼭 가야 하겠느냐고?

"별말씀을 다 하십니다."

작품을 액자에 넣기 위해 준비하는 과정에 유리를 두 번이나 깨 먹었다. 근래에 없었던 실수였다. 죽으려 하는 사람의 무연한 행동 탓이기도 했다. 액자 조립이 끝났다. 뭔가 억지로 끼워 맞춘 듯한 느낌에 기분이 개운하지 않았다. 마무리한 액자를 한쪽에 세워두고 한동안 바라다보았다. 작품성이 별로라는 느낌은 여전했다. 마구잡이로 휘갈겨 놓은 난이며 글귀와 문장의 구도는 어떤 이의 습작이 분명해 보였다. 습작이라는 생각을 하자 그동안 애가 달았던 긴박한 순간들이 황망할 따름이었다.

더 이상 먹 냄새는 나지 않았다. 액자 속에서 차단된 듯했다. 민수는 난 작품을 끝으로 가게 안을 둘러보았다. 이어 소파로 가 깊숙이 몸을 파묻고 지난밤 꿈속 망연한 표정의 아내와 아이를 떠올렸다. 그들이 왜 거기에 있는지 도무지 알 수 없었다.

의식적으로 눈을 떴다. 햇살이 가게 앞 건물에 막혀 끊겨 있었다. 보드라운 햇살을 느끼고 싶었다. 자리에서 일어나려 엉거주춤 순간 난 작품 의뢰인이 여자와 함께 문을 열고 가게 안으로 들어왔다.

"읍! 무슨 냄새지?"

여자가 입을 틀어막으며 말했다.

"먹 냄새 같네."

입을 틀어막고 자신을 올려다보는 여자를 향해 남자가 말했다.

"작품을 찾으러 오셨네요."

민수는 자리에서 얼른 일어나면서 그들에게 말했다. 여자가 마음에 든다고 말하면서도 가격을 깎으려 들었다. 물론 남자는 엉거주춤 딴청을 피며 서 있을 뿐이었다. 여자는 아마 가격 제안하러 따라나선 모양이었다. 하지만 여자의 당돌함에 민수 또한 분명히 선을 그었다. 오늘 당장에 죽는 일이 있어도 평소 자신의 수고가 타인에 의해 재단되기 싫어했던 민수는 물러서지 않았고, 결국 처음 제시한 대로 금액을 다 받아냈다. 그것은 평소 민수의 삶의 철학과 같은 거였다.

"근데, 사장님. 이 작품 얼마나 하겠어요?"

"글쎄, 잘 모르겠습니다. 전 감정인이 아니라서요."

"그래도 대충은……."

"대충도 잘 모르겠습니다."

민수는 다른 때와 다르게 퉁명하게 대답했다. 그냥 그랬다. 그런 이유가 가격 흥정 탓이 아니라는 사실만은 자명했다. 그렇게 난과의 사투는 끝이 났고 수고에 비하면 약소한 대가를 남기고 난은 민수를 떠났다. 그렇게 난이 떠나고 나자 가슴속 확연히 살아난 한 가지가 있었다. 그것은 죽음, 오늘내일 중으로 결행할 일, 그것이 살아났다. 그런 결행의 시간은 자못 섬뜩한 느낌으로 다가오고 있었다.

아…… 순간 두통이 시작되었다. 술과 상관없이 또 찾아들었다. 홀연히 떠날 삶이지만 당장은 약을 찾아야 했다.

"난 때문인가? 정말이지 골치 아픈 난이야!"

민수는 짜증을 내며 중얼거렸다. 진통제가 든 서랍장 맨 아래 칸을 열려고 쭈그려 앉았다. 순간 사라진 줄로만 알았던 먹 냄새가 미세하지만 어딘가에서 났다. 민수는 앉아서 여기저기 냄새의 발원지를 찾았다. 딱히 냄새가 날 만한 곳은 없었다. 민수는 서랍을 열고 진통제를 찾아들고 자리에서 일어났다. 이어 기다렸다는 듯 진한 먹 냄새가 사무치도록 그리워 견딜 수 없었다.

민수는 생뚱맞은 의뭉한 순간을 가늠하려 숨을 멈추고 소파로 가 가만 앉았다. 틀리지 않았다. 다디단 먹 냄새가 당장 그리운 건 사실이었다. 어쩌면 이번 두통은 난 때문에 생겨난 것인지도 몰랐다. 민수는 커피잔의 물로 진통제를 얼른 삼킨 뒤 가게 문을 일찍 닫고 무작정 거리로 나와 버렸다. 그리고 비스듬히 비추는 햇살을 머리에 이고서 가로수 밑을 걸어 기약 없는 걸음을 자신도 모르게 걷기 시작했다.

난의 숨

얼마나 걸었는지 언제 또 잠이 들었는지, 낯선 이곳은 또 어딘지 도무지 알 수 없었다. 하지만 미끄러진 것까지는 기억났다.

단출한 살림의 단아한 방은 평온했고, 마치 옛 고향과 같은 정취를 물씬 풍겼다. 방 안 분위기와 나름은 어울리는 풍경화가 벽면 한쪽으로 걸려 있었다. 풍경은 유화물감을 뒤집어쓰고 있었다. 언덕을 기준으로 아래로는 흐르는 물과 초가집 그리고 꽃들이 고즈넉 엎드려 있었고 위로는 진한 하늘색이 무겁게 드리우고 있었다. 민수는 낯선 이곳이 그림 속에 있는 초가집처럼 느껴졌다. 고개를 반쯤 들어 반대편으로 돌리자 눈에 익은 그림이, 저주스러운 그림이 한쪽 벽면에 걸려 자신을 내려다보고 있었다. 순간 고개를 돌렸다가 다시 고개를 돌려 그림을 주시했다. 그림은 끄는 힘이 있었다.

위로 길고 곧게 뻗은 대나무는 먹을 잘 먹고 날카로운 잎을 달고 있었다. 꼭 살아있는 느낌이 들었다. 혹여, 바람이라도 분다면 부스스하고 소리가 날 것 같았다. 민수는 자리에서 가만 일어나 앉았다. 순간 '띵'한 느낌이 정수리에서부터 사방으로 퍼져나갔다. 민수는 그만 머리를 늘어뜨리고 말았다. 솜이불의 탄력은 적당해서 머라를 아늑히 받았다. 하지만 좀체 통증은 가실 줄 몰랐다. 통증 속에서도 대나무의 형체는 마치 각인된 것처럼 머릿속에 살아서 부스스 떨고 있는 듯했다.

짚을 태우는지 연기 냄새가 방안으로 스며들었다. 자리에서 그만 일어나고 싶었지만, 몸은 천근만근 지리멸렬했다. 기이한 건 방 안으로 스며든 연기가 두통을 차츰 가라앉게 했다. 그리고 또다시 깊은 잠의 나락으로 이끄는 것 같았다. 그것은 거부할 수 없는 어떤 힘에 의한 이끌림 같은 거였다. 도대체 이곳은……

　아까 올랐던 절벽이다. 가파른 절벽은 아니다. 하지만 위로 올라갈수록 낭떠러지의 위험이 커가는 절벽이다. 절벽 중간쯤에서 올려다본 꼭대기는 그리 멀진 않았지만, 기진한 자신이 오르기엔 역부족이다. 수십 킬로를 걸어서 왔던 게 그 이유다. 절벽 꼭대기 끝에 낯익은 모습의 난이 바람에 춤춘다. 마치 가냘픈 여자의 몸짓을 연상케 한다. 순간 수없이 접했던 작품 중에 유독 그 남자의 난이 떠오른다. 그랬다. 그 난이 분명하다. 진한 먹 냄새를 물씬 풍기며 민수를 곤욕스럽게 했던 그 난이 분명하다. 갑자기 난이 요동친다. 바람이 마구 흔들어 댄다. 미친 듯이 흔들댄다. 이어 기이한 일이 일어난다. 절벽으로 한시(漢詩)가 펼쳐진다. 그때 본 그 한시가 분명하다. 내용은 알 수 없지만, 구도를 봐선 그 작품이 분명하다. 마구잡이로 쓰였던 한시는 길게 늘어져 가며 눈앞에 그려진다. 낙관의 위치가 바뀐 모습이지만 그때의 그 낙관이 확실하다. 순간 가슴이 불에 덴듯하다. 마치 작품이 살아서 요동치는 것 같다. 한시의 뜻은 알 수 없다. 한 자, 한 자는 의식할 수 있지만, 그것이 무슨 뜻인지 알 수 없다. 난은 계속해서 미친 듯이 요동친다. 이윽고 비명을 지르며 절규하듯 애절한 모습으로 바뀐다. 섬뜩하다. 오! 몸이 절벽 아래로 떨어지려 한다. 떨어지지 않으려고 하지만 붙잡은 바위가 자꾸만 미끄럽다. 이러다간 천 길 아래로 떨어질 것 같다. 온몸이 땀으로 범벅되고 만다. 이마에서 땀이 연신 흘러내린다. 그런데 땀은 핏물이다. 단박에 비릿한 피 냄새가 절벽으로 퍼져 나간다. 난도 급기야 피 흘리기 시작한다. 운다. 피눈물을 흘린다. 나도 따라 울기 시작한다. 시의 한 자 한 자가 핏빛으로 빛나기 시작한다. 그러더니, 핏빛은 민수의 가슴 안으로 걷잡을 수 없이 밀고 들어온다. 순간 호흡이 거칠어지고 숨이 막힌다. 그리고 각인되듯 글자가 뇌리에 와서 박힌다. 글자가 머리에 선명하다. 한 자 한 자 살아서 춤을 추는 듯하다. 인제 난은 더 이상 울지 않는다. 하지만 난의 잎이 멈추지 않고 자라 민수 목에 닿는다. 날카로운 잎은 민수 목을 감기 시작한다. 이어 또 조르기 시작한다. 급기야 목에서 피가 흘러나온다. 피 냄새는 느닷없이 뿜어져 나온 진한 먹 냄새 탓에 더는 나지 않는다. 곧 목이 떨어져 나갈 것 같다. 마지막 비명이라도 질러야 한다. 질러야!

"아악!"

"정신이 드세요. 아저씨?"

"……."

"아저씨 정신이 드세요? 제가 보여요?"

"음……."

민수는 다시 깊은 나락으로 떨어졌다. 입으로 뭔가가 들어오자 민수는 눈을 떴다. 여자가 머리맡에 앉아 있었다. 민수는 자리에서 일어나려 했지만, 여자가 어깨를 지그시 눌렀다. 그대로 가만히 있으라는 의미였다.

"도대체 여기가 어딥니까?"

"안심하세요. 보아하니 다른 지역에서 오신 분 같은데, 이곳은 예산입니다."

"예산이라고요? 충청?"

"그렇습니다."

"……그런데 왜 제가 여길…….."

"글쎄요. 절벽에서 떨어지셨어요."

"……."

"……절벽에 오르신 것까지는 기억이 있으신가요?"

"네……."

"다행히 저희 모자가 발견해서 천만다행이었습니다."

"……."

"어디 아픈 곳은 없으십니까? 제가 보기엔 머리를 조금 다치신 것 같은데요."

"여하튼 죄송합니다. 번거롭게 해드렸어요. 그런데 병원은 가까이 있을까요?"

"여긴 그런 곳이 못 됩니다. 조금 외진 곳이라서."

여자는 충청도 사람이 아니었다. 여자의 말에서 알 수 있었다.

"그렇다면 깊은 산골이라도……."

"그렇지는 않습니다. 걸어서 삼십 분쯤 나가면 읍내니, 산은 깊어도 그리 산골은 아닙니다."

"제가 어떻게 여기까지 오게 된 건지 모르겠군요."

"차림으로 봐선 무전여행을 하고 계신 것 같았습니다. 아니신가요?"

"무전여행을요?"

"네."

"그건 아니고……."

민수는 돌연 두통에 아찔했다. 그것을 안듯 여자가 물수건을 머리에 살포시 올려놓았다. 물수건에서 향긋한 풀냄새가 났다. 일순 두통이 가라앉는 느낌이었다.

"말씀하시지 마세요. 그리고 뭘 좀 드셔야 할 것 같은데……."

"아, 예. 괜찮습니다. 전……."

"정신을 잃으시고 꼬박 하루가 지났습니다."

"하루가요?"

"네. 우선은 죽이라도 드셔야 하니까. 통증이 가라앉으면 여기 죽을 좀 드세요."

여자는 죽과 대야를 옆에 둔 다음 물수건을 고쳐 주고 밖으로 조심스럽게 나갔다. 여자의 뒷모습이 삶의 무게로 힘들어 보였지만 범상치 않았다. 여자가 나가는 방문 틈으로 밤이 아님을 알 수 있었다. 여자의 말대로 하루가 지났다면 어제 오후쯤에 산에 올랐다는 이야기가 되었다. 민수는 어제의 기억을 더듬어 보았다. 또다시 통증이 불같이 일다가 이내 사그라졌다. 민수는 아무리 생각해도 자신이 충청도 예산까지 올 여유가 없었다. 더구나 산이 깊은 곳까지 간 것은 기이한 일이 아닐 수 없었다. 의구심이 좀체 가라앉지 않았다.

창호지 문으로 스며든 밖의 밝기가 차츰 어두워져 갔다. 저녁이 돼 가고 있었다. 예산까지 오게 된 경로는 알 수 없으나 적어도 지금의 상황은 가늠할 수 있었다. 민수는 자리에서 일어나 앉았다. 가만히 누워 있을 수 없었다. 미안한 데다 마냥 누워있는 게 도리에 맞지 않았다. 바로 앉자 묵직한 머리가 느껴졌다. 머리에 손을 올리자 붕대가 만져졌다. 떨어지면서 머리를 다친 모양이었다. 순간 자신이 원망스럽고 또 어처구니가 없었다. 소리소문없이 죽으려 했었다. 하지만 자기 뜻과는 다르게 이런 상황에 놓여 있다는 게 참으로 황망할 따름이었다.

밖은 쥐 죽은 듯 고요했고 킁킁대는 강아지 소리만 간간이 들렸다. 돌연 밖의 상황이 궁금해진 민수는 자리에서 일어나려 했다. 하지만 몸은 의지대로 움직여 주지 않았다. 그냥 그 자리에 다시 털썩 주저앉고 말았다. 여자가 두고 나간 죽 그릇이 밤색 소반에 담겨 한쪽으로 놓여 있었다. 민수는 죽 그릇을 멍하니 한참 바라보다 소반을 당겨 죽을 먹기 시작했다. 식은 죽이었지만, 죽은 약간 달짝지근했고 맛이 있었다. 죽이 목구멍으로 넘어가자 속에서 요동치는 소리가 나기 시작했다. 그때 아이 하나가 살며시 문을 열고 방안을 살폈다. 눈이 마주치자 아이는 눈인사를 하고 조심스럽게 문을 닫았다. 남자아이였지만 행동은 여자처럼 매우 조심스럽고 방 안만큼이나 차분한 느낌을 주었다. 잠시 후 여자가 물그릇을 들고 들어왔다. 가까이 와 살며시 앉는 여자를 보는 순간 민수는 가슴속 깊은 곳에서 뜨거움이 요동치는 것을 느꼈다. 단아하면서도 고고한 자태와 부드러우면서도 위엄이 서려 있는 모습에다 가냘파 측은하기까지 한 느낌 뒤로 모든 것에 초연함이 여자의 얼굴에서, 몸에서, 몸짓에서 강렬하게 뿜어져 나오는 것을 느낄 수 있었다. 아까 느끼지 못했던 감정에 민수는 일순 당황했다. 여자는 시선을 약간 아래로 피한 상태에서 말을 걸어왔다.

"천천히 다 드십시오. 그리고 물은 여기에 있습니다."

"죄송해서……. 폐를 많이 끼쳐 죄송합니다."

"아닙니다. 신경 쓰실 것 없습니다. 위험에 처하신 분인걸요."

"본의 아니게…… 정말 죄송합니다."

"머리 통증은 어떠신가요?"

"덕분에 많이 나아진 것 같습니다."

"다행입니다. 회복되시는 대로 병원에 가보셔야죠."

"병원엘요? 아, 그래야죠."

"다른 곳은 괜찮으신가요?"

"네. 별로……. 이상은 없는 것 같습니다."

여자는 뭔가 더 묻고 싶은 것이 있어 보이는 눈망울로 민수를 가만히 들여다보았지만 더 이상 묻지 않았다. 아마도 절벽으로 올라간 이유를 묻고 싶었을 것이다. 아니, 이미 여자는 자신의 의도를 알고 있는지도 모를 일이었다. 그런 느낌이 강하게 들었다.

"절벽으로 올라간 이유를 묻지 않으십니까?"

"……뭔가 깊은 사연이 있으시겠죠."

민수는 말문이 막히고 말았다.

"편히 걸으실 수 있을 때까지 저희 집에 묵으셨다가 가시기 바랍니다. 폐를 끼친다는 생각은 마세요."

민수는 얼떨결에 그렇게 하겠다고 말은 했지만, 사실 몸과 마음이 불편해 견딜 수가 없었다. 바깥 공기라도 마셔야 할 것 같았다. 밖은 이미 어두워져 있었지만 그래도 밖을 한번 나가고 싶었다. 폐부 깊숙이 신선한 바람을 한껏 밀어 넣고 싶었다.

시간이 얼마나 흘렀을까. 말똥말똥한 정신은 밤이 깊을수록 총기로 깨어나고 있었다. 민수는 살며시 방문을 열었다. 조그마한 마루와 현관이 민수를 맞았다. 민수의 외투가 현관 한쪽 빨랫줄에 걸려 있었다. 반대쪽 방문 너머로 불이 켜져 있는 게 보였다. 아직 잠자리에 들지 않은 것 같았다. 느낌으론 남자가 없는 분위기였다. 민수는 조심스럽게 현관문을 열었다. 그 순간 반대편 방에 불이 막 꺼졌다. 민수는 마당으로 나왔다. 확 트인 마당은 담도 없이 그렇게 휑뎅그렁한 모습을 하고 어둠에 눌려 있었다. 강아지는 낯선 사람인데도 멀뚱히 바라다 볼 뿐 쿵쿵대지 않고 자기 집을 지키고 있는 모습이 반달에 가까운 달빛 밑으로 드러나 있었다. 하늘이 낮게 내려와 있는 느낌이었다. 별이 쏟아져 내릴 듯 앞다투어 기를 쓰고 있었다. 모든 게 정겹고 온화했다. 어둠을 배경으로 먼데 산 능선이 물 흐르듯 어디론가 끝없이 길게 뻗어 가고 있었다.

간간이 보이는 불빛은 마을의 규모를 알게 해 주었고, 지금 이 집의 위치도 어느 정도 가늠할 수 있게 했다. 그러나 민수는 여전히 의뭉함을 떨칠 수 없었다. 죽고자 왜 이곳까지 왔는지, 어떻게 왔는지, 그리고 하필이면 김정희 선생의 고향이라 일컫는 예산까지 왜 왔는지 도무지 알 수가 없었다. 민수는 마당을 걸어 나오면서 무심히 뒤를 돌아보다 흠칫 놀랐다. 집 뒤쪽으로 대나무가 뭉텅 군락을 이루고 집을 병풍처럼 에워싸고 있었다.

"어딜 가나 대나무가 따라다니는군⋯⋯."
민수는 돌아서며 객쩍은 투로 중얼거렸다. 잠시 후 인기척에 또 한

번 놀랐다. 뒤로 돌아보았다. 거뭇한 실루엣의 주인공은 여자였다. 여자가 민수의 외투로 보이는 옷을 들고 서 있었다.

"놀라셨다면 죄송합니다."

"아니 뭐, 그렇지 않습니다."

"유월이지만 여긴 아직 쌀쌀합니다."

그러고 보니 그랬다. 민수는 여자가 건네는 자기 외투를 조심스레 받아 걸쳤다.

"감사합니다. 이렇게까지 않으셔도 되는데……."

"조금만 계시다 들어가세요. 몸도 온전하지 않으신데……."

"인제 괜찮습니다. 이렇게 걸을 수도 있습니다."

여자 입가에 웃음이 슬며시 드리우는 것 같았다. 손으로 살짝 가리는 모습이 그래 보였다.

"시장하지 않으신가요?"

"아니, 괜찮습니다."

"미안해하지 마시고 필요하신 거 있으시면 언제든 말씀하세요."

"아, 예. 감사합니다."

여자는 고개를 가볍게 숙이고 건너편 방으로 들어갔다. 민수는 여자가 방에 들어가고 난 후 한참 만에 자신의 방으로 들어왔다. 민수는 적당히 높은 천장을 무연히 올려다보면서 아까 했던 생각을 이어가려 했었다. 하지만 좀처럼 자신이 어떻게, 무슨 이유로 이곳까지 오게 되었는지 더는 생각나지 않았다. 다만 무작정 걷고 걸어서 어디론가 간 것까지는 생각났지만 그 이상은 알 수 없었다. 되레 의뭉함만 커져갔다. 거기다 이제는 여자에 관한 궁금증이 하나 더 추가되었다.

충청도 말을 쓰지 않는 거며, 미모의 중년 여자가 아이와 함께 이런 산골에 들어와 사는 거며, 여자의 남편이 있는지 없는지가 궁금했다. 궁금한 이유는 자신도 모르는 일이었다. 그냥 그랬다. 그런 탓에 민수는 자기 일을 잠시 잊어버렸다. 순간 객쩍다는 생각이 들었다. 그러자 단박 떠나온 집이 비로소 생각났다.

"가게는 어떻게 되었을까……."

물론 기억엔 없지만, 떠나올 때, 아마도 어떤 형태로든 가게를 정리하고 떠나왔을 것은 자명했다. 죽으려 했기 때문에 성격상 깔끔하게 마무리했을 건 당연했다. 그런 민수는 이렇게 살아있다는 걸 의식하자 삶의 터전이 단박 생각났던 것이다.

"돌아가야 하나 아니면 지체 않고 다시 결행해야 하나……."

이미 결정을 한 탓에 갈등은 없었다. 사실 오래전부터 생각한 것이어서 죽는다는 생각은 자연스러웠다. 단지 적절한 시기를 타진하다 시간이 길어진 것뿐이다. 그런 차에 난 작품이 그것을 일깨워 주었던 것이다.

어제도 오늘도 모녀가 자신을 부르고 있기에 민수가 가야 할 곳은 이미 정해져 있었다. 어쩌면 나옹 스님의 설법과는 정반대의 삶일 거였다. 다 두고 떠나야 하는데 이렇게 갈 곳까지 있으니 배도의 행위라 하겠다. 버릴 게 저승에 있든 이승에 있든.

난이 가슴으로 들어오다

아내는 색소폰을 들고 아이는 옆에서 모처럼 웃고 섰다. 한결 부드러워진 모습은 낯설다. 지난번 꿈과 달리 절벽 꼭대기에 난 대신 모녀가 서 있다. 그러나 위태롭지 않다. 단지 자신을 향해 애달아 하는 손짓은 매우 위험해 보인다. 민수는 그들의 손짓에 반응해보지만, 결코 그들에게 나아가지 않는다. 기다렸던 순간이 왔지만, 마음일 뿐 그렇게 하지 않는다. 당장 발목을 잡는 이도, 앞을 가로막는 불꽃도 없다. 하지만 앞으로 나아가는 일을 망설인다. 누군가가 가로막고 선 것인지, 가로막은 자가 자신인지 가늠할 수 없다. 급기야 망연함으로 눈에 불이 이는 듯 뜨겁다. 기다리고 기다리던 순간이 사라지면 안 될 것인데⋯⋯. 민수는 왜 그런지 알 수 없다는 말을 모녀를 향해 쏟아냈지만, 모녀는 민수의 말을 들을 수 없다. 아내가 참다 못했는지 색소폰을 입에다 가져간다. 색소폰에서 소리 대신 붉은 나방들이 터져 나온다. 나비가 아닌데도 천연색을 한 나방들은 사나웠고 기세가 만만찮다. 나방들은 산과 계곡 그리고 강물에까지 날아가 닿는다. 온천지가 나방으로 뒤덮이기 시작한다. 나무와 꽃들이 여기저기 우후죽순처럼 피어올라 꽃을 피우고 열매를 달기 시작한다. 하지만 열매를 먹는 자마다 죽는다. 그런데도 열매를 두려워하거나 멀리하는 자는 어디에도 없다. 단지 한 사람 자신만이 열매를 먹지 않는다.

아이가 팔을 뻗어 민수에게 내민다. 아이의 팔은 한없이 길어져 민수 앞으로 다가온다. 민수는 물끄러미 아이의 팔을 쳐다볼 뿐 아무런 반응도 하지 않는다. 순간 아이의 손이 민수의 목덜미를 휘어잡는다. 연이어 아이의 손은 어저께 민수의 목을 감았던 난으로 바뀐다. 난의 날카로움은 민수의 목을 베기 시작한다. 피가 난다. '꺽'한다. 온몸에 땀이 흐른다. 하지만 누군가 땀을 씻었다. 누군가 목덜미에서 난을 떼어낸다. 보드라운 손이다. 손은 힘이 있다. 민수는 그 손을 잡는다. 그리고 가슴께로 가져간다. 긴장된 몸과 마음은 일시에 녹아내리고 난에서 해방감을 맛본다. 그러나 난은 여전히 꼭대기에서 건재하다. 그리고 고고하다.

아내가 난 옆에서 색소폰을 다시 분다. 이번에는 소리가 난다. 절절한 아내의 슬픔이 담긴 곡조다. 저주스러운 곡조다. 민수는 얼른 팔을 뻗어본다. 이번에는 아이의 팔처럼 자기 팔이 한없이 뻗어 나간다. 아내 정숙을 붙든다. 아내가 품 안으로 천천히 끌려 들어온다. 하지만 아내는 끌려오면서도 여전히 색소폰을 불며 멈추지 않는다. 민수는 아내의 입에서 나오는 슬픔을 죄다 빨아들이듯 색소폰을 밀치고 아내의 입속 깊이 자신의 혀를 밀어 넣는다. 그래도 아내는 계속 숨을 토해낸다. 이번에는 아내가 민수의 혀를 빨아들인다. 아니다. 아내가 아니다. 하지만 아내의 색소폰 소리는 여전하다. 어디서 나는 소린가! 민수는 또다시 그 소리를 저지하려 아내를 파고든다. 아니다. 아내가 아니다. 몸에 있는 구멍마다 손가락과 혀로 막아본다. 하지만 역부족이다. 그럴수록 아내의 색소폰 소리는 커져만 간다. 어디서 나는 소린가! 급기야 작정한 듯 민수는 아내 몸 위로 올라탄다. 아니다. 아내가 아니다. 그리고 사정한다. 널브러져 곤두박질한다. 미안했었노라고, 잘못했었노라고, 내가 부주의했었노라고 그리고 곧 따라가겠노라고 읊조린다. 아내는 민수의 말에 화답하듯 색소폰 소리를 멈추고 춤을 추기 시작한다. 난의 춤이다. 불의 춤이다. 휘었다가 바로 꼿꼿하게 선다. 춤은 활화산을 방불케 한다. 끊임없이 타고 또 타오른다. 아내가 또다시 난으로 변한다. 아니다. 아내가 아니다.

난은 한참을 타오르다 맞은편 절벽에다 다시금 한시를 뿌리듯 글자를 흩뿌린다. 흩뿌린 글자는 곧 글귀가 된다. 일전에 보았던 그 글자들이다. 글귀는 한동안 절벽에 나붙어 있다가 하나씩 하나씩 민수 가슴께로 파고든다. 등으로도 파고든다. 난은 채찍과 같이 몸을 휘감으며 때리며 글귀와 함께 몸속으로 파고든다. 몸속으로 파고든 글귀는 다시금 가슴께로 모여 부푼다. 터질 듯 부푼다. 그리고 순간 한꺼번에 토해진다. 경이로운 세계가 일순 눈앞에 펼쳐지다 이내 흰색으로, 다음은 잿빛으로 바뀌더니 이내 모든 것이 잠잠해진다.

하지만 그 남자의 난이 민수의 가슴에 아내와 아이로 남았다. 마치 난이 모녀를 집어삼킨 형국이었다. 그 남자의 난이…….

의식이 돌아오자 등과 가슴이 아렸다. 꿈인지 생시인지 여하튼 현실이 된 게 믿기지 않았다. 아내가 아닌 그 누구는 또 뭔가?

아이가 방문을 열고 뭔가 말했다. 분명 아침상을 이야기했으리라! 그 순간 아이의 말에 반응하듯 허기가 일시에 밀려들었다. 민수는 등과 가슴께의 아릿함을 느끼며 자리에서 일어나 방문을 열고 마루로 나갔다.

"어머닌 어디 가셨니?"

"조금 전 읍내 급한 볼일이 있으시다며 가셨습니다."

"급한 볼일이라니?"

"자세한 건 저도 알 수 없습니다. 그렇게만 말씀드리라고 하셨습니다."

"그래⋯⋯."

"그리고 이거."

민수는 아이가 전해 준 글을 읽었다. 여자의 글이었다. 더 이상 죄책감에 빠져 살지 말라는 내용의 글이었다. 조금은 황당한 내용이었다. 남아 있는 사람은 남아있는 대로의 삶을 성실히 살아야 하는 게 먼저 간 사람에 대한 도리라면서 삶이든 뭐든 실체는 원래부터 없었다는 누군가의 말을 인용하면서 끝을 맺었다. 그 누군가를 알 듯 말 듯했다.

"실체는 원래부터 없었다고⋯⋯. 그게 무슨 말인가? 그러면 아내도 아이도 원래 없었다는 말인가? 나까지도!"

이미 가고 없는 사람에게 매달린 것을 두고 하는 말이리라⋯⋯. 민수는 여자가 남긴 글을 속으로 되씹으며 여자의 집을 나섰다. 집을 나서며 잠시 돌아보았다. 자신이 떨어졌다는 절벽이 있는 산이 대나무로 둘러싸인 여자의 집을 병풍처럼 에워싸고 있었다. 다시 돌아서자 병풍 앞으로 드문드문 군락을 이룬 마을이 논밭 위로 그림처럼 엎드려 있었다. 한없이 평화로운 풍경이었다.

민수는 도리는 아니긴 해도 여자가 오기 전 곧바로 집을 떠났다. 남긴 메시지를 보면 그게 맞았다. 다만 아쉬운 건 여자에 관해 아무것도 모르고 떠난다는 것이 아쉬울 뿐이었다. 쪽지를 남길까 하다 기회가 되면 다시 들리겠노라고 아이에게 이르고 집을 나왔다.

민수는 한참 만에 사람이 제법 모여 사는 곳에 이르렀다. 걸어오는 동안 혹여 기억나는 게 있을까 애를 써봤지만, 기억에 없었다. 낯익은 곳이 한 군데도 없었다. 기가 찰 노릇이었다. 동네는 작고 아담했다. 집집마다 감나무가 고목이 되어 가지를 늘어뜨리고 있었다. 감나무 밑마다 널따란 평상엔 사람들이 삼삼오오 모여 앉아 오가는 사람들을 멀뚱히 쳐다보며 시간을 죽이고 있었다. 거의 노인과 어린아이들뿐이었다. 눈에 띄는 건 노인 대부분이 갓을 쓰고 있었다. 마을을 빠져나오자 커다란 입간판이 산간 벽촌과는 이질적인 모습을 하고 길 가장자리에 작지 않은 크기로 세워져 있었다. 거기엔 '완당, 추사 김정희 생가 약 1km'라고 쓰여 있었다. 예산이면 그럴 만도 했다. 간판 옆으로 작은 약국이 오도카니 자리를 잡고 있었다. 민수는 통증에 필요한 진통제와 교통편도 물을 겸 약국 안으로 들어갔다. 밖과 달리 규모가 있는 공간엔 정리하다만 약이 든 박스가 어지러이 놓여 있었다. 민수는 가슴과 등에 난 상처가 손톱자국처럼 보인다는 백발의 약사 말을 뒤로하고 어둡기 전에 길을 재촉했다.

"그나저나 도대체 여긴 왜 왔을까, 정말!"
하지만 이유가 아예 없는 것도 아닌 듯했다. 여자에게서 예산이라는 말을 들었을 때부터 떨칠 수 없었던 뭔가가 있었다. 그것은 쉬이 사라지지 않고 꼬리를 물고 있었다. 민수는 꼬리를 물고 있는 그 의뭉함이 문제 해결의 열쇠라고 생각했다. 여하튼 이곳까지 오게 된 이유가 궁금했다. 아니, 궁금함을 넘어 뭔가를 규명하고 싶었다. 그러지 않고는 지금의 상황을 대충이라도 갈무리할 순 없었다. 김정희, 예산

그리고 꿈과 아내와 딸……. 뭔가 관련 있는 게 분명했다. 당장엔 그
것이 무엇인지 모르지만.

전시회를 가다

    민수는 예산에서 돌아와 일주일을 두문불출했다. 홀연히 사라진 일주일 동안 자신을 찾은 이 아무도 없었다. 두문불출한다고 해서 달라질 건 없었다. 예산을 다녀와 전화 발신 목록을 확인했었다. 기억에 있는 전화번호는 없었다. 새삼 민수의 가슴이 허했었다. 자신에게 남아 있는 게 진짜 아무것도 없다는 것만 확인했을 뿐이었다.

    다만 해결되지 않는 의구심만 가슴 속에 남아있었다. 의구심은 기이한 꿈과 난 작품 그리고 산속의 여자였다. 사실 여자는 그렇다 하더라도 남자 고객의 작품이 가슴속으로 옮겨온 것은 아무리 생각해도 의뭉했다. 거기다 애절하게 민수를 갈망하던 아내와 아이가 작품 속 난 안으로 왜 사라져 버렸는지 알다가도 모를 일이었다.

    "난이 가슴에 있으니 둘도 가슴 속으로 들어온 건가?"
    그런데 가슴속에 남겨진 작품은 난뿐만이 아니었다. 작품 속에 써진 글귀들은 아직도 선명하게 남아서 뭔가를 주문하듯 했다. 민수는 누구의 작품인지 이제야 새삼 궁금했다. 표구하는 동안 한 번도 유심히 들여다보지 못한 게 후회되었다. 하지만 그런 일을 드문 일이다. 완성 후 한 번 정도는 들여다본다. 물론 도서와 글귀가 찢어지는 바람에 혼이 나간 탓도 있었겠지만, 지금 와서 굳이 돌이켜보면 작품이 자신의 시선을 밀어낸 것도 같았다. 그러지 않고는 힘들게 작업한 작품을 그렇게 그냥 보낼 수 있었겠는가. 낙관의 윤곽만 보았을 뿐 글자엔 눈이 가지 않아 낙관을 알 수가 없었던 것이다.

"어떻게 그럴 수가 있지! 낙관을 고치면서도……."

민수는 지금에야 이상하다는 생각이 봇물 터지듯 터졌다. 기억을 짜냈지만, 낙관은 가물가물했다. 꿈속에서 보았던 작품 역시 큰 글귀만 떠오를 뿐 낙관과 같은 형태는 기억 어디에도 없었다. 민수는 점점 의구심에 답답했다. 그 남자의 그 작품을 다시 볼 수 있다면 모를까, 그 작품이 누구 것인지 도무지 알 수 없었다. 그렇다고 남자의 연락처도 있는 것도 아니고, 참! 의뢰서!

민수는 인제서 작업의뢰서가 생각났다. 의뢰서를 적는 건 어제오늘의 일이 아니다. 그걸 생각지 못했다는 게 이상했다.

"떨어지면서 인지 능력에 문제가 생겼나……."

민수는 뭔가에 쫓기듯 가게로 나왔다. 가게는 이 주 동안 주인 없이 풀이 죽은 것처럼 축 늘어져 있었다. 민수는 먼저 창문을 활짝 열었다. 조금 지나자 눅눅한 공기가 환기되었다. 쇼윈도를 통해 건너편 건재상 사장이 손 흔드는 게 보였다. 무슨 말도 하는 듯했다. 아마도 그동안 안부의 말일 거였다. 이웃의 관심은 그뿐이었다. 가게 안은 별다른 변화가 없었다. 먹 냄새도 거의 나지 않았다. 민수는 작업대 위에 놓인 작업의뢰서를 집어 들고 남자 고객의 전화번호를 찾았다. 그러나 남자의 전화번호는 없었다. 그때 전화번호를 받아놓지 않았다는 걸 의뢰서를 보자마자 기억이 났다. 민수는 소파로 가서 털썩 주저앉았다. 기운이 쭉 하고 빠져나가는 느낌에 현기증까지 동반되었다. 그때, 기다렸다는 듯이 전화가 걸려왔다. 누굴까? 싶다가, 선뜻 받고 싶지 않은 마음에 그냥 내버려 두었다. 하지만 작정한 듯 전화벨이 끝없이 울려 댔다.

"여보세요?"

"무슨 일이라도 있나? 어제도 안 받더니."

"무슨 일은……. 감기 기운에 어젠 집에서 쉬었어."

"많이 안 좋은가?"

"아니야, 이젠 괜찮아졌어."

"사람하곤. 하기야 집 전화번호를 모르니……."

"할 이야기가 있나 본데?"

"아, 다른 게 아니고, 저번에 이야기한 전시회 말이야."

"그런데?"

"본 전시회는 이 주 더 남았는데 초대전은 내일부터라네. 가보자고."

"내일부터?"

"그래. 그 말도 많던 부작란도 초대가 된다는데. 어때?"

민수는 인배의 부작란이라는 말에 순간 하늘에서 불이 내리는 것 같았다. 한순간에 도가 터는 그런 기이한 일이 일어났다. 민수는 당황한 나머지 연거푸 자신을 불러대는 인배의 소리를 듣지 못하고 그만 전화를 끊고 말았다. 벨이 다시 몇 번 더 울렸지만, 민수의 귀는 이미 닫힌 상태였다. 귀에 아무 소리도 들리지 않았다. 다만 부작란이라는 단어만이 머릿속에 부유할 뿐이었다. 남자 고객이 가지고 있던 아니, 자신이 표구했던 작품이 부작란이었던 것이다.

"부작란, 그래. 맞아! 꿈속에 나타났던 글귀에 부작란이라는 글귀가 있었지. 실제로도 비슷한 글들이 있었어. 왜 그걸 이제야 알았을까! 그뿐 아니라 꿈에서 본 절벽 위에 있던 난도 그림의 난과 같다는 걸 마치 증명하듯 선명하게 보여주었어. 분명해!"

그렇다면 전시회에 걸린 작품은 자신이 표구한, 남자 고객이 가지고 있던 그 작품이 전시될 거였다. 도무지 이해가 되지 않았다. 어떻게 그런 일이 있을 수 있나 싶었다. 대충 표구한 작품……. 그리고 누추해 보였던 남자……. 그 작품이 어떤 경로를 거쳐 전시회까지…… 도무지…….

민수는 자신이 일주일을 걸어서 죽으러 김정희의 생가가 있는 고향까지 갔던 일이 아직도 이해 불가였지만, 일련의 일을 종합해보면 여하튼 부작란과 연관된 의구심을 지울 수 없었다. 자꾸만 가슴이 난리를 치듯 뛰었다. 또다시 전화벨이 울렸지만, 민수는 전화를 받지 않았다. 단지 조급함과 절박함만 인지할 수 있었다.

민수는 배접지를 가져와 보조테이블 위에 올려놓고 머리에 각인된 작품의 글귀를 생각나는 대로 적어 내려갔다. 그런데 적어 내려가던 민수는 기이함에 또 한 번 놀랐다. 모든 글귀가 순간순간 기억났기 때문이었다. 적어놓은 글은 알 수 있는 글과 모르는 글이 반반 정도였다. 하지만 아는 글자가 있어도 전체적인 뜻은 알 수는 없었다. 다만 좌측 세로로 '不作蘭花二十年-(부작란화이십년)'이라는 글귀만 눈에 들어왔다. 그동안 소문만으로 부작란을 대충 알고는 있었지만, 글을 직접 적어놓고 보니 듣고 알고 있던 뜻과 그리 다르지 않았다. 말 그대로 난을 스무 해나 그리지 않았다, 라는 의미였다. 하지만 기억엔 스무 해 뒤에 그린 난은 건재했었고 기운차게 뻗어 있었다.

"아무렇게나 그려진 게 아니었어……. 내가 잘못 본 거야."

전시회는 만원이었다. 차림새로 봐도 알 수 있는 문화 예술계 인사들이 장사진을 쳤다. 거기다 일반인들도 적지 않게 몰려들었다. 물론 이번 전시회는 그동안 선보이지 않았던 유명 화가들의 작품이 전시되긴 했지만, 사람들이 몰려든 이유는 뭐니 뭐니 해도 항간의 관심인 김정희의 부작란에 때문인 것은 자명했다. 민수는 사람들 틈을 비집고 앞으로 나아갔다. 동서양의 작품들이 쇼윈도 뒤로 길게 전시되어 있었다. 초대전답게 작품의 수준이 한눈에 봐도 대단해 보였다. 그중에서도 민수의 눈에 제일 먼저 띈 작품은 대나무 그림이었다. 한눈에 봐도 매력이 철철 넘치는 그런 기상을 뿜어내고 있었다. 한때 영혼을 사로잡았을 정도로 그를 매료시켰던 대나무. 민수는 가던 발걸음을 멈추고 한동안 대나무를 들여다보며 멍하니 서 있었다. 민수는 사람들이 떠미는 통에 자리를 뜰 수밖에 없었다. 물론 이곳에 온 이유가 따로 있긴 해도.

"어이, 민수 자네?"

"오, 왔군."

"이 사람, 전화도 안 받고. 진짜 무슨 일 있는 거 아냐?"

"그런 일 없어. 어젠 미안해. 손님이 갑자기 들어와서 그랬어."

"……여기 온 지 얼마나 됐어?"

"방금."

"그럼 아직 부작란은 못 봤겠네?"

"응. 아직."

"난 봤다네. 저쪽이야, 사람들이 많이 모여 있는 곳이네."

"음. 알았어⋯⋯. 그런데 어땠어?"

민수의 목소리는 떨리고 있었다. 아니, 작품을 대하기가 두려웠다고 해야 옳았다.

"뭐 별로 그렇던데⋯⋯."

민수는 무슨 말인지 순간 가늠하지 못했다. 다른 작품을 이야기하는 건가 싶었다. 인배의 이야기는 지극히 생뚱맞은 말이었다.

"그래? 글도 조잡하게 많고?⋯⋯."

생각과 말이 따로 허우적댔다.

"아니, 글은 없던데!"

"뭐? 글이 없다고? 그럼, 떠도는 작품의 이야기는?"

"그야, 나도 모르지. 근데 글이 많다는 걸 어떻게 알아 자네가?"

"아니, 뭐⋯⋯."

여전히 인배의 말을 가늠할 수 없었다.

"부작란 맞아?"

필요 이상으로 민수의 목소리에 힘이 들어갔다.

"그래. 불이선란."

돌연 의구심의 눈초리로 민수를 향해 짤막하게 인배가 답했다.

뭔가 잘못된 것 같았다. 민수는 부리나케 사람들이 몰려 있는 쪽으로 달리듯 나아갔다. 민수는 사람들 사이로 스포트라이트를 받으며 고고하게 벽에 나붙은 작품을 주시했다. 자신이 표구한 작품이 아니었다. 가슴에 와 닿은, 꿈에서 본 그 난 작품이 아니었다. 남자 고객의 작품이 아니었다. 부작란이 아니었다. 순간 머리와 가슴께로 찾아든 감정은 허망함과 평온함 그리고 의뭉함이었다. 감정은 민수의 머릿속과 가슴께로 교차하며 부유했다.

민수는 발길을 돌리려다 안내원에게 또 다른 부작란의 작품이 있느냐고 물었다가 되레 퇴박을 맞았다. 위작을 말하느냐는 취지였다. 당연했다. 물론 그랬다. 여러 점이 있을 리가 없었다.

민수는 발길을 돌려 전시장을 빠져나왔다. 빠져나오는 뒤로 누군가 민수를 불렀다. 하지만 민수는 반응하지 않았다. 집으로 돌아오는 민수의 머릿속은 복잡함과 의구심으로 가득했다. 급기야 한동안 사라졌던 두통이 똬리를 풀듯 스멀스멀 움직이기 시작했다. 약국을 찾아야겠다는 생각은 잠시뿐 의구심으로 꼬인 상황을 어떻게 정리해야 할지 몰라 머릿속은 지리멸렬했다.

민수는 본 전시회가 있기 전 사흘을 앞두고 다시 전시장을 찾았다. 두 주일이 되어 가는데도 관람객은 만원이었다. 민수는 처음에 본 대나무 그림을 지나 곧장 난 그림이 있는 곳으로 나아갔다. 전보다 더 많은 사람이 운집해 있었다. 한쪽으로 삼삼오오 모여 나름의 품평을 하고 있었다. 민수는 그런 모습을 보며 첫날보다 작가들이 많음을 짐작할 수 있었다. 민수는 멀찍이 나붙은 난 그림을 뚫어져라 쳐다보았다. 글자 존재여부를 떠나 둘 중의 하나는 위작이 분명했다. 물론 추사가 비슷하게 여러 작품을 남겼다면 모를까, 그렇지 않다면 둘 중 하나는 위작일 수밖에 없었다.

그러나 민수는 아내와 아이를 품고 가슴속으로 들어온 남자 고객의 작품이 진품이라고 믿어졌다. 아니, 정확히 말하면 믿고 있었고, 의심의 여지가 없다고 단언하고 있었다. 그렇다면 당장 눈앞의 그림은 위작 내지는 다작 중 하나의 작품이 분명했다. 가슴에 있는 남자 고객의 난과 전시된 난은 비슷하면서도 어딘가 달라 보였다. 전시된 난은 한눈에 봐도 정교하게 그려져 있었고, 고고한 기풍은 어떤 난 그림과도 견줄 수 없을 만큼 수작으로 보였다. 남자 고객의 작품과 달리 글귀를 없앤 작품은 낙관을 이용해 여백을 예리하게 매웠다. 눈앞의 작품도 진품이길 바랄 만큼 수작 중의 수작이었다.

민수는 작품을 보면서 삼삼오오 모여 있는 사람들 가까이 의식적으로 다가갔다. 그들 가까이 가자 작품에 관한 이야기가 들렸다. 그들은 찬사를 아끼지 않았다. 어떤 이의 말은 감동 그 자체였다. 이미 그는 영혼이 사로잡혀 있었다. 그런 심취한 혼으로 말을 쏟아내니 듣는 이에게도 감동이 고스란히 전해지고 있었다. 무심코 고개를 돌리자 민수의 눈에 저만치 작품 문의라는 안내문이 들어왔다. 민수는 다가가 내용을 확인했다. 조그마한 백색의 아크릴판 안내문에는 문의 장소와 시간이 적혀 있었다. 시간은 충분했다. 민수는 휴게실로 향했다. 휴게실 한쪽으로 화선지에 '안내처'라는 바탕체 글을 책상 앞쪽에 붙이고 여자 하나가 조는 듯이 앉아 있었다. 민수가 다가가자 인기척을 느꼈는지 화들짝 놀라는 표정으로 민수를 맞았다. 여자의 눈이 토끼 눈이었다.

"그림에 관해 문의해도 됩니까?"

"네. 말씀하세요."

여자가 당황한듯 황급히 대답했다.

"저 3번 라인에 있는 추사 선생의 작품에 관해 물어봐도 될는지요?

"아, 그건 현장에 가시면 감정위원님께서 설명해 주실 겁니다."

"어느 분이 위원님인지 알 수가 없었어요."

"붉은색 넥타이에 흰 장갑을 착용하신 분이 계실 겁니다."

민수는 얼른 기억해 보았다. 삼삼오오 그룹에도, 그 주변에도 그런 사람을 보지 못한 것 같았다. 하지만 다시 가보겠다며 휴게실을 나왔다. 민수는 휘 둘러 보았다. 어림으로 보아서인지 전시회 공간 어디에도, 부작란 주위에도 붉은색 넥타이와 흰 장갑을 낀 사람은 역시 보이지 않았다. 민수는 다른 작품쪽으로 걸음을 옮겼다. 혹여 발견하지 못한 감정위원이 있을까 하는 생각에서였다. 그런데 간절한 바람이라서 그랬을까! 한 사람이 사람들에게 둘러 싸여 큰 민화작품을 열심히 설명하고 있었다. 차림으로 보아 감정위원이 맞았다. 위원은 중년의 외모를 하고 있었다. 나름은 품위가 있으면서도 날카로워 보였다. 민수는 민화작품에 관한 설명을 흘려듣듯 하며 위원을 기다렸다. 하지만 좀체 마무리가 되지 않았고 되레 그의 어투와 설명이 자꾸만 귀에 박혀왔다. 한마디로 위원의 작품 설명은 빈틈없이 완벽하게 들렸다. 설명이 끝나자 사람들 하나둘이 자리를 옮길 때쯤 민수는 기다렸다는 듯 말을 건넸다.

"저쪽에 있는 작품에 관해 여쭤 봐도 되겠습니까?"

순간 그리 탐탁한 얼굴은 아니었다. 단박 경계하는 느낌을 주었다. 조금 전 표정과는 완전히 판이했다. 하지만 표정을 애써 감추고는 그러라고 했다.

"추사 선생의 작품 말인데요. 부작란이 맞습니까?"

감정위원은 웬 정신 나간 사람을 봤나! 라는 표정으로 말을 아끼다가 천천히 입을 열었다.

"그럼, 선생님은 걸린 그 그림이 무슨 그림이라고 생각하십니까?"

"그냥 궁금해서 여쭙는 겁니다. 워낙 화제의 작품이기도 하고. 그리고……."

"선생님, 있는 그대롭니다. 귀한 것이니, 잘 관람하시기 바랍니다. 초대전에서 볼 수 있는 이런 기회는 드문 일이니까요."

"아, 예. 그렇습니까?"

"그런데 어떤 일을 하시는 분인지 물어도 될까요?"

그의 말은 듣기에 따라 강압적이라는 느낌이 들 수 있었다.

"그냥, 표구점 겸해서 작은 화랑을 하고 있습니다."

"그렇군요……."

"제가 알고 있는 부작란은……. 아닙니다."

감정위원의 눈빛이 순간 번뜩였다. 민수는 그 눈빛에서 묘한 냉기를 느낄 수 있었다. 맞았다. 그의 표정과 말은 경계와 강압적이었었다. 민수는 순간 알 수 없는 위기의식에 마음이 바쁘기 시작했다.

"선생님께서 알고 계시는 부작란은 어떤 건가요? 들어 볼 수 있을까요?"

"아닙니다. 그렇다는 이야기지요."

하지만 위원은 집요했다.

"뭐가 그렇다는 거지요?"

“제가 듣고 상상한 그림하고는 영 달라서 그렇습니다.”

“선생님께서 상상하신 부작란이 무척 궁금하군요.”

역시 이번에도 비아냥과 더 이야기하라는 강압이 담겨 있었다.

“아니, 뭐. 그럼 수고하십시오. 설명 감사합니다.”

“잘 가십시오. 그럼…… 참! 혹여, 연락처라도 있으면……. 명함이라도 한 장 주실 수 있습니까?”

“명함을요?”

“네. 이 분야에 계신 분이니 또 다른 인연이 될지 어찌 알겠습니까. 이를테면 제작 의뢰라던가 하는…….”

“아, 예.”

하지만 가게에 두고 다니는 명함을 줄 순 없었다. 있다고 해도 분위기상 선 듯 내밀 수도 없었다. 다만 밀양 재래시장 인근에 ‘허화랑’이라는 상호를 일러 주었다.

민수는 왠지 조급한 심경을 다독이려 부작란 그림이 전시된 곳에 다시 가서 한동안 난 작품을 물끄러미 바라다보았다. 하지만 무엇 때문인지 작품에 집중할 수 없었다. 마음이 왠지 바빴다. 민수는 그만 작품에서 돌아섰다. 그때, 작품에 뭔가 빠져있다는 느낌이 와락 달려들었다. 그것은 혼이었다. 분명 혼이었다. 살아있는……. 민수는 다시 돌아섰다. 이번에 뚫어지게 작품을 주시했다. 순간 가슴속에 있는 그림이 떠올랐다. 그러자 눈앞의 그림은 죽어 냄새나는, 아니, 썩은 냄새가 났다. 거기엔 조금 전까지 느끼지 못한 흉측한 인간의 탐욕이 도사리고 있었다. 민수는 그것을 느꼈다. 만에 하나 다작의 작품이 존재

한다고 해도 눈앞의 작품은 추사의 혼이 담긴 작품이 아니었다. 저것
은 가짜였다. 인간의 탐욕이 만들어 낸 위작이었다.

"누가, 무슨 이유로⋯⋯. 그것도 초대전에⋯⋯."

전시장을 빠져나오는 민수의 발걸음은 의구심의 무거운 발걸음이
었다. 그러나 뒤통수는 서늘했다. 누군가 뒤통수를 뚫어지게 바라보
는 것만 같았다. 그 탓에 무거웠던 발걸음은 점점 빨라지고 있었다.

책방으로 가다

　민수는 헌책방 골목을 누볐다. 하지만 추사의 작품은 좀처럼 찾기 어려웠다. 하는 수 없이 성배가 있는 부산으로 갔다. 보수동 책방 거리는 소문대로 규모도 컸고 책이 많았다. 특별히 좋았던 것은 고서를 전문적으로 취급하는 곳이 있었다. 하지만 한나절 동안 찾고 찾은 게 고작 교과서에서도 볼 수 있는 수준에 불과한 작품들이었다. 민수도 익히 알고 있는 그런 그림들이었다. 기대한 것만큼 아쉬움도 더했다. 민수는 맨손으로 그냥 돌아오기 뭐해서 작품 관련 몇 권의 헌책을 샀다. 책을 사든 민수는 성배를 만나지 않고 돌아가려다 도리가 아닌 듯 잠시 머뭇거리다 책방 골목을 빠져나와 길 건너에 있는 공중전화 부스에서 달가워하지 않는 성배와 만나기로 약속을 잡았다.

　민수는 버스를 타려고 버스 노선과 정류장을 확인하며 돌아다녔다. 그런데 그때, 민수의 시선을 끄는 간판이 보였다. 책방 골목 끝자락쯤에 '古書'라는 작고 특이한 간판이었다. 민수는 기대 반 호기심 반으로 간판이 내걸린 책방으로 다가갔다. 책방은 간판만큼이나 작았다. 외지고 자그마해 길 건너에서 눈에 들어온 것이다. 그런데 책방 앞에 선 민수는 기이한 경험을 했다. 알 수 없는 힘이 자신을 책방 안으로 잡아채 끄는 듯한 느낌이었다. 민수는 잠시 머뭇거리다 古書 간판을 위로하고 문을 조심스레 밀고 안으로 들어갔다. 자그마한 공간은 간판 이름처럼 고서만 가득 채워져 있었다. 책방은 오랜 세월 동안 한지와 먹물이 내뿜은 독특한 냄새로 가득 차 있었다. 독특한 냄새는 공간을 고즈넉한 분위기와 정겹다는 느낌을 들게 했다. 멀지 않은 구석진 한쪽으로 누군가 앉아 있었다. 자세히 보니, 돋보기를 코끝에 아슬아슬하게 걸고 노인이 책을 읽고 있었다. 노인은 인기척에 고개를 돌려 민수를 보면서 자리를 고쳐 앉았다. 노인은 자신이 주인임을 말하고 있었다. 눈치를 챈 민수가 다가가자, 노인은 돋보기 너머로 민수를 빤히 올려다보았다. 하지만 먼저 말은 걸어오지는 않았다.

"어르신, 혹시 김정희 선생의 글이나 화첩 같은 거 있습니까?"

민수는 조심스레 물었다. 하지만 노인은 생각보다 활달했다. 노인은 민수의 말을 기다렸다는 듯 자리에서 일어나 아무 말 없이 구석진 곳으로 사라지더니 잠시 후 표지가 낡고 너들너들한 여러 권의 책을 들고 나타났다.
"없기는, 하꼬방처럼 보여도 우리 집엔 없는 것 빼고는 다 있다네."
노인의 농담 투의 말은 왠지 쫓기듯 조급한 민수의 마음을 조금은 느슨하게 해주었다.
"그런가요. 일단 한 번 살펴보겠습니다."
"살펴만 보지 말고 사 가. 노인도 먹고살아야제."
"……네. 그러겠습니다."

노인은 낡은 책을 민수 손에 들려주고는 돌아섰다. 세 권의 낡은 책은 무겁지 않았다. 노인은 아까 앉았던 자리로 돌아가 뭔가에 집중하듯 아래를 내려다보았다. 민수는 책방 안을 휘 둘러보고는 노인이 가져다준 책을 간이 테이블 위에 올려놓고 빠르게 살펴보기 시작했다. 표지와 달리 책장은 모두 색이 약간 발했지만 세 권 모두 매끈하고 깨끗했다. 성배와의 약속 시각을 잊은 듯 한참을 살펴보던 민수는 마지막 한 권에서 '아!' 하고 탄성을 질렀다. '추사체의 형태와 그 변화'라는 논문 제목처럼 보이는 책이었다. 찾는 그림은 당장 눈에 띄지 않았지만 모르긴 해도 추사 김정희의 일대기와 작품이 거의 다 수록된 듯했다. 보물을 발견한 민수는 별로 도움이 안 되는 책까지 두 권을 더사서 환하게 웃는 노인을 뒤로하고 책방을 나왔다. 세 권의 책 모두 출판사가 다 달랐다. 그런데 익히 들어 보지 못한 낯선 출판사들이었다. 이런 책은 나름의 인지도가 있는 출판사에서 출간하기 마련인데 좀 의아했다.

"별일이군. 여기까지."

"친구한테 오는 게 별일인가!"

"친구, 좋지⋯⋯."

"⋯⋯그나저나 요즘 어떻게 지내? 혹시, 전시회는 가봤나?"

"무슨 말인가? 뜬금없이⋯⋯ 전시회라니? 그리고 미술 전시회를 한두 군데 하는 것도 아니고."

"다음 달 15일까지 밀양에서 여는 초대전과 정기전 말이야."

"내가 그걸 어떻게 알아. 그런 벽촌에서 하는 걸⋯⋯."

"이 사람, 말조심하게 벽촌이라니. 밀양이 벽촌인가?"

"그럼, 뭔데?"

"이 사람, 또 피곤하게 한다. 심통 부리지 마. 사람 힘들어."

"……."

"근데 진짜 모르고 있었던 거야?"

"뭔데?"

"추사 작품 초대전."

"초대전? 별것도 아니네. 난 또."

말은 그렇게 했지만, 성배의 표정이 조금 바뀌었다. 기대하는 눈치였다.

"역시 모르고 있군. 그 말도 많던 부작란 말일세. 그 부작란이 나왔단 말이야."

"……정말인가?"

자리를 고쳐 앉으며 민망하리만큼 적극적으로 바뀌었다.

"그렇다니까. 내 눈으로 똑똑히 봤어."

"……그래, 어때?"

성배의 눈은 이미 아이 눈처럼 초롱초롱 빛나고 있었다.

"글쎄 뭐, 소문난 잔치에 먹을 게 없다고들 하잖아. 난 그저 그렇던데."

"그런데 웬 호들갑!"

성배의 표정은 미술관 관계자처럼 민수를 책하는 모습이었다.

"그래도 이 업계 업자들은 그 부작란을 보는 게 원이잖아."

"물론 그러긴 하지. 근데, 자네 저번보다 목소리는 좋네. 무슨 좋은 일이라도 있나?"

"좋은 일은 무슨. 그저 그렇지."

"그저 그런 목소리도, 표정도 아닌데 지금은……."

"그렇게 보이나?"

민수는 성배의 말에 순간 의아했다. 하지만 자신이 느끼기에도 분명 말수도 많아졌고 나름은 이전보다 의욕적인 모습으로 변해 있는 것을 느낄 수 있었다. 사실 그랬다. 그러나 삶의 의욕이 살아났다는 것보다 해야 할 일이 생겼다고 해야 옳을 거였다.

"아무튼, 자네가 좋아 보이니 나도 기분은 그리 나쁘진 않군."

"성배, 자네도 알지만 내겐 자네와 인배밖에 없잖아. 인제 그만하고 옛날로 돌아가자."

"……그럴 때도 되었지. 한데, 잘 안 돼. 나도 답답해."

"말이라도 고맙네."

"그런데 일전에 꿈에서 자네 모녀를 봤네. 평온한 모습을 하고 있더군. 마치 자네와 잘 지내라는 말을 하는 것 같더군."

"……그렇게 살자. 성배."

더는 아내의 이야기가 나오지 않았다. 성배와의 관계를 생각한 민수는 돌연 가슴 한쪽이 아팠다. 그동안 무엇이 막역한 관계를 갈라놓았는지 생각하면 할수록 가슴이 아렸다. 기차는 레일 위를 미끄러지듯 그렇게 앞으로 나아갔다. 빛을 받아 희번덕거리는 낙동강의 물줄기가 눈에 들어오자 밀양이 가까이 여겨졌다. 물줄기 너머로 멀리 야트막한 산은 태양을 잡고 있었다. 그 탓에 서쪽으로 넘어가려는 태양이 애를 쓰며 토해낸 피가 서쪽 하늘을 물들여 놓고 있었다. 핏빛은 점점 동으로 뻗고 있었지만, 그 기세는 시들해져 가고 있었다. 부산이 고향인 아내와 가끔 부산에 왔다가 올라갈 때 아내는 노을을 바라보며 시를 읊조리기도 했었다. 아내의 진한 감성이 묻어난 시는 시에 문외한 자신이 읽어도 울컥할 만큼 서정적이었고 감성적이었다.

가진 것이 있었다면 무엇이든 해 주고 싶었던 민수는 아내를 볼 때마다 미안했고 아내가 측은하기까지 했었다. 물론 가난한 민수를 알고 시집온 것은 그녀지만, 그래도 민수는 장애를 안고 있는 아내를 조금 더 챙겨 주지 못해 늘 미안했다. 하지만 부족함에 관한 이야기를 할 때면 아내는 민수를 나무랐다. 지금으로 만족한다며 함부로 말하지 말라고까지 매번 다짐을 받아내곤 했던 아내였다.

처녀 때부터 색소폰을 불었던 아내는 성배와 동호회 모임을 정기적으로 가지곤 했었다. 하지만 점차 자유롭지 못했다. 물론, 민수가 적극 후원은 못 해줘도 정기 연주회가 있을 때는 꼭 데려다주곤 했다. 그러나 아내는 임신 후 아이가 세 살이 될 때까지 부산으로는 한 번도 가지 않았다. 스스로 몸을 조심하느라 그랬다고 하지만, 민수로서는 여간 미안한 일이 아닐 수 없었다. 장애가 있는 아내의 기쁨을 빼앗았다는 기분은 민수 아니곤 알 수 없을 거였다.

그러던 차에 민수의 국전 출품작인 대나무 그림이 그만 모녀를 잡아먹어 버린 것이다. 성배는 지금껏 그것이 불만이었고, 그렇게 간 아내를 대신해 민수를 적대시했던 거다. 때로는 너무 과해서 이해가 안 되기도 했었다. 하지만 민수는 남 탓 대신 자신을 자책하며 그 상황을 갈무리하곤 했다.

멀리 교회당 십자가가 보였다. 흰 교회당의 녹색 종탑과 붉은 십자가만이 오롯하게 보였다. 저녁이라 밥을 짓는지 옅은 연무가 온통 마을을 뒤덮고 있는 모습이 참 평온해 보였다. 연기가 부유하듯 자욱한 광경은 아내가 유독 좋아했던 광경이었다. 저 모습을 보고 시를 쓴 일도 있었다. 민수는 아내의 시를 생각하자 불탄 집을 떠나올 때, 간신히 가지고 나온 아내의 일기장과 색소폰이 언뜻 머리에 떠올랐다. 그런데 생각은 거기서 멈추지 않았다. 순간 가슴이 '쿵'하는 소리를 냈다. 민수는 화들짝 놀라 자세를 바로 해 앉았다. 옆 사람이 그런 민수를 의식했는지 움찔하는 듯했다. 바보가 따로 없었다. 불탄 집에서 가져나온 병풍, 그동안 여덟 폭 병풍을 잊고 있었다. 넷 폭은 흥선대원군 이하응의 작품이고, 나머지 넷 폭은 추사의 작품인데, 그걸 지금까지 까마득히 잊고 있었다. 물론 특별한 작품은 아니지만, 지금 추사의 작품을 찾아 헤매는 상황에서 병풍의 그림을 잊었다는 자괴감은 이루 말할 수 없었다. 하지만 그런 민수의 가슴은 단박에 기대감으로 부풀어 올랐다.

민수는 병풍이 생각나자 헌책방에서 구매한 책을 조심스럽게 종이 가방에서 꺼냈다. 그리고 난 그림이 있는 책을 두고 두 권은 다시 종이 가방에 넣었다. 꺼낸 책을 무릎에 올려놓고 조심스럽게 책장을 넘겼다. 색이 발한 첫 장부터 집에 있는 넷 폭의 병풍 그림이 나오기 시작했다. 묵란도는 종류도 많았다. 글씨 작품 역시도 수없이 많았다. 작품 옆과 아래로 작품 설명이 깨알같이 쓰여 있었다. 추사의 일대기도 간간이 나와 있었다. 언뜻 봐도 유배지라던가 벼슬에 관한 내용이 기술돼 있다는 걸 쉽게 알 수 있었다. 하지만 역시 찾는 그림은 없었다. 어둑할 때쯤 기차는 밀양역에 상기된 민수를 데려다 놓았다.

아내를 발견하다

부산에서 올라온 민수는 제일 먼저 아내의 유품과 병풍을 자재 창고에서 꺼냈다. 쌓인 먼지와 이물질을 하나씩 털어내며 천천히 닦았다. 아슴아슴하던 망연한 아픈 기억이 다시금 떠올라 가슴을 후볐다. 이제야 눈앞에 두고 들여다보는 아내의 유품이 민수의 눈시울을 뜨겁게 달궜다.

아내와 아이를 따라가지 못한 미안함 때문이었다. 하지만 인제 자신이 바뀐 건 부인할 수 없었다. 그 이유가 삶의 의욕이든 다른 이유든 자명한 건 바뀌었다는 거다. 바뀐 건 그날 밤이었다. 난과 함께 모녀가 자신의 가슴으로 들어온 그 밤이었다. 그 후로 민수는 달라졌다.

만약 삶의 의욕이라면, 가슴속 깊이 스며든 난에 대한 의구심, 그리고 그 의구심을 떨쳐내야 한다는 부담감일 것이다. 그렇지 않고는 자신이 바뀐 것이나 지난 며칠, 자신에게 있었던 일련의 일을 설명할 수 없는 일이었다.

여하튼 그동안 의기소침했던 민수는 이상하리만치 삶에 의욕이 넘쳤다. 그러기에 반쯤 타다만, 가슴 미어지는 아내의 일기장도 펼칠 수 있었다. 전소한 방의 상황을 고려한다면 일기장은 온전한 상태였다.

일기장엔 아내의 성격을 말해 주듯 소소한 일상 이야기가 대부분이었다. 하지만 민수와 결혼한 이야기나 남편을 잘 챙겨주지 못한다는 내용 등은 소소함을 넘어 절절하기까지 했다. 딸아이를 가진 후 감동에 관한 이야기에선 딸아이 은혜를 떠올리지 않을 수 없게 했다. 거기다 정기 연주회 때 부산과 밀양을 왕래해 준 남편에게 한없이 미안하다는 이야기는 결국 왈칵 눈물을 쏟게 했다. 더욱이 아릿한 아랫배의 통증이 뱃속 아기에게 무슨 잘못이라도 생긴 것은 아닌지, 아이가 아팠을 때 어떻게 할 수 없어 밤을 새우며 서럽게 울었다는 이야기는 새삼 죄책감까지 들게 했다.

성배와 관련된 내용은 조심스러웠다. 남편이 알면 곤란한 이야기라는 제목으로 조심스럽게 적어 내려간 내용엔 성배가 아내 정숙에게 고백했던 내용이 고스란히 기록되어 있었다. 물론 끝에 가서는 성배의 고백을 우스갯소리로 넘겨버렸다고 했다. 하지만 내심 성배가 부담스러워 음악 동호회를 그만둘까, 고민했다는 내용에서 민수를 향한 마음을 느낄 수 있었다. 음악 한다고 어렵게 왔다 갔다 하지 말고 그냥 나와 사는 게 어떠냐며, 객쩍게 내뱉은 성배의 말에 아내 정숙은 성배의 마음을 꿰뚫어 본 모양이었다. 사실 사고 이후 성배의 모습에서 아내 정숙의 느낌은 틀리지 않았다.

민수가 이번 국전에서 꼭 입상이라도 해 원하는 바를 이루었으면 하는 바람은 글로 적혀 있었지만, 그 당시 아내를 생각하면 그 글에서 애절한 마음을 어렵지 않게 짐작할 수 있었다. 출품 전까진 작품에만 집중하라는 아내의 목소리가 어렴풋하게 들려오는 듯했다.

아이를 낳고 돌연 우울해져 나름 우울증에서 벗어나려 악기를 잡았지만, 몇 년 동안 잡지 않은 탓에 악기가 낯설어 황망했던 순간을 뭐라 표현할 수 없었다는 내용에 민수의 가슴이 방망이질하듯 뛰었다.

어떨 때는 답답해서 목이 터지고 피가 터져라, 악기를 불다 그렇게 사라지고 싶었다는 내용에선 적지 않은 충격에 망연했다. 민수는 아내 정숙에게 그런 일들이 있었다는 걸 알자, 자괴감에 가슴이 무너져 내렸다.

"못난 놈! 이런 놈 그만 잊어버려! 왜 가슴에까지 들어온 거야! 되지도 않는 그림에 주야장천 매달려 여편네도 자식새끼도 안중에 없었던 미친놈이 뭐가 그리……."

민수는 고성과 함께 가슴을 툭툭 치며 침대 위로 나자빠지듯 쓰러져 버렸다. 말라붙던 눈물 줄기에 또다시 피눈물과 같은 게 흘러내렸다. 민수는 가슴속에 들어와 있는 아내와 딸이 가슴 터지듯 그리웠고 보고 싶었다. 모녀에게 나름 한다고 했던 민수는 때늦은 망연함에 숨이 막혀 죽을 것 같았다.

추사 김정희를 알다

늦은 저녁을 먹는 둥 마는 둥 하던 민수는 무거운 머리로 밖으로 나왔다. 밖은 이미 어두워져 있었다. 고개를 쳐들고 하늘을 향해 심호흡했다. 공기가 들어가자 폐부가 뚫리는 느낌이었다. 하지만 머릿속은 여전히 무거웠다. 예산에서 봤던 쏟아질 것 같던 별과 맑디맑은 달은 어디에도 없었다. 간간이 희미하게 보이는 몇 개의 별들만이 아득할 뿐이었다. 문득 예산의 여자가 생각났다. 그리고 백발의 약사 말도 무거운 머릿속을 부유하듯 떠올랐다. 순간 누군가 쳐다보는 것 같아 으스스했다. 민수는 휘돌아봤다. 아무도 없었다. 누군가 있다면 아마도 가슴속 아내이지 싶었다.

민수는 방에 들러 추사의 화첩이 든 종이 가방을 들고 무작정 밖으로 나와 버스에 올랐다. 가게로 갈 참이었지만 당장은 아니었다. 그리 늦은 시간이 아닌데도 버스 안이나 거리는 다른 때와 달리 한산했다. 버스가 재래시장 앞에 서자 민수는 황급히 벨을 누르고 내렸다. 시장 골목 초입에 서자 군데군데 불빛이 새 나오는 곳이 있었다. 아직 마무리하지 않은 가게가 있는 것 같았다. 생뚱맞게 허기가 느껴졌다. 혹여, 문 열어둔 식당이 있을까 걸음이 빨라졌다.

다행히 은정식당이 문을 열어 놓고 정리를 하고 있었다. 가끔 이용하는 식당이라 주인과는 안면이 있는 곳이었다. 민수는 식사 여부를 묻고는 안으로 들어섰다. 민수를 그리 달가워하지 않는 주인의 눈을 피해, 음식이 차려지기까지 멀찍이 켜놓은 텔레비전에 시선을 고정했다. 메인 뉴스가 끝나고 지방 소식을 전하고 있었다. 메인 뉴스에서 보는 아나운서와 지방 소식을 전하는 아나운서의 느낌이 새삼 민망할 만큼 다르다는 것에 의아했다.

"저러니 우리까지 촌놈이라는 소리를 듣는 거라고⋯⋯."

수준이라는 것은 눈으로 보고도 극복하지 못하는 것인가 싶어 씁쓸했다.

"서울 옷이나 여기 옷이나 같은 옷일 테고, 화장품도 같을 것인데⋯⋯."

그동안 음식이 차려졌다. 추어탕에 밥을 말아 한 숟가락 떠 입에 넣는 순간 민수의 귀에 문제의 부작란 이야기가 들려왔다. 가슴이 쿵쾅거렸다. 순간 미꾸라지의 비릿함이 입안 가득 퍼졌다. 젊은 남자 아나운서는 문화계 소식을 전하면서 밀양 문화회관에서 다음 달 15일까지 국전과 초대전이 열리고 있다는 내용을 전했다. 이번 초대전의 가장 큰 이슈가 그동안 말로만 전해지던 부작란이어서 많은 관람객으로 문전성시라는 이야기를 끝으로 화면에 부작란이 얼른 띄워졌다가 다른 소식으로 넘어갔다.

"그래, 수준이 있어. 화장품도, 옷도 그리고 작품도⋯⋯. 당연히 있어."

민수는 혼자 중얼거리며 실체 없는 뭔가에 쫓기듯 조금은 뜨거운 추어탕을 급하게 먹어 치웠다. 의아해하는 주인의 시선을 뒤로하고 얼른 밖으로 나와 가게로 향했다. 민수의 걸음은 어딘지 결연해 보였다.

잠들어 있던 아니, 아침까지 잠자려 했던 가게 안의 모든 것들이 느닷없는 불빛 탓에 하나같이 뜨악한 함성을 질렀다. 그림 그리는 일을 그만둔 뒤로 이 시각에 가게를 찾은 일이 없었기 때문에 민수 자신도 조금은 어색했다. 커피포트에 전원을 넣고 물이 끓는 동안, 추사의 화첩을 꺼내 들었다. 단박에 추사에 대한 갈증으로 목이 타기 시작했다. 민수는 그것을 느낄 수 있었다. 하지만 이상하다고 생각지 않았다. 어쩌면 당연하게 받아들이고 있었다. 부작란 이야기만 들어도 이젠 반사적으로 피가 급격히 돌았다. 물론 이런 현상은 작품이 가슴속으로 들어온 이후에 생긴 것이다.

한참을 뒤적였지만, 가슴 안에 있는 부작란의 모습도 전시회에 걸려 있는 부작란도 화첩에는 없었다. 하지만 김정희의 삶과 일대기는 부족하지 않을 만큼 잘 정리되어 나와 있었다. 호(號)가 수도 없이 많다는 이야기며, 그가 이룬 업적에 대한 평가와 그리고 암행어사였다는 이야기, 무려 귀향을 세 번이나 갔다가 방면되었다는 이야기도 기술되어 있었다. 그뿐만 아니었다. 대략 알고 있던 세한도에 얽힌 자세한 이야기, 난과 글씨의 종류, 특히 추사체에 관한 설명은 김정희 선생을 왜 추사라고 했는지를 소상하게 밝히고 있었다. 끝으로 그의 작품들을 일괄 소개하면서 미술관과 박물관 그리고 개인이 소장하고 있다는 내용도 빠짐없이 기록되어 있었다.

민수는 추사의 일대기를 접하면서 그의 일생이 그리 순탄치 않았다는데 마음이 갔다. 물론 세상에 순탄한 삶을 살다 가는 사람들이 몇 있겠는가! 역시나 추사의 삶도 한 많은 삶이었음을 알 수 있었다.

민수는 그동안 추사의 많은 모작과 복사본을 표구해오면서 막연히 그를 대단하다고 생각만 했을 뿐, 그의 삶이 이토록 절절했는지는 이번에 처음 알게 되었다. 민수는 솔직히 자신이 참 무지하다고 생각했다. 지어낸 이야기 반, 주워들은 이야기 반으로 작품을 설명하고 팔았던 지난날이 부끄러웠다. 작가의 삶을 알아야 그 작품을 온전히 이해할 수 있다는 말이 이제야 피부에 와 닿았다.

민수는 추사의 유배지 삶이 궁금했다. 세 번의 유배 생활과 방면은 처절했던 그의 삶을 짐작할 수 있었다. 예나 지금이나 정치적으로 휘둘려 곤욕을 치르는 일은 별반 다를 게 없어 보였다. 그럼에도 후대에 길이 기릴 수 있는 족적을 남길 수 있었던 그의 기질이 궁금했다. 심지어 그의 성향이 어떤 것인지 두렵기도 하고 먼 나라 어느 신화에 나올 법한 인물처럼 멀게만 여겨지는 것도 사실이었다.

신화라는 단어를 떠올리자, 봇물 터지듯 생각이 밀려왔다. 심지어 부작란과 추사의 얼굴이 동시에 떠오르면서 진실이라는 단어가 민수의 뒷골을 강타했다. 지금까지 신화와 같았던 작품이 어느 날 갑자기 세상에 그 모습을 나타낸 건 그야말로 느닷없는 일이었다. 남자 고객의 작품도 그렇거니와 전시장 작품도 그랬다. 민수는 자신을 강타한 진실이라는 단어에 집중했다. 왜냐하면, 앞으로 하고자 하는 할 일에 있어 선택의 폭을 좁힐 수 있기 때문이었다. 아니, 현실을 바로 보게 할 것 같았다. 결국, 부작란의 진정한 뜻이 무엇인지 알아야 했다. 생각이 거기에 닿자 민수는 예민해졌다. 예민함은 무던한 실체를 선명히 드러나게 했다. 그것은 민수의 가슴 속 작품에 관한 것이었다. 민수는 단박에 작품 속 한시를 떠올려 보았다. 그러자 지난번 글로 옮겨 보았던 게 선연히 기억났다. 민수는 작품 속 시를 하루라도 빨리 규명하고 싶었다. 그래야 난과 관련한 의뭉함이 풀릴 것 같았다. 그러자 조바심이 가슴께서 서서히 요동치기 시작했다. 사실 민수는 의뭉함이 진품에 관한 것인지 아니면 그 글에 관한 것인지 분명하진 않았다. 하지만 난에 가까이 다가선 것 같아 떨리기도, 솔직히 두렵기도 했다.

　쪽잠을 잤다. 물론 꿈도 꾸었다. 모녀의 꿈이었다. 전처럼 애절한 모습도, 그렇다고 자신을 부르지도 않았다. 다만 난에 둘러싸인 채 민수를 무표정하게 바라다보는 꿈일 뿐이었다. 물론 민수도 꿈속에서 괴로워하지 않았다. 다급하지도 않았다. 단지 모녀를 둘러싸고 있는 저주와 같은 난에서 둘을 불러내야 한다는 절박함만 느낄 뿐이었다.

　꿈과 현실에서 느끼는 난은 언제나 판이했다. 잠이 깬 후로도 민수는 한동안 모녀의 모습을 떠올려 보았다. 모녀를 놓을 수가 없었다. 나옹 스님의 설법처럼 떠나가고, 떠나보내야 하는 건 인생인데 그렇게 못하는 자신이 안타까웠다. 더욱이 아내의 일기장은 두 사람을 더더욱 붙들게 했다.

제 2 장

나
서
다

집을 떠나다

가게 앞에 '임시휴업'을 내걸고 밀양역으로 향했다. 서울 가는 열차는 많았다. 수십 년 전 빚쟁이를 피해 아버지를 따라 도망쳤던 서울을 다시 가는 것이다. 오후 한 시 반에 서울역에 도착하는 무궁화호를 탔다. 평일 조금 이른 시간이라 자리는 많았다. 민수는 멍하니 창밖을 내다보았다. 이내 옆자리에 남자가 앉자 열차가 기다렸다는 듯 덜컹거리며 텅 빈 역을 서서히 빠져나가기 시작했다. 그러자 다시 찾았던 전시장에서 있었던 일이 떠올랐다. 정기 전시회를 앞둔 상황에 초대전이 일찍 막을 내렸다는 거였다. 정기 전시회 오픈이 아직 사흘이나 남아 있는 상황을 감안한다면, 이해되지 않는 일이었다. 사실 초대전이 이렇게 끝나는 것은 전례에 없는 일이었다. 다른 지역은 모르나 적어도 밀양은 그랬다. 그래서인지 항의하는 사람이 적지 않았다. 하지만 주최 측은 시종일관 같은 대답만 했다. 민수가 보기엔 대답인지 변명인지 의문할 뿐이었다. 그들 말에 따르면 소장자의 사정으로 일정이 갑자기 바뀌는 건 어쩔 수 없다는 주장이었다. 참으로 이해 불가한 말이 아닐 수 없다. 소장자가 한둘도 아닌 상황에서 그런 설명은 궁색한 변명에 불과했다. 그와 같은 주최 측의 황당한 이야기는 더한 의구심을 갖게 하는 일이 아닐 수 없었다.

'혹시 몇 점 때문에 취소가 된 건가요?'라고 묻는 관람객 질문에 주최 측은 얼버무리며, 그건 말해 줄 수 없다는 어이없는 말을 했다. 민수는 부작란도가 개인이 소유한 작품일 수 있겠다는 생각을 가끔 했었다. 하지만 워낙에 베일에 싸인 작품이라 어느 기관에서 소장하고 있는 게 확률적으로 더 타당했다. 그런데 이번 행사를 기해 확실하게 알게 되었다. 초대전 개인 작품이 가끔 빠져나가는 경우가 있었지만, 일방적으로 전시회를 폐관한 전례가 없었다. 아마도 기관과 관련한 문제가 맞을 듯했다. 작품에 관한 문제, 그것도 부작란도에 관한 문제가 불거진 게 틀림없었다.

부작란도에 관한 질문에는 추사 작품이 전시된 울도 미술관이나 국립중앙박물관으로 가면 전문가를 통해 자세하게 알 수 있다는 형식적인 말만 들려주었을 뿐이었다. 민수는 한학자를 찾기에 앞서 명확한 정보를 얻기 위해 추사의 작품이 전시된 미술관과 박물관을 먼저 찾는 게 순서일 것 같았다. 아침 일찍 열차에 몸을 실은 이유가 그 때문이었다. 민수는 단순히 한자만 풀이한다고 해서 될 일이 아니라고 생각했다. 난과 글귀가 늘 모녀를 따라다녔기 때문이었다. 그러기에 작품 전체를 설명해 줄 수 있는 전문 감정인을 찾는 게 더 순리라고 판단했다. 물론 전시되었던 부작란도 따져 볼 요량이었다.

기차는 아침 여명 속을 질주해 나아갔다. 민수는 어쩌면 이 여정이 길어질 수도 있지 싶었다. 당장 가게와 집이 신경 쓰였다. 그런 민수의 생각을 떨치려는 듯 열차는 쉼 없이 앞으로 미끄러져 나갔다.

민수는 약간 고쳐 앉으며 창밖 시선을 차 안으로 가져왔다. 옆자리에 앉은 중년 신사는 아까부터 일간 신문을 펴들고 이리저리 살피고 있었다. 신문은 문화면을 보여주고 있었다. 언뜻 눈에 익은 제목이 민수의 시선을 끌었다. '동서양 유명 작가 초대전 순회전시회'라는 타이틀은 그 아래에 달린 기사 내용을 단박에 짐작할 수 있게 해주었다. 흑백 사진으로 처리된 작품들이 여기저기 배열돼 설명을 달고 있었다. 물론 눈에 익은 부작란도도 거기에 포함되어 있었다.

"저게 진짜든 가짜든 여간 복잡한 일이 아닐 텐데……."

중년의 말은 추사에 관해 조금의 관심만 있어도 할 수 있는 말이었다. 그만큼 부작란도의 실체는 문화계의 화두였다. 민수는 혼자 중얼거리는 중년의 말을 가만 듣고 있었다. 그런 민수를 의식한 듯 중년은 보던 신문을 슬그머니 내리고 고개를 돌려 민수를 쳐다보다가 다시 신문으로 시선을 가져갔다. 민수는 그 모습에서 순간 이번 초대전은 사람들의 환심을 사려는 의도가 아닐까 하는 생각이 들었다. 민수는 다시 시선을 창밖으로 옮겨왔다. 맞았다. 거기에는 저의가 있었다.

민수는 어쩐지 자신이 진실에 아주 가까이 다가온 것 같아 오금이 저렸다. 오금이 저린 이유가 낯설었지만 그건 사실이었다. 오금의 저림은 불안의 다른 말이었다. 달리는 열차의 속도는 그런 기분을 더해주었다. 시간은 흐르지만 저린 오금은 좀처럼 가시지 않았다. 눈을 감고 있는 민수의 뇌는 그것을 또렷하게 인식했다. 그럼에도 가슴에 있는 난과 모녀를 막무가내로 끌어안고 오지 않는 잠을 억지로 청했다. 몽롱함은 끝없이 이어지고 있었다.

서울에 오다

　서울역은 분주했다. 변해도 너무 많이 변한 모습이었다. 마치 못 올 곳을 온 것 같은 위화감까지 들었다. 오래전 빚쟁이들은 어떻게 되었을까! 아버지를 따라 도망쳤던 서울은 평일임에도 복잡했다. 서울은 서울이었다. 간신히 울도 미술관을 찾았다. 언뜻 보아선 미술관처럼 보이지 않았다. 거기다 미술관은 아무 때나 드나들 수 있는 곳이 아니었다. 연중 제한을 두고 한두 차례 문을 연다고 했다. 그야말로 헛걸음을 한 거였다. 민수 자신도 성급했지만, 도심에 있는 전시장 운영 방식이 이해되지 않았다.

　"무슨 보물이 있기에 이렇게까지…… 난리도…….."

　민수는 다시 안내인에게 가서 중요한 사안이라는 말을 꺼내려다 이상한 사람으로 몰릴까 봐 그만 돌아섰다. 그때, 이게 하늘의 뜻인가! 아니면, 불행의 서막인가! 밀양 전시장에서 봤던 그 감정위원이 안내 테이블로 걸어오는 게 아닌가! 민수는 잠깐 망설이다. 그냥 돌아갈 수 없다는 절박함에 땅을 보고 걷고 있는 그를 향해 인사를 건넸다.

　"저기, 안녕하십니까?"

　"……누구십니까?"

　감정위원은 고개를 들며 민수의 인사를 받았다. 하지만 모른 척하는 눈치가 역력했다. 민수는 그 모습에 그런 저의가 더욱 의심스러웠다.

"일전에 밀양 문화회관 초대전에서 뵈었는데……."

민수는 여유를 두지 않고 쏘듯 말했다.

"밀양, 초대전요?"

"예. 제가 부작란에 대해 여쭈었잖아요."

민수는 감정위원의 말이 끝나기 무섭게 부인할 수 없는 증거를 들이밀 듯 힘을 주어 말했다.

"아, 예. 그때 그분."

역시 부작란이라는 말은 자의든 타의든, 싫든 좋든 반응할 수밖에 없는 말이었다.

"네. 맞습니다."

민수는 기선을 잡았다는 안도감에 여유를 가지고 이곳을 찾은 목적을 머릿속으로 천천히 정리해 보았다.

"그런데 여긴 어쩐 일로 오셨나요?"

다 알면서 왜 그러실까! 민수는 감정위원의 마음을 쉽게 읽을 수 있었다.

"부작란에 관해 자세히 더 알려고 하면 미술관으로 가라고 해서요."

"그래요? 그런데 이거 어쩌나! 지금 지방으로 내려가야 해서 당장은 곤란한데요."

"순회 초대전 때문에 그러십니까?"

"그렇긴 합니다. 이것도 인연인데 어쩌나……. 다음 기회에 다시 한번 보죠."

감정위원은 분명 꽁무니를 빼고 있었다. 위원을 잡아둘 적당한 미끼가 필요했다.

"초대전은 인제 끝낸다면서요?"

"아니, 지방을 바꾼다는 이야기입니다."

"그런가요. 현장에선 얼렁뚱땅 이야기해서요."

감정인의 눈빛이 순간 번뜩였다. 민수가 느끼기엔 경계의 눈빛이었다.

"아닐 겁니다. 다시 확인해 보세요. 밀양 다음은 전주입니다."

"확실한가요?"

"그렇다니까요."

"잘 알겠습니다. 한데, 잠시라도 안에 있는 추사 선생님의 작품들을 볼 수 없겠죠?"

"아, 물론입니다. 규정이라서요. 여기 안내 일정 팸플릿을 가져가세요.(유감입니다, 여기까지 오셨는데…….)"

"네……. 감사합니다."

민수는 미끼로 자신이 궁금해하는 글귀의 뜻을 묻고 싶었지만, 선뜻 그렇게 하지 못했다. 적당한 때가 필요했다.

"그런데 일전에도 느꼈지만, 선생께선 추사 선생님의 작품에 굉장히 관심이 많으십니다."

위원의 말은 관심에 관한 호감이 아니라, 다신 관심을 가지지 말라는 무언의 압박 같은 거였다. 눈치 빠른 민수가 그것을 놓칠 리 없었다. 미끼 던질 적기였다.

"뭐, 특별히 그런 것은 아니고요. 일전에 누가 그림을 가져와서……."

그는 멈칫했다. 그리고 단박에 다그치듯 물어왔다. 미끼를 물은 것이다. 그것도 단단히.

"그림이라뇨? 무슨 그림입니까? 표구하러 왔다는 이야기입니까?"

다그치는 그의 말은 민수를 순간 당황하게 했다. 미끼를 섣불리 꺼냈나 싶어서였다. 하지만 기왕 나온 화제를 돌릴 필요는 없었다. 어차피 그것을 알려고 왔으니.

"네……."

"말씀을 자세히 좀 해 주실 수 있습니까? 추사 선생님의 그림이던가요?"

그의 말은 빨라지고 있었다.

"네. 추사 선생님의 작품이었던 것 같습니다. 참, 시간이 없으시다면서요?"

민수는 대화의 주도권을 잡기 위해 그의 거짓말을 상기시켜 주었다.

"아닙니다. 지금 대화가 중요한 것 같으니, 중요한 일 처리가 우선이겠죠. 괜찮습니다. 신경 쓰시지 마세요. 그보다 추사 선생의 작품이 확실하던가요? 모작이나 복사본 같은 것은 아니었고요?"

저들은 늘 저런 식이다. 민수는 대화의 주도권을 쥐었다는 느낌이 들었다. 속으로 객쩍은 웃음을 삼켰다.

"글쎄요. 추사 선생님의 작품들을 봐야 복사본인지 모작인지 알 수가 있지 않겠습니까? 미술관을 찾은 것도 그 이유입니다만."

"저와 같이 일단 미술관으로 들어갑시다."

감정위원은 민수의 말을 의심 없이 단박에 믿어 주었다. 하기야 밀양 그 외진 곳에서 서울까지 올라온 작자가 거짓말할 리는 없다고 판단했으리라. 민수는 미술관으로 들어가면서 그의 의중을 다시 떠보고 싶어 말을 건넸다.

"진짜, 시간이 급하지 않습니까? 위원님."

"급하긴 합니다만. 아까 말씀드린 대로 중요한 일이 먼저겠죠."

"중요한 일이라…… 여하튼 감사합니다. 이렇게 시간을 내주셨어요."

"아, 네. 무슨 말씀을……."

미술관 내부는 그야말로 영락없는 박물관이었다. 미술관은 난생처음 접해보는 곳이라 낯설었고 한눈에 봐도 진귀한 작품이 즐비했다. 민수는 이런 미술관이 상시 개방하지 않는다는 게 알다가도 모를 일이라 생각했다. 저들만의 리그가 벌어지고 있는 게 분명했다.

"그런데 상시 개방하지 않는 진짜 이유가 있을 것 같은데요?"

민수는 너무 갑자기 핵심을 찌른 건 아닌지 스스로도 당황스러웠다. 그러면서 우스웠다. 평소 소심한 자신이 아니었던가!

"뭐, 특별한 이유는 없습니다. 다만, 처음 개장부터 그런 방침을 고수하고 있으니 저도 뭐……."

마치 대답하기 곤란한 투의 말이었다. 그들만의 무언가가 있는 건 자명해 보였다.

"모두가 국보급입니까?"

"……그렇진 않습니다. 한 일곱 작품 정도만 그렇죠."

"미술관이지만 보기보다 박물관처럼 그림이 많군요."

"그렇습니다. 선생께서 관심 있으신 추사 선생님의 그림과 글 몇 점도 이곳에 있습니다. 그런데 선생께서 보셨다고 하신 그 그림을 기억하시겠습니까? 물론 난이겠지요?"

"네, 대충 기억은 납니다만……."

민수는 설명하기도 안 하기도 난처했다. 어디서부터 이야기해야 할지 몰라서였다. 여하튼 이 사람의 궁금증을 어느 정도는 풀어 주어야 했다. 왜냐하면, 좀 더 기대하는 이야기를 들어야 했기 때문이다. 하지만 선뜻 가슴의 부작란을 죄다 설명하기엔 시기상조였다. 부작란을 둘러싼 의뭉한 것들이 해소되기 전까지는 칼자루를 쥐고 있어야 할 것 같았기 때문이다. 그럼에도 미끼 수준을 넘는, 그렇다고 전부는 아닌, 어느 정도 이야기는 들려줘야 했다.

"물론 위원님께서도 그림에 있는 여러 글귀를 풀이하시죠?"
민수는 어색해서 그냥 한마디 툭 던졌다. 하지만 위원을 무시하는 차원은 아니었다. 상대는 그것을 느낄 수 있었을 것이다.
"……당연하지요."
"그런데 부작란이란 진정한 뜻이 궁금합니다."
"일단 사무실로 들어갑시다."
천장이 높고 조그마한 사무실엔 책상을 양쪽으로 하고 그 가운데 소파가 마주 보고 놓여 있었다. 한쪽 흰 벽엔 전지 크기의 목단 그림이 보기 좋게 걸려 있었다. 하지만 표구 상태를 봐선 전시할만한 작품은 아닌 듯했다. 사무실은 대체로 깔끔한 느낌이었다. 좁은 공간과 필요 이상의 배려는 처음과 달리 점점 부담되어 불편하기 시작했다. 그것은 아마도 그가 원하는 이야기를 들려줘야 한다는 강박감에다 그들과 엮이는 듯한 기분 때문이었다.
"위원님께서는 여기 소속이신가 봐요?"
찻잔을 들고 오는 그를 향해 조금이나마 분위기를 환기할 요량으로 말을 건넸다.

"그렇진 않습니다. 저희는 소속되어 있지 않습니다. 단지 사무실을 여기다 두고 있는, 뭐랄까……. 일종의 이곳 관리인이라고 보시면 됩니다. 상시 개장하지 않기 때문에 필요 이상의 경비 지출을 미술관에서 줄이고 있는 것이지요. 뭐…… 그건 그렇고 하던 이야기를 마저 하십시다."

위원의 말에서 혼자가 아니라는 걸 알 수 있었다. 그리고 맨 처음 그에게서 느낀 깐깐했던 이미지가 서서히 되살아나고 있었다. 찻잔을 앞에 놓고 민수를 빤히 들여다보는 그의 눈빛이 예사롭지 않았다. 순간 섬뜩하기까지 했다. 민수 역시도 마음을 다잡았다. 기선 제압은 아니더라도 밀리지는 않아야 했다. 그래야 소기의 목적을 이룰 수 있었기 때문이었다. 섣부른 행동은 치명적일 수 있었다. 민수는 갑자기 변한 상황에 긴장했지만, 이것 역시 처음부터 염두에 둔 일이라 그리 당황스럽지 않았다.

마주 앉아 자신을 빤히 들여다보는 위원의 눈은 인제 재촉하는 눈빛으로 바뀌어 있었다. 민수는 난을 어떻게 설명해야 할지 나름대로 생각해 놓았지만, 정작 설명하자니 무엇부터 해야 할지 선뜻 감이 오지 않았다. 위원이 먼저 물어오면 좋을 것 같았다. 작품 속 글 뜻이 무엇인지 궁금했던 일이 이렇게 사태가 커지고 있었다.

"부작란의 뜻이 궁금하시다고 했죠?"
생각지도 않았던 질문이었다. 긴장이 한풀 꺾이는 순간이었다.
"아, 예."
"쉽게 생각하시면 됩니다. 뭐, 추사 선생의 작품이라고 해서 어려울 것은 없습니다. 추사 선생의 작품 세계를 연구하는 연구진들에 의해 붙여진 말이기도 한데 간단히 말한다면, 말 그대로 '난을 치지 않았다.' 뭐, 그런 뜻입니다."

"난을 치지 않았다……. 그래서 아니 불(不)자를 쓰셨다는 말인가요?"

"그렇죠. 이해가 되었습니까?"

대답은 예라고 했지만, 설명하는 자나 듣는 자나 서로 이해할 수 없다는 걸 이미 공감하고 있었다.

"그런데 전시되었던 작품엔 글자가 없었던 걸로 압니다만. 그리고 그땐 작품이 하나밖에 없다고 하셨는데……."

긴장의 끈이 느슨해지자 대화의 물꼬가 터졌다. 다시 주도권을 잡은 것 같았다.

"……뭐, 변수가 있을 수도 있겠죠. 워낙에 진귀한 작품이라…… 그런데 선생이 본 작품은 어땠는가요? 글도 있었습니까?"

민수는 위원의 변수라는 말이 느닷 더러운 찌끼 같다는 느낌에 불쾌했다. 모르긴 해도 위원은 자신도 모르는 이야기를 하는 것 같았다. 그리고 진귀한 작품이기에 모작도 있다는 것을 말하는 것인지 그의 말을 정확히 이해할 수 없었다.

"물론 그 작품에도 글은 없었습니다."

"확실합니까?"

"네, 확실합니다만……. 얼핏 희미한 작은 글자가 있었던 것도 같습니다만."

민수는 미끼를 조금 넘은 수준까지 이야기하고 있었다. 그것은 이미 작정한 바였다.

"그래요? 잘 생각해 보세요."

"글쎄요. 그런 것 같습니다."

위원의 표정엔 당황하는 기색이 역력했다. 민수는 괜히 글자 이야기를 했나 하는 생각에 더는 말하지 않았다. 둘 사이 긴장의 시간이 잠깐 흘렀다. 민수는 분위기를 환기하려 먼저 입을 열었다.

"부작란이라고 이름 붙인 것은 그렇게 부르기 위해 임의로 붙인 건가요?"

민수는 위원을 떠보았다. 작품에는 어렴풋하지만, 불(不)이 있었다.

"네, 잘 아시는군요. 역시 작품을 다루시는 분이라 안목이 남다르군요."

위원의 말이 생뚱맞았다. 표구하는 거랑 작품 제목과 무슨 연관이 있다고. '추사체를 흉내 내기가 어려웠겠지…….'하는 묘한 감정이 속에서 일었다. 그렇다면 전시된 작품은 가짜란 말인가! 하지만 당장 확인할 수 없으니 단언할 수는 없었다. 그런데 부작란이란 뜻을 왜 그토록 뜸을 들여왔는지 의아했다. 그렇게 간단한 이야기를 결연한 얼굴을 하고서 말이다. 정말이지 난을 둘러싼 의구심은 더해 갔다.

"어렵군요. 난을 치지 않았다…….."

민수가 혼자 중얼거리자 위원은 잠시 벽으로 밀려나 있는 테이블로 가더니 한 권의 책을 가지고 다시 돌아왔다. 그런데 그가 가지고 온 책은 민수가 헌책방에서 구매한 책과 똑같은 책이었다. 지금 민수의 가방엔 그 책이 들어있었다. 민수는 모른 척했다. 위원은 책장을 넘기며 이리저리 살피더니 추사의 작품 하나하나를 짚어가며 민수가 본 작품을 이야기할 것을 종용하는 듯했다. 둘은 알고 있었다. 책에는 부작란이 없다는 것을……. 그럼에도 위원이 그렇게 하는 것은 아는 걸 죄다 빨리 말하라는 의도였다. 민수는 그것을 느낄 수 있었다. 민수는 위원이 짚어가는 일이 끝나기를 기다렸다가 종이를 달라고 했다. 위원은 기다렸다는 듯 반색했다. 위원의 얼굴이 시시각각 변했다. 민수는 그게 위원의 취약점이라고 생각했다. 민수는 천천히 종이에 그림을 그리기 시작했다. 민수는 처음 떠올렸던 그대로 즉, 전시회에서 본 부작란의 그림을 조금 변형해 그렸다. 물론 가슴에 있는 그림과도 비슷했다. 사실 엉뚱한 그림을 그렸다간 위원의 의심을 살 수 있었기 때문이었다. 아무리 다른 형태의 난이라도 추사 나름의 기법이 있어서 그것을 간과하면 안 될 일이다.

민수는 그림 왼쪽 위 귀퉁이에다 기억을 더듬어 적는 척 연기하며 알기 쉬운 글자만 적어 놓았다. 하지만 불(不)은 빼고서.

"그림은 분명히 이런 모습을 했고 생각나는 글자는 이 정도입니다."

하지만 민수의 생각과 달리 위원은 놀라고 있었다. 순간 섬뜩함이 민수의 전신을 휘감아 왔다. 또 한 번 후회되는 순간이었다. 민수 앞에 놓인 글과 그림으로 인해 원치 않아도 그들과 깊게 엮일 것이라는 예감이 들었다.

"왜 그렇게 놀라십니까?"

민수는 자신의 감정을 숨기기 위해 되레 선수를 쳤다.

"……내가요? 아닙니다."

그는 놀란 표정을 하고 있었다. 위원의 약점이 여실히 드러난 형국이라 하겠다. 민수가 민망할 정도였으니 위원의 속내가 백일하에 드러난 꼴이었다.

"그런데 언제쯤 이 작품을 표구해 갔습니까? 그 사람 연락처는 있습니까?"

또박또박 묻는 말에는 긴장이 억눌려져 있었다.

"한 몇 달 되었습니다. 한 가지 아쉬운 건 그 젊은이의 연락처를 받아 놓지 않았더라고요."

위원의 표정은 민수의 말을 믿지 않고 있었다. 아뿔싸! 저들의 해코지가 강 건너 불을 보듯 뻔해 보였다. 이곳을 찾은 건 결과적으로 패착이었다. 아무튼 이곳에서 빨리 빠져나가는 일이 우선이었다. 민수는 속내를 들키지 않으려 무진 애를 썼다. 아무 말이나 하려는 그때였다.

"작품을 의뢰받으면서 연락처를 받지 않으셨단 말입니까?"

위원의 말에서 적의가 느껴졌다.

"글쎄요, 유독 그 남자 연락처만 없지 않습니까. 왜 그랬는지 저도 모르겠습니다."

위원의 얼굴엔 비릿한 웃음기가 이미 번져 있었다.

"믿기지가 않습니다."

"무슨 말씀이세요. 위원님?"

민수의 마지막 일갈은 허공에 허우적대다 시나브로.

"아, 아닙니다. 일단 그 이야기는 그만하십시다. 일전에 저에게 연락처 안 주셨죠?"

"네. 그땐, 명함이 없었어요."

"죄송하지만, 오늘은 한 장 주실 수 있겠습니까?"

"어쩌죠. 오늘도 가게에 두고 와 버렸습니다. 밀양역 인근 재래시장 초입에 '허화랑'입니다. 지난번에 말씀드린 대롭니다."

위원은 전에 얘기한 가게 이름을 잊어버린 모양이었다. 민수는 알 수 있었다. 저들의 집요함은 이제부터라는 사실을. 위원의 처세는 그 것을 분명하게 말해 주었다. 민수는 지갑에 있는 명함을 떠올렸다. 사실 이제 와서 명함을 주고 안 주고는 별 의미 없는 일이었다. 시장 초입에 있는 화랑은 하나밖에 없으니 말이다. 아니, 여럿 있다 해도 저들은 기필코 찾아낼 거였다.

"전화번호라도 적어 주세요. 그리고 제 명함도 여기 있으니 가져가셔서 혹, 연락하실 일이 있으시면 꼭 연락을 한 번 주십시오."

민수는 어색하게 받아 든 위원의 명함을 형식 차원이 아니라, 정말로 궁금해서 들여다보았다. 명함엔 호로 보이는 역연이라는 두 글자 뒤로 마성주 라는 이름이 눈에 들어왔다.

"역연이라고 합니다."

눈치 한번은 빨랐다. 그런 자가 오늘 만남에서 어눌했던 민수에게서 볼 건 다 들여다보았을 것이다. 그렇다면 그의 드러난 표정은 연기였단 말인가?

"……뭐, 다시 연락드릴 일이 있겠습니까?"

민수는 대책도 없이 그렇게 말해 버리고 말았다. 어쩌면 민수의 결연한 마음을 드러내고 싶었던, 당신들과 더는 연결되고 싶지 않다는, 알 수 없는 두려움에서 도망하고자 했던 그런 감정에 나온 말이라 해도 틀리지 않을 것이다.

"……."

"그럼 이만 가보겠습니다. 시간 내주셔서 감사합니다."

위원의 입에서 다른 말이 나오기 전에 얼른 말해 버렸다.

"미술관에 있는 추사 선생의 진품들을 보고 가시죠."

"아니, 됐습니다. 자료집으로도 충분했습니다."

민수의 대답은 속사포와 같았다. 어쩐지 위원은 민수를 잡아두려는 듯했다. 민수는 그것을 알아챘다. 하지만 속내를 감춰 행동했다. 민수가 일어나려 하자 위원은 안절부절못하기 시작했다. 어디론가 급히 전화하려 했다. 민수는 위원이 전화할 수 없도록 객쩍은 말을 쏟아냈다.

"위원님, 여하튼 부작란 설명 감사하고 또 부끄럽습니다. 사실 뭔가 대단한 뜻이 담긴 줄로만 알고 호들갑을 떨었으니 말입니다. 거기다가 글자도 다 기억하지도 못하고 말입니다. 여하튼 부끄럽고 감사했습니다."

"아닙니다. 서울 올라오신 김에 중앙박물관도 들러 보시죠. 거기도 추사 선생의 진품들이 전시되어 있으니까요."

전화를 하려다 만 위원은 약간 짜증 난 표정으로 민수의 말을 받았다. 위원은 여전히 민수를 잡아두려 했다. 중앙박물관에도 같은 일원이 있을 터. 민수는 알겠다는 말을 하고 미술관을, 위원 앞을 황급히 떠나왔다. 민수는 살아오면서 이토록 긴장감에 휩싸여 본 기억이 없었다. 매사에 소극적이며 소심했던 자신이었다. 어쩌면 그 이유로 아내가 우울증을 앓았는지도 모른다. 그렇게 타성에 젖어 살았던 자신이 오늘 같은 긴박한 상황에서 벗어난 게 스스로도 믿기지 않았다. 아무래도 위기감이 민수를 그렇게 만든 것 같았다. 여하튼 예상치 못한 변수에 민수는 그 길로 서울을 떠나야 했다.

민수는 일부러 영등포역으로 왔다. 역시 예상대로 누군가 자신을 미행하고 있었다. 조급함에 입안이 탔다. 민수는 여수행 표를 끊고 잠시 후 다시 부산행 표를 또 끊었다. 물론 부산행을 타고 밀양으로 가지 않을 것이다. 부산행은 민수를 미행하는 자들이 갈 거였다. 민수는 여수행을 타고 천안에 내려 예산으로 들어갈 거였다.

다시 예산으로

　자신을 뒤쫓고 있었다. 위원의 일당이 아니라도 적어도 위원과 어떤 식으로든 관계있는 자들임은 자명했다. 모든 정황이 그랬다. 하지만 위기 상황과 달리 그들을 쉽게 따돌린 민수는 또 한 번 자신의 행동에 놀랐다. 과거에 없던 기질이 위기 때마다 발휘되고 있었기 때문이다. 민수의 입가엔 아까부터 웃음이 묻어나 있었다. 지금쯤 자신을 찾느라 우왕좌왕 망연해하는 그들이 생각났기 때문이었다.

　"도둑놈들……."

　전라행은 부산행과 달리 또 다른 느낌이었다. 이미 저문 열차 밖은 이렇다 할 만한 게 보이지 않았다. 간간이 멀리 보였다 사라졌다 하는 불빛으로 봐선 허허벌판을 가로지르고 있는 것 같았다. 그 탓인지 가슴으로 허한 감정이 밀려들었다. 민수는 칠흑의 창밖을 뚫어져라 보았다. 그 허함의 실체를 이 순간만큼은 떠올리고 싶지 않아서였다. 하지만 역부족이었다. 아내와 아이 그리고 가슴의 작품이 이미 머릿속에 오롯이 떠올라 있었다. 그런데 오늘따라 아내의 얼굴이 우울함으로 일그러져 있었다. 우울함……. 그랬다. 자신은 아내의 우울을 생각지도 못했다. 한 번이라도 이런 여행을 했더라면……. 허허벌판, 탁 트인 곳에 한 번만, 한 번만이라도 데리고 갔더라면 얼마나 좋아했을까……. 민수는 못내 아쉬움에 눈시울이 뜨거워져 왔다. 바보 같았던 자신이 한없이 원망스러웠다. 순간 그런 민수를 누군가 어두운 창 너머에서 뚫어져라 쳐다보는 것 같았다.

"미련한 놈……."

민수는 미끄러져 쉼 없이 내달리는 열차 속에서 머릿속 생각을 밀쳐놓고 예산으로 가는 이유를 되짚어 보았다. 작품의 진위와 작품 속 글 그리고 하필이면 예산을 찾아가 죽으려 한 것에 관한 실마리를 찾아야 했다. 굳이 또 하나가 더 있다면, 작품과 전혀 관계없이 확인하고 싶은 무언가가 있었다.

많은 사람이 달려간다. 뭔가를 잡으려 아우성을 치며 달려간다. 아내가 앞에 있다. 급하게 쫓기는 모습은 아니다. 저들이 잡으려 하는 것은 아내다. 아니다. 난이다. 부작란. 난이 지천으로 흐드러져 나부낀다. 저들은 짊어진 망태를 이용해 난을 마구 뜯어 주워 담는다. 쉬지 않고 그 일을 계속한다. 아내는 저만큼에서 멈춰 저들을 부른다. 저들이 일을 멈추고 고개를 들 때까지 기다리고 있다. 난을 망태에 담아도 담아도 빈 망태다. 저들은 목말라하며 급기야 난을 뜯어 먹기 시작한다. 그럴수록 목이 타들어 가는지 아우성친다. 저들이 고개를 들자 아내가 인제는 달려간다. 이번엔 딸아이도 함께 있다. 아니다. 딸아이와 아내가 바뀌었다. 예산의 그 남자아이였고 그 여자다. 민수는 흠칫한다. 목이 마른 저들은 아이와 여자를 향해 달려가며 연신 난을 뜯어 먹는다. 갈증은 결국 저들을 미치게 한다. 이윽고 민수도 달려간다. 하지만 아무리 달려도 거리는 좁혀지지 않는다. 늘 그 거리다. 하지만 저들은 여자에게 가까이 다가서며 멈춘다. 흐드러져 있던 난은 일순 사라진다. 빈 곳이다.

　여자가 야트막한 산 능선의 바위 위로 아이와 올라선다. 바람에 둘의 하얀 옷이 하늘거린다. 고고하다. 여자가 가슴 언저리에서 난을 마구 쏟아낸다. 저들은 가만 섰다가 기다렸다는 듯이 달려든다. 그러다 천길 벼랑으로 떨어진다. 끝도 없는 벼랑으로 끝없이 떨어진다. 떨어졌던 자가 또다시 떨어진다. 두 번 세 번 반복한다. 위원도 그중에 있다. 위원이 무연한 표정으로 민수를 바라다본다. 언뜻 민수를 쫓던 두 사람도 벼랑으로 떨어진다. 자꾸 떨어진다. 저들 손에 칼이 들렸다. 그런데 칼을 거꾸로 들고 있다. 피는 나지 않는다. 민수는 어느새 지난번에 섰던 곳에 와 있다. 누군가 툭 친다. 아찔하다. 눈을 뜬다.

　출발부터 잠자던 옆 좌석 사람이 내리려다 어깨를 건드린 모양이었다. 민수가 그를 올려다보자 미안하다는 눈인사를 하고 있었다. 민수도 눈인사를 했다. 그리고 다시 무거운 눈을 감으려다 창밖으로 고개를 돌렸다. 순간 천안역을 확인하고 깜짝 놀라 가방을 챙겨 출구를 향해 달려 나갔다. 간발의 차이로 다행히 내릴 수 있었다.

　이미 깊은 밤의 천안이었다. 민수는 역사를 빠져나오면서 꿈에서 본 여자를 단박에 기억해 냈다. 그러자 묘한 불길함이 어둠의 무게만큼이나 무겁게 가슴을 눌러왔다. 왜, 그 여인이…….

　시내 여관에서 밤을 나야 할 상황이었다. 문을 닫으려 정리하는 슈퍼에서 요깃거리를 사서 나왔다. 연인으로 보이는 남녀가 술에 취한 듯 횡설수설하며 민수 앞을 지나갔다. 낯선 좁은 골목을 돌자 건물 사이로 멀찍이 희끄무레한 여관 간판이 빛바랜 붉은 글씨를 하고 걸려 있었다. 마치 기다렸다는 듯이……

　인근엔 다른 여관이 당장 보이지 않았다. 민수는 그리 달갑지 않은 붉은 글씨를 향해 나아갔다. 안내 데스크의 작은 창으로 주인의 얼굴이 코와 입만 보였다. 민수는 주인이 건네는 키를 받아 2층으로 올라갔다. 작은 방엔 한눈에 봐도 알 수 있는 낡은 침대와 선풍기 그리고 조그마한 탁자가 방을 차지하고 있었다. 창문 옆 벽엔 삼각형 철제 옷걸이와 달력 그림을 집어넣은 액자가 걸려 있었다. 달력은 벌써 한 달이나 지나있었고, 달력의 그림은 백 년이 지나도 한결같을 소위 이발소 그림이었다. 방바닥엔 군데군데 담뱃불 흔적이 있었고, 이불은 나름대로 깨끗해 보였다. 민수는 짐을 부리고 먼저 요깃거리를 가방에서 꺼내 방바닥에 놓았다. 요깃거리는 빵과 술 그리고 안주용 과자였다. 민수는 마시지 않을 술병을 보자 금방 후회가 됐다.

　"민수야, 생각을 좀 하고 살자……."

　밖과 달리 7월로 접어든 여관방의 기온은 만만하지 않았다. 선풍기가 돌아가는 소리는 적요한 공간을 달달달 흔들어 놓고 있었다. 요깃거리가 속으로 들어가자 졸음이 단박에 몰려왔다. 불을 끄고 침대에 누운 민수는 가만 눈을 감았다. 하지만 졸음은 좀체 깊은 잠으로 이어지지 않았다. 나른함 속에서 되레 의식은 깨어나고 있었다. 그렇다고 의식 속 분명한 뭔가가 있는 것도 아니었다. 마치 엉클어진 큰 실타래가 머릿속에 자리한 것 같았다. 눈을 떴다. 창으로 스민 달빛 탓에 희끄무레한 방의 윤곽이 눈에 들어왔다. 마주한 천장의 무늬가 희미하게 보였다. 희미한 윤곽을 드러낸 천장의 격자 문양을 좇아가며 오늘 하루 일들을 떠올려 보았다. 아니, 엉클어진 실타래를 들여다보았다. 그러자 머릿속이 마구 꼬여갔다. 이어 거대한 혼곤함이 머릿속을 단번에 잠식해 버렸다.

"참 나! 아내가 아니라, 그 여자가 왜 거기에 서 있었을까?"

　간밤엔 꿈을 꾸지 않았다. 아니, 꾸지 못했다. 모기떼로 밤새 잠을 설쳐댄 탓에 머리가 개운치 않고 무거웠다. 이러다 또다시 두통이 시작되지 않을까 걱정됐다. 민수는 혹여 하는 생각에 여관을 나오기 전 가지고 있던 진통제 한 알을 먹어두었다. 이른 아침이라 거리는 한산했지만, 날씨는 후덥지근해져 있었다. 비가 올 날씨였다. 민수는 택시를 타고 터미널로 갔다. 역시 이른 시간이라 터미널도 한산하긴 마찬가지였다. 예산으로 들어가는 버스는 한 시간 반마다 있다는 터미널 직원의 말에 그동안 아침을 해결했다. 인근 식당에서 나와 터미널 대기실로 돌아온 민수의 눈을 사로잡은 것은 대기실 한쪽 측면 위로 조금 삐뚤하게 걸려 있는 그림이었다. 족히 가로세로 2미터와 5미터는 돼 보이는 대형 그림이었다. 알 순 없지만, 적어도 인지도가 있는 작가의 작품인 것은 분명해 보였다. 그렇지 않고야 저곳에 걸릴 이유가 없기 때문이다. 그런데 민수의 눈을 사로잡은 것은 대형 액자도 액자지만 이하웅의 작품 특징이라 할 수 있는 석란도를 닮은 화풍이었다.
　사실 이하웅의 그림을 알고 있는 터라, 편견과 같은 잣대로 눈앞에 걸린 석란도를 이미 평가하기는 했지만, 이하웅의 작품을 몰랐다면 지금의 작품은 수작 중에도 아주 대단한 작품으로 보였을 거다. 난의 잎이 바위에서 나와 자연스레 아래로 휘어짐은 꼭 살아있는 듯했다.

116

투박한 바위와 가느다란 난은 절묘한 조화를 이루고 있었다. 작품도 커서 적잖은 위엄이 느껴졌는데, 마치 그 무게감이 대기실을 누르고 있는 듯했다. 물론 가슴속에 있는 작품과는 비교할 순 없지만, 작가는 이하응에 버금가는 실력자였다. 민수는 순간 눈앞에 있는 작품을 보며 나름의 제목을 객쩍게 붙여 보았다.

"저 작품이 부작란이라고 한다면 어떨까?"

가슴속 난을 떠올리자 조금 전까지 느꼈던 감동이 시들해지는 것 같았다.

"도대체 부작란, 그래 불이선란이란 의미가 뭘까! 왜 그런 이름이 붙은 걸까! 그리고 아내는 왜 난 속에서……."

민수는 제시간에 맞춰 버스에 올랐다. 그리고 여자를 만났을 때, 왜 여길 다시 왔는지 그 이유를 정리했다.

여자를 다시 만나다

　민수는 허연 먼지 속으로 사라져가는 버스를 한동안 바라보았다. 고개를 돌리자 일전에 봤던 '완당, 추사 김정희 생가 약 1km'라는 간판이 눈에 들어왔다. 지난번에 느끼지 못했던 위화감이 느껴졌다. 마을을 찾는다면, 누구나 한 번쯤 바라보아야 하는 아니, 그냥 눈에 들어오게 만들어 놓은 것 같았다. 한쪽으로 자리한 약국은 아직 문을 열지 않았다. 민수는 가지고 있는 진통제를 떠올려 보았다. 약은 충분했다. 나아갈 방향을 쳐다보았다. 여전히 맨 처음 이곳에 왔을 그때의 어떤 기억도 나지 않았다.

　"어떻게 여기를 지나 거기까지 갔을까!"

　수십 년은 족히 돼 보이는 참죽나무 고목을 끼고 길은 오른쪽으로 휘어져 돌아가고 있었다. 아침이 지났는데도 사람의 움직임은 없었다. 마을 곳곳에 자욱이 가라앉은 옅은 안개는 인근에 연못이나 강이 있다는 걸 말해주고 있었다. 하지만 버스를 타고 오는 동안 강은 보이지 않았다. 그렇다면, 연못일 가능성이 높았다.

　추사의 생가가 1킬로미터라면 대충 그 여자의 집 인근일 거라 생각되었다. 민수는 전에 내려왔던 길로 기억을 더듬어 곧장 나아갔다. 완만하게 경사진 오르막길이지만 얼마쯤 오르자 몸에서 땀이 나기 시작했다. 아직 이른 시각이라 햇볕은 따갑지 않았지만, 7월의 햇살은 그 자체만으로도 열기를 머금고 있는 듯했다. 겹겹이 둘러친 산 때문인지 바람도 없는 탓에 공기는 정지되어 있었고, 기온은 점점 상승했다.

왼쪽으로 자리 잡은 야트막한 산은 앞으로 갈수록 점점 고도를 높여나가고 있었고 저 멀리, 그러니까 절벽을 찾아 올랐던 산은 제일 높은 고도의 정점에 서 있었다. 한눈에 봐도 폐가로 보이는 가옥들이 여기저기 자리하고 있었다. 그때에도 얼핏 본 것 같았다. 비록 폐가라도 보기에 따라 고즈넉한 분위기가 났다. 하지만 점점 외져가는 느낌은 어쩔 수 없었다.

추사가 살았을 어렸을 땐 어땠을까, 하는 궁금함이 이마의 땀과 함께 몽글몽글 피어올랐다. 조금 더 올라가자 전에 보지 못했던 '생가 100m'라는 표식이 한쪽으로 기우뚱 눈에 띄었다. 안내 표식은 긴장보다는 목표에 다다랐다는 안도감을 먼저 가져다주었다.

"다 온 건가?"

아니었다. 정작 김정희 생가라는 표식이 있는 곳은 낯익은 여자의 집이었다. 그때, 보지 못했던 표식이 어깨쯤 높이의 사립문 한쪽으로 걸려 있었다. 민수는 사방을 휘 둘러보았지만, 집이라곤 인근엔 이곳밖에 없었다. 민수는 낯선 의구심으로 한동안 자리에서 움직일 수 없었다. 그러자 강아지도 이상했는지 민수를 향해 '왈왈' 짖었다. 하지만 인기척은 없었다. 민수는 의구심이 드는 상황을 적당히 갈무리하고 마당으로 걸어 들어갔다. 낯설지 않은 유리로 된 현관문이 정갈하게 닫혀 이쪽과 저쪽을 분명하게 구분해 놓은 듯했다. 민수는 현관문 앞에 서서 여관방 천장의 문양과 같은 격자 문양의 방문을 주시했다. 마치 방문은 고요 속에 갇힌 듯 무연히 닫혀 있었다. 강아지가 그제야 쿵쿵대며 꼬리를 흔들면서 민수 곁으로 다가왔다. 하얀 백구 녀석은 순했다. 지혜로운 진돗개였다. 민수를 기억하고 있었다. 목덜미를 만지자 그 자리에 그냥 주저앉아 버렸다. 민수도 따라 앉았다.

"오셨어요?"

여자였다. 깜짝 놀란 민수는 일어서지도 못하고 뒤를 돌아보았다. 두건을 쓴 여자가 각종 푸성귀를 담은 바구니를 옆에 끼고 서서 놀란 눈으로 천천히 일어서는 민수를 가만히 바라보았다.

"네……. 안녕하셨어요?"

느닷없는 재회는 당황스러웠지만 묘하게도 무척 반가웠다. 세 사람이 아침상을 마주하고 앉았다. 아이가 여자보다 민수를 더 반기는 것 같았다. 민수는 오붓한 가족 같은 모습에 멋쩍었다.

"여기가 추사 선생님의 생가가 맞나요?"

"그렇습니다."

바로 대답하지 않는 민수를 보며 여자가 말했다.

"일전엔 경황이 없어 말씀드리지 못했습니다. 놀라셨습니까?"

"놀랐다기보다는……. 뭐, 좀. 특별하다고나 할까요."

"훗……."

민수는 여자의 반응에 보일 듯 말 듯 고개를 까닥거렸다. 구수한 숭늉을 끝으로 아침을 끝내고 여자와 차를 놓고 다시 마주 앉았다. 아이는 나가고 둘만이 마주하자 또 다른 기분이었다. 차의 진한 향기가 방안으로 가득 퍼졌다. 차향 때문인지 약간 들뜬 마음이 차분히 가라앉는 것 같았다. 순간 소반 위 찻잔을 다소곳이 다루는 여자의 모습이

흠모할 만큼 아름답게 보였다. 전에 느끼지 못한 또 다른 모습에 민수의 한쪽 가슴이 객쩍게 뛰고 있었다.

"무슨 차예요?"

"이곳에서만 나는 몇 가지 약초로 만든 찹니다."

"향이 독특합니다. 색은 같은데 녹차와는 전혀 다른 맛입니다."

"어떠셔요?"

"최곱니다."

제어되지 않고 그냥 말이 나와 버렸다. 민수는 마음이 들켜 버린 것 같아 단박 얼굴이 뜨거워졌다.

"좋으시다니 감사합니다."

입가에 살짝 묻어난 웃음기의 얼굴은 천상의 선녀가 있다면 저런 모습이 아닐까 싶었다. 그땐 느낄 수 없었던 모습이 의아할 뿐이었다.

"참, 이곳을 다시 찾으신 이유가?"

"글쎄요. 이유가 있긴 합니다만 어디서부터 말씀을 드려야 할지……."

여자의 표정은 민수의 대답을 기다리는 것도, 아닌 것도 아닌, 묘한 분위기를 만들어 놓았다. 하지만 강압과 같은 타의가 아니라 자의적 벗어놓음을 유도하는 자유로운 분위기의 힘이었다.

"제가 쓰러졌던 그곳에 다시 가볼까 해서요."

"……."

"여기서 멀지는 않겠죠? 산이 바로 보이던데."

"네, 가까운 곳이에요. 괜찮으시다면 제가 모셔다드릴게요."

"아아, 안 그러셔도 됩니다. 여름이라 덥기도 하니, 그냥 혼자 다녀오겠습니다."

민수는 속에도 없는 말을 주저리 늘어놓았다. 그러면서도 여자가 따라나서길 바랐다. 하지만 그 바람은 전적 사심만은 아니었다. 여자가 꿈에 나타났기 때문이었다. 전혀 관계가 없지는 않았다.

"아닙니다. 저도 동행하고 싶습니다."

민수는 또 한 번 얼굴이 뜨거워졌다. 아무래도 마음을 읽혀버린 것 같아 더는 말하지 못했다. 민수는 여자의 의중을 알 수 없었다. 하지만 민수의 생각처럼 꿈속의 난 그리고 아내와 아이가 어떤 이유로든 여자와 얽힌 것을 감안한다면, 여자를 극구 말릴 이유는 없었다. 하지만 한 가지 의뭉함은 여자의 결연한 표정이었다. 조금 전까지는 느낄 수 없었던 표정이었다. 어쩌면 여자 또한 민수와 같은 마음이었는데, 민수의 말이 도화선이 되어 표면으로 드러난 것인지도 몰랐다.

"혹시, 꿈에……."

"네?"

"아, 아닙니다."

민수는 자신의 꿈 이야기를 하려다 말았다. 더구나 여자와 남자아이가 함께 나타났다는 이야기는 당장 할 수 없었다. 너무 속 보이는 이야기로 치부될 수 있었고 아직은 추이를 관망하는 게 좋을 것 같아서였다. 민수는 따라나서기 위해 채비하러 나가는 여자의 뒷모습에서 이제껏 느끼지 못한 점을 발견했다. 여자는 들뜬 민수와 달리 넘지 말아야 할 선을 그어놓고 있다는 사실이었다. 민수는 순간 차디찬 물을 뒤집어쓴 듯한 느낌에 고개를 잘래잘래 흔들며 여자를 따라 자리에서 일어나 방을 나왔다.

아이는 강아지와 함께 마당에 있었다. 민수가 보기엔 영특하게 생긴 아이인데 아마도 아픔이 있어 보였다. 여자는 아이에게 조곤조곤 뭐라고 하는 것 같았다. 하지만 민수에게까지는 들리지 않았다. 둘은 아이를 두고 집을 나섰다.

"자폐아예요."

"……."

"고아였는데 삼 년 전 제가 거두고 있습니다."

"그랬군요."

자폐 아이를 여자 혼자서 거두고 산다? 그것도 산속에서? 또 하나의 미스터리한 이야기였다. 산은 그리 높지 않았지만 깊었다. 산세가 만만하지 않았다. 산속은 소나무 일색으로 진한 송진 냄새를 풍기고 있었다. 바깥에선 상상할 수 없는 또 다른 세계이며 공간이었다. 송진 냄새는 청량하고 신선했다. 청량한 송진 냄새는 머릿속 찌끼를 말끔히 씻어내는 것 같았다.

하지만 들릴 법한 산새의 울음은 들리지 않았다. 간간이 낮게 엎드린 무덤은 세월의 무상함과 쇠락함을 느끼게 했고, 무덤 주위로 무성한 풀들은 인적이 거의 없음을 말해 주는 듯했다.

"사람들이 거의 들지 않나 봅니다. 풀이 이렇게 무성한 것 보니……."

"그런가 봅니다."

"……."

"사실 전 여기에 살고 있지 않습니다. 가끔 내려와 추사 선생님의 생가를 돌아보고 있습니다. 그날 다치신 선생님을 뵙게 된 건 우연한 일이었습니다."

"그래요?"

민수는 당연히 추사의 후손이라고 생각했었다. 하지만 여자의 말은 그게 아니었다. 사실 민수가 그렇게 생각할 수밖에 없었던 것은 추사의 난에서 받은 느낌, 그 느낌을 여자에게서 느꼈기 때문이다.

"말하자면, 관리인이지요."

"그럼, 여기 말고 또 어디로 가십니까?"

"과천에도 추사 선생님의 생가가 있거든요."

"그러면 이곳저곳 다니시겠군요."

"네."

"그렇군요."

"사실 이번에 내려오게 된 것은 의외였습니다."

"그건 왜죠?"

궁금함이 입 밖으로 단박에 튀어나왔다. 그것은 이미 여자와 자신이 관계되어 있다고 생각했기 때문이었다.

"올해는 오월에 왔었거든요. 매년 시월쯤 내려왔는데……. 꿈을 꾸었어요. 희한하게도 선생님의 꿈을요."

"선생님이라면? 추사 선생님을 말씀하시는 건가요?"

"네. 손님이 오실 거라고 하셨어요."

민수는 순간 심장이 멈추는 것 같았다. 왼쪽 가슴에 어떤 미동도 느낄 수 없었다. 단지 머릿속이 쿵쾅댈 뿐이었다.

"꿈에요? 아주 오래되신 분을……. 그럴 수도 있나요?"

"글쎄요 저도 좀……. 하지만 혼은 시공간을 초월하니까요."

"아무리 그렇지만…… ."

"선생님의 혼을 가까이 둔 탓이 아닐까요.

"그러면 그 손님이 혹시?"

"네, 바로……."

"김민식이라고 합니다."

"김 선생님을 말씀하셨습니다."

"아, 이게 무슨 일입니까?"

"참, 제가 벼랑에서 떨어진 건 어떻게 아셨나요?"

"아이가 김 선생님께서 산속으로 들어가는 것을 보았다고 했습니다. 그래서 급히 아이와 함께 들어갔다가 절벽 아래에 쓰러진 김 선생님을 발견했어요."

"아이가 저를 살린 거군요?"

"큰일이 날 뻔했습니다. 그만하기 천만다행한 일이었죠."

비로소 산새가 멀리서 울었다. 울음은 맑고 깨끗하게 들렸다. 그야말로 송진 냄새의 청량함 같은 그런 청아한 소리였다. 산새의 울음소리가 바람을 몰고 왔는지 부스스 불며 지나갔다. 그 탓에 진한 송진 냄새가 산 전체에 요동쳤다.

얼마나 들어왔을까 생각하는 순간 확 트인 푸른 하늘과 함께 초록 일색인 넓은 풀밭이 눈앞에 펼쳐졌다. 마치 신천지가 순식간에 펼쳐지듯 민수와 여자 앞에 광활하게 펼쳐졌다. 순간 꽉 막혔던 가슴이 뻥 하고 뚫리는 것 같았다. 무엇이 가슴을 꽉 틀어막고 있었는지 그게 단박에 소멸한 느낌이었다.

"어떻게 여기에 이런 곳이……."

"놀라셨나요?"

"네……."

"알기에는 추사 선생님께서 어릴 적 이곳에 자주 오신 걸로 압니다."

"네, 이런 곳이 있었네요. 신기하고 믿기지 않습니다."

"기억에 없으신가요?"

"네, 전혀……."

민수는 또 한 번 미스터리한 일임을 확인할 수 있었다. 사고가 난 후 다쳐서 모른다고는 해도 사고 전 기억이 없다는 게 참으로 미스터리한 일이 아닐 수 없었다. 여자는 그것엔 크게 반응하지 않았다. 민수가 알지 못하는 뭔가 다른 세계가 있는 게 아닐까 하는 생각마저 들었다. 더구나 추사 선생이 꿈에 나타날 정도니 어쩌면 민수의 그런 생각은 아주 자연스러운 반응이었다.

인적이 드물다기보다는 아예 사람의 흔적을 전혀 느낄 수 없는 곳이었다. 풀밭 위로 부는 바람은 숨겨진 이곳의 고고함을 시샘이라도 하듯 더는 풀이 자라지 못하도록 풀잎의 머리를 꺾어 놓은 듯했다. 풀잎이 머리를 조아린 이곳은 천만년 된 신묘한 약초가 흐드러져 있을 법했다. 그뿐 아니었다. 거대한 마법의 세계와 같이 신비로운 기가 철철 흘러넘쳐 나고 있었다.

126

"그런데 벼랑은 어디쯤 있습니까?"

"이곳을 가로지르면 끝이 나오는데 거기쯤에 있습니다."

"산 높이를 봐선 벼랑은 그리 위험하지 않은 것 같군요."

"그래도 벼랑이니……. 사실 꽤 깊은 벼랑이라고 할 수 있습니다."

"제가 이곳을 지나갔다는 말인가요?"

"아마 그러셨을 겁니다."

"아직 전 이해도 안 되고 전혀 기억에 없습니다."

풀밭을 헤치고 앞으로 조금 나아가자 덤불 사이사이로 난의 모습이 보였다. 얼른 봐선 모를 만큼 풀 속에서 자라고 있었는데, 민수의 눈에 난이 들어왔다. 난은 사방으로 흐드러져 있었다. 야생 난을 채취하러 다니는 꾼들에겐 노다지가 될 만큼 지천으로 널려 있었다.

"난의 군락지인가 봅니다. 저것 보세요."

"저건 난이 아니라 독초인가 봅니다."

민수는 여자의 말에 깜짝 놀랐다. 영락없는 난의 자태인데 독초였다.

"그래요?"

"난을 찾아다니는 사람들이 하는 이야기를 얼핏 들었습니다. 난 같이 생겼지만, 난이 아니라고 했습니다. 오래전 이야기입니다만."

"그렇군요."

"그래서인지 이곳엔 벌이나 나비도 그렇고 새가 없나 봅니다."

여자의 말은 신빙성이 있었다.

"전해오는 이야기에 추사 선생님께서도 난을 치신 후에 '난이 아니라 내 마음이다.'라는 뜻의 말씀을 하셨다고 합니다. 꼭 그런 의미는 아니지만, 저 독초도 독초로 보지 않고 그냥 풀로 여기신다면 마음이 편하실 겁니다."

여자의 말은 평온했던 민수의 가슴과 머리를 후려 감았다.

"혹시, 부작란에 관해 들어 보셨는지요?"

민수는 여자가 모를 리 없다는 생각에 그냥 말을 해버렸다.

"……불이선란을 말씀하시는 건가요?"

민수의 가슴이 순간 쿵쾅했고, 호흡이 빨라졌다.

"네. 불이선란요."

"전해오는 이야기를 들었을 뿐 저도 자세한 건 모르겠습니다 만……."

"……혹, 조금 전에 하셨던 말씀이 불이선란에 있는 내용이 아닙니까?"

"글쎄요?"

민수는 보기보다 여자가 예사롭지 않다는 생각을 다시금 했다. 더구나 이제는 기이한 느낌마저 여자에게서 느껴졌다. 여자는 분명 자신과 관련 있었다. 꿈에서 본대로 아내가 서 있었던 바위는 보이지 않았다. 그 비슷한 것도 당장은 보이지 않았다. 여자가 짐작했던 낭떠러지 같은 곳도 없었다. 물론 굴러서 떨어진다면 충분히 상해를 입을만한 위험한 곳이었지만. 여자가 자신을 발견한 곳 근처엔 크고 작은 돌무더기 같은 것들이 멀리 내려다보일 뿐이었다.

여자의 말로는 이곳을 돌아 능선을 넘으면 호수가 나온다고 했다. 호수는 크지도 작지도 않지만, 사시사철 마르지 않고 언제나 그 수위를 유지한다는 말도 해주었다. 돌아서는 순간 어디선가 습한 바람이 불어와 몸에 닿았다. 그리고 몸을 스치고 지나가는 바람은 휘돌아 가는 산 능선을 향해 치달으며 나무며 풀이며 난과 같은 독초까지도 한바탕 휘젓고 사라졌다. 마치 꿈에서 아내의 아니, 여자의 치맛단을 휘감으며 불었던 바람처럼 그렇게 휘젓고 어디론가 사라졌다.

여자는 자신의 이야기를 자세하게 들려주었다. 삼대째 추사 선생의 생가를 지키는 일을 하고 있을 뿐, 자신과 자신의 가문도 추사 선생의 가문과 직접적인 관계가 없다고 했다. 다만 할아버지 때 시작한 일을 이어서 한 것이며, 추사 선생이 머물렀던 곳이 여러 곳이지만 자신은 이곳과 어린 시절을 대부분 보냈던 과천의 생가를 관리한다고 했다. 그리고 이곳 예산은 추사 선생이 서울에 창궐한 전염병을 피해 잠시 와 있던 곳이라는 사실도 알게 해주었다.

"그랬군요……. 추사 선생님은 예술적 감각을 여기 이곳에서 얻었나 봅니다. 저 한적한 곳에서 말입니다."

"어쩌면요……."

"추사 선생님의 작품 세계는 어떤지 여쭈어도 될는지요?"

민수는 조심스럽게 물었다. 여자에게서 난에 관한 이야기를 들을 수 있을까 해서다. 사실 민수는 머릿속 엉클어진 실타래를 빨리 풀어야 하는 상황이다. 하지만 그 방법은 요원했다. 실마리를 잡지 못해 답답했었다. 그런 가운데 생각지도 않은 데서 실마리가 보였다. 그건 다름 아닌, 여자 삶의 이력이었다.

"이미 말씀드린 대로 생가를 단순히 관리만 하는 터라 선생님 작품의 깊은 의미나 뜻은 잘 알지 못합니다. 추사 선생님은 워낙에 유명하신 분이라 돌아다니는 소문 정도가 제가 아는 전부입니다."

"조금 전, 부작란에 관한 의미를 단번에 말씀하시던데……. 작품에 한자가 있었습니다. 보시면 아시겠습니까?"

"글쎄요. 그게 부작란에 관한 이야기인지는 모르겠으나 어쩌면 알 수도 있지 않을까요. 학문은 국문학을 하다 중도에 그만두었지만, 아무래도 한문과 관련 있는 학문이라……."

민수는 내친김에 자신이 써서 가지고 있던 종이를 여자에게 건네고 여자의 반응을 살폈다. 바람결에 종이가 여자의 손에서 파르르 떨었다. 여자는 어떤 미동도 없이 들고 있는 종이를 물끄러미 내려다볼 뿐이었다.

"죄송합니다만, 뭐 좀 해석이 가능하겠습니까?"

"추사 선생님께서 쓰신 글이 맞나요?"

여자는 대답을 바란 민수의 기대와 달리 되려 물어왔다. 하지만 여자의 질문에서 실마리가 언뜻 보여 애가 달았다.

"뭐, 그렇다고 보시면 됩니다. 꿈에서 본 그대로 옮긴 겁니다."

"꿈에 본 글……. 한 자 한 자의 뜻은 알겠지만, 글의 전체적인 의미는 저도 잘 모르겠습니다."

"……."

"이 글씨를 꿈에 보셨다는 말씀이죠? 부작란이라는 말이 여기에 있었군요."

"그렇습니다."

"예서체군요."

"……."

"예서와 기자지법이라는 말은 익히 들은 바가 있습니다."

"그래요? 저도 예서는 알겠는데 기자지법이라는 말은 무슨 뜻인가요?"

"쉽게 말하자면, 약식으로 적는 기법이라고 하면 이해하시겠습니까? 조금 다르긴 해도 굳이 표현하자면 예서체와 마찬가지로 이해하시면 됩니다."

"약식요?"

"그러니까 추사 선생님께서 이글을 남기셨다고 가정한다면, 난초를 그리는데 예서체와 기자지법 즉 기자체(奇字體)로 그리셨다는 뜻입니다."

"예서와 기자체로요?"

"네. '이초예기자지법(以草隸奇字之法)'은 그런 뜻입니다."

민수는 알 듯 말 듯 했다. 여자는 일반적인 수준 너머에 있었다. 여자는 자세히 알고 있는 게 분명해 보였다. 그렇다면 왜, 자꾸 발뺌하듯 행동하는지 모를 일이었다. 되레 의구심만 키우고 있었다.

"여하튼 예서와 기자체는 글을 쓰는 법이 아닙니까? 그런데 그 법으로 난을 그렸다니요? 이해가 안 되는군요."

"……저도 더는 알 수 없습니다."

"제 생각에는 추사 선생께서 뭔가 알 수 없도록 어렵게 그렸다는 의미 같은데……."

민수는 가슴 속 그림을 떠올려 보았다. 난의 모습은 평범했고 난의 잎은 기운찼다. 그래서 그냥 보면 잘 그린 난 정도였다. 뭘 어렵게 그렸다는지 도무지 이해되지 않았다.

"저기…… 한 가지만 더 여쭈어도 될까요?"

여자의 낯빛이 조금 굳어지는 것 같았다. 순간적이었지만 민수는 그걸 놓치지 않았다. 분명 뭔가 알고 있는 눈치였다.

"혹시, 그날 밤, 그러니까 제가 처음 묵던 그날 밤……. 여인께서는 어떻게 제 상황을 아시고 그와 같은 쪽지를 남겼습니까?"

"무슨 말씀을 하시는지?"

여자는 당황하고 있었다. 그 모습을 보자 마음 한편에 묵혀둔 메모 내용이 민수 머리에 오롯이 떠올랐다. 이어 그 내용은 부작란의 의미와 오버랩 되었다. 민수는 여자가 문제의 중심에 있음을 깨달았다. 죄책감을 갖지 말라고 하면서 삶이든 뭐든 원래부터 실체가 없었다는……. 그려놓고도 그리지 않았다는, 실체가 없다는…….

"더 이상 죄책감을 느끼지 말라고 하셨잖습니까?"

"그건……. 그냥 그렇게 보였기 때문입니다. 물론 짧은 소견이지만 김 선생님께서 산속으로 들어가신 이유가 아닐까 생각했어요."

"……."

"그럼. 전 이만……."

"잠깐만요."

"……."

"여인과 남자아이를 꿈에서 봤습니다."

"그럼……."

"네……."

민수는 그냥 말해 버렸다. 아니, 그렇게 나와 버렸다. 돌이키기에는 이미 늦어버렸다. 사실 예산을 찾았을 때, 작품과 관계없는 여자에 관한 궁금함도 있었는데, 이로써 여자에 관한 궁금함은 일단락되어 버렸다. 자의든 타의든 그렇게 되어 버렸다. 민수는 질문을 받고 굳어가던 여자의 얼굴과 당황하던 모습을 좀체 잊을 수 없었다. 민수는 오리무중인 실마리에 한없이 지쳤다. 여인은 벌써 민수의 시야에서 사라지고 없었다. 여자는 분명 자신을 피하고 있었다. 민수는 그만 자리에 털썩 주저앉았다. 땀이 등줄기를 타고 연신 흘러내렸다. 등목이라도 했으면 하는 마음이 간절했다. 민수는 그런 생각에 피식이 웃음이 나왔다. 이런 상황에…….

민수는 그리 굵지 않은 소나무에 기대어 가만 눈을 감았다. 순간 서늘한 적막의 기운 탓에 눈을 뜨려 했지만, 쉽지 않았다. 적막한 기운은 전신으로 퍼져나갔다. 거부할 수 없는 어떤 힘이 작용하는 듯했다. 말똥한 머릿속은 그와 같은 상황을 인지할 수 있었다. 조금 전 확 뚫린 가슴께는 또다시 답답함으로 채워지기 시작했다. 결국 상상할 수 없는 무게의 바윗덩어리로 변해갔다. 가슴이 터질 것 같았다. 터질듯한 그곳에 사랑했던 아내와 딸아이가 있었다. 여보! 그리고 은혜야!

아내는 난 안에서 고요히 잠들어 있다. 민수가 다가가자, 눈을 떠 민수를 빤히 올려다본다. 그러더니 기력 없는 몸을 일으킨다. 딸아이도 따라 일어난다. 난에서 연기가 올라온다. 불꽃은 보이지 않는다. 다만 연기만 계속해서 피어오른다. 급기야 민수의 코에도 연기가 와 닿는다. 매캐하다. 숨을 쉴 수가 없다. 눈에서 눈물이 난다. 마구 쏟아져 내린다. 이윽고 몸에 있는 모든 수분이 송두리째 빠져나간다. 아내와 딸아이는 그런 민수를 물끄러미 바라다보고만 있을 뿐이다. 민수는 구해달라고 손을 내민다. 그때, 아내와 딸아이도 덩달아 기침하기 시작한다. 눈이 충혈된다. 연기는 천지사방으로 퍼져 나간다. 연기가 닿는 모든 것들은 시든다. 나무도 시들고 꽃도 시들고 물도 마른다. 낮에 본 독초가 흩날린다. 흩날린 독초가 연기를 더 자아낸다. 더 독한 연기가 인다. 흩날리던 독초의 잎이 민수의 목에 닿는다. 아내의 목과 딸아이의 목도 감는다. 그리고 '스윽' 민수의 목을 벤다. 피가 나지만 아프진 않다. 목이 곧 땅으로 곤두박질하려 한다. 순간 강렬한 빛이 비친다. 목을 감고 있던 난이 탄다. 그리고 목은 여전히 그대로다. 아내와 딸아이는 보이지 않는다. 누군가 빛 뒤에서 민수를 부르고 있다.

"아저씨, 아침 드셔야죠?"

민수는 전과 같이 남자아이와 단둘이 밥을 먹었다. 아이는 여자가 또 아침 일찍 읍내에 갔다고 말했다. 아침상을 물리자 아이가 또 여자의 메모지를 건넸다. 생각지도 않았던 내용이었다. 추사 선생의 생가를 오래전부터 관리해 왔던 남자가 지리산 청학동 인근으로 들어갔다는 이야기와 언제나 혼자이기를 좋아했던 그 남자는 여자의 남편이기도 하다는 말을 적어 놓았다. 그리고 남편은 추사 선생에 심취해 오랜 세월 동안 추사 선생을 연구하고 공부한 사람이라면서 남편이라면 능히 민수의 궁금증을 풀어 줄 수 있을 거라고 적어 놓았다. 마지막 문장은 민수에게 도울 것은 모두 도와드린 것 같다는 글로 끝을 맺고 있었다. 또다시 외톨이가 되는 기분이었다. 갑자기 여자가 보고 싶었다.

"더는 오지 말라는 말이군."

민수는 답을 적어 아이에게 건네고 작별을 고했다. 그동안 고맙다는 말과 떠나게 되어 아쉽다는 말을 적었다. 그리고 마지막 문장엔 꿈에 나타난 여인의 의미를 어떻게 생각하느냐는 글로 마무리했었다. 민수는 왠지 남겨둔 편지 내용이 못내 신경이 쓰였다. 마음이 가볍지 않았다. 1킬로미터의 내리막길은 짧고도 짧았다. 한없이 길었더라면 어쩌면 여자를 만나 눈이라도 마주칠 수 있었을 텐데…….

음모

"위원님, 죄송합니다. 놓치고 말았습니다."

"저런! 일단 이번 일은 모른 척하고 있어요. 다시 연락드리죠."

울도의 사무실은 긴장감이 감돌고 있었다. 두 사람의 난감한 표정은 미술관 무게만큼이나 무거워 보였다. 이호중은 조금 놀란 듯한 눈으로 마주 앉은 마 위원을 쳐다보고 있었다.

"마 위원. 좀 더 자세히 말씀해 보세요?"

"이야기 그대롭니다. 심각해요."

"부작란이 세상으로 나왔다는 겁니까?"

"글쎄, 그렇다니까요."

"허 참, 어떻게 그런 일이…….”

"여하튼 이른 시일 안에 세 사람이 만나야 할 것 같습니다."

"그나저나 초대전은 마쳐야 하지 않습니까."

"물론 그래야겠지요. 하지만 부작란을 계속 걸기는 좀 뭣합니다."

"당장 앞으로 어떻게 합니까?"

"글쎄요. 대책을 세워 봐야지요."

"하, 이거 참. 난데없이 이런 와중에…….”

"그나저나 진품을 확보해야 하지 않을까요. 제가 보기엔 그게 급선무인 것 같은데."

"확보하면요. 다음엔요?"

"진품을 내보이든지, 아니면 영구히 진품을 없애든지 해야 하지 않겠어요."

"진품을요? 그래, 그 사람을 놓쳤다는 건가요?"

"그랬나 봅니다. 각별히 신경 쓰라고 그렇게 신신당부했는데."

"어디에서 그랬답니까?"

"글쎄요……. 아무래도 그자가 눈치챈 거 같아요."

"그 사람 밀양 사람이라면서요?"

"그렇긴 합니다만."

"그럼 일단 미리 밀양 쪽으로 가서 포진하면 될 거 아닙니까? 밀양 시장 인근에 있다면 금방 찾을 수 있을 것 같은데요."

"그런데 그게 쉽지 않은 일입니다."

"쉽지 않다뇨?"

"생각해 보세요. 눈치챈 그자가 거기로 가겠습니까."

"그래도 일단은 그 사람 집 주변부터 감시하는 게 순서 아닙니까?"

"그야 물론 그렇지요. 그자도 그렇지만 부작란을 들고 온 그 남자의 거주지를 먼저 알아야 하는데……."

"그자를 잡으면 무슨 실마리를 찾을 수 있겠지요."

"그게…… 그리 쉽지가 않아서요……."

"……그런데 마 위원, 송강의 박 위원도 진품 부작란이 인제 없다고 공언하지 않았습니까?"

"당연히 그랬지요. 하지만 제 느낌으론 세상에 나온 게 확실한 것 같습니다."

"그 사람이 죽었을 때, 작품과 함께 매장되었다는 말은 어찌 된 이야깁니까?"

"글쎄. 저도 그걸 어떻게 알겠습니까. 실제 본 일도 아닌데."

"허, 큰일이구먼. 위작을 진품이라고 저렇게 걸어 놨으니……."

"이 위원! 말조심해요."

"……사실이잖습니까! 이러다간 저희의 입장은 그렇다 하더라도 정부로부터 받는 지원금이 다 끊길 판입니다."

"지원금은 고사하고 다 들어가게 생겼다니까요."

"아이고, 참 나. 이게 뭔 날벼락이람."

"그러니 하는 이야깁니다. 말조심하세요. 일단 문제가 커지기 전에 모든 일을 비밀리에 처리해야 한다는 말입니다."

"허 참……. 그나저나 그 진품 진짜 한 번 봤으면 소원이 없겠어요."

"이 위원! 지금 그런 말 할 땝니까?"

"그렇다는 이야깁니다. 허 참!"

"일단 돌아가 계세요. 일체 함구하셔야 합니다."

"알겠습니다. 그나저나 송강의 박 위원도 알고 있는 내용이죠?"

"아직입니다."

"그래요? 빨리 알려야 하지 않을까요?"

"일단 그것도 제가 알아서 하겠습니다. 조만간에 한 번 모여야 합니다."

"위작 논란이 있을까 봐 글귀도 넣지 않고 조마조마했는데 모든 게 한순간에 물거품이 될 줄이야!"

"이 위원! 자꾸 왜 그래요. 뭐가 물거품이 된 답니까!"

"아, 아닙니다. 여하튼 저는 가보겠습니다. 연락 기다리겠습니다. 도울 일이 있으면 언제든 연락 주세요."

"조만간 연락드리죠."

　마 위원은 민수에게 당했다는 분통에 신경이 날카로워져 있었다. 거기다가 부작란의 정체를 이미 알고 있는 민수를 생각하면 할수록 애가 달았다. 당장 그의 행방을 몰라 미쳐나갈 것 같았다.
　"녀석을 빨리 잡아야 하는데……. 이대로 결딴날 순 없어."

청학동

    물어물어 해발 800미터에 있는 마을을 찾아 올랐다. 평소 집에만 틀어박혀 살았던 사람이 느닷없이 산행을 해야 하니, 여간 힘든 일이 아닐 수 없었다. 사람이 사는 곳이라 길은 닦여 있지만, 사람이 사는 데까지는 나무와 무심하리만치 짙푸른 하늘만이 보일 뿐이었다. 간간이 등산복 차림의 사람들이 보였지만, 곧장 어디론가 사라지곤 했다. 길을 물을 수 있는 경우는 그야말로 하늘의 별 따기와 마찬가지였다. 산은 깊고 맑았다. 예부터 영산이라는 말처럼 산속에선 실감이 났다. 무엇으로 증명할 순 없지만, 산이 뿜어내는 기는 실제였다. 예산의 산과 또 다른 기운이었다. 흔히 죄를 지으면 깊은 산 속으로 들어간다는 이야기가 있다. 하지만 뿜어져 나오는 기운과 죄인은 공존할 수 없을 것 같은데 왜 그런 이야기가 있는지 이해할 수 없었다. 그냥 해보는 우스갯소리라 여겨졌다. 정말 죄를 짓고 이곳에 들어와 사는 사람이 있다면 그 사람은 틀림없이 이 영산보다 기가 센 사람이든지 아니면 미쳐버린 사람일 거였다.

    "돈을 준다 해도 이곳에선 절대 못살 것 같아!"

    도포 두루마기를 걸친 사람이 하나둘 보이는 게 마을로 들어선 모양이었다. 조금 더 나아가자 눈에 들어온 풍경은 마치 시골 풍경을 산기슭에 그대로 옮겨다 놓은 모습이었다. 하지만 정겹고 아늑한 느낌은 그리 낯설지 않았다. 예산의 한적한 곳과 다른 느낌이 퍼뜩 들었다. 머리를 땋은 아이가 종종걸음으로 다가오는 것을 보고 민수는 걸음을 멈췄다. 아는 체를 하는지 고개를 갸웃했다. 하지만 어색한 몸짓을 보아 낯선 차림을 경계하는 것으로 보였다. 하지만 그것은 기우였다.

"훈장님께선 지금 바쁘십니다."

낯선 사람들이 이곳에 오면 으레 훈장을 찾아서 그런 것인가? 아이는 민수가 생각하는 것보다 넉살이 좋았다.

"그런가? 혹, 이곳에 혼자 사시는 분도 있니?"

민수는 거추장스러운 과정을 거치고 싶지 않았다. 빨리 여자의 남편을 만나고 싶었다.

"그렇지 않습니다. 이곳 청학동에는 그런 분이 계시지 않습니다."

"오, 그래."

아이는 획 돌아서 왔던 길을 거슬러 다시 돌아갔다. 큰 기대는 하지 않았지만, 적잖은 실망이 가뜩이나 힘든 전신의 힘을 쭉 빼고 있었다.

"마중 온 것도 아니고⋯⋯. 뭐야?"

타지 사람이 청학동에 와서 가끔 머문다는 이야기는 들었지만, 당장은 타지인도, 아이가 사라지고 난 후 이곳 마을 사람들도 보이지 않았다. 집들은 산기슭에 딱 달라붙어 꼼짝 안 할 것처럼 낮고 단단하게 엎드려 있었다. 마을 어귀를 지나 집 가까이 다가가자 여기저기 인기척이 났다. 저만치에서 도포를 걸친 청년이 갓을 쓰고 나타났다. 하지만 조심스럽게 민수 곁을 지났다.

"저기, 한 가지 여쭤도 되겠습니까?"

민수는 다급하게 청년을 돌려세웠다.

"예."

청년의 목소리는 차분했고 깊이가 있었다.

"여기 혹시 암자나 아니면, 혼자 기거하시는 분은 없으십니까?"

"죄송합니다만, 여기 기거한 지 얼마 안 돼 자세히는 모르나 그런 분은 없는 것으로 압니다."

"그렇군요."

"간혹 도를 닦는다며 찾아오시는 사람들이 있긴 합니다만, 그런 분들에겐 저쪽 편으로 가시라고 합니다."

조금 전 실망보다 더한 실망으로 힘이 빠지려 할 때, 청년의 말은 한 가닥 희망의 빛으로 비춰왔다.

"저쪽에요?"

"네."

"저쪽 편에 뭐가 있습니까?"

"몇몇 암자가 있는 곳입니다. 지금은 스님이 계시지 않는 것으로 압니다만."

"그러면 도를 닦는다는 사람들 대부분이 버려진 암자에 기거할 수도 있겠군요?"

"그것까지는 제가 모르겠습니다."

"아, 네. 고맙습니다. 참, 저곳으로 가려면 어디로 해서 갈 수 있습니까?"

"딱히 길은 없습니다. 차라리 처음부터 그쪽으로 가셨다면, 예전에 있었던 길의 흔적이라도 있을지 모르지만, 여기선 가는 길이 없습니다."

"여기서 먼가요?"

"산이 험할 뿐이지 그리 멀지는 않습니다. 저기 저쪽 넓고 큰 자작나무 군이 보이시지요. 그곳쯤입니다."

"아, 예. 여기서 이렇게 가로질러 간다면 위험할까요?"

"아무래도 그럴 겁니다. 입구까지 다시 내려가시기가 정 그러시다면 내려가시다가 두 번째 휴게소가 나오는 곳에서 가셔도 될 것도 같습니다만."

"네. 고맙습니다. 그리고 훈장님을 뵐 수 있을까요?"

"지금은 타지 분들께 예절 교육을 하고 계십니다."

"네, 오래 걸릴까요?"

"시간은 오후 여섯 시까지니, 아직 많이 남았을 겁니다. 그런데 왜 그러십니까?"

"아니, 뭐 특별한 건 아니고 몇 가지 여쭐 게 있어서요."

"꼭, 훈장님이셔야 합니까?"

"아니, 그건 아니고, 한자를 좀 알아보려고요."

"한자요?"

"네……."

청년은 민수를 찬찬히 훑어보는 것 같았다. 처음과 달리 의뭉한 표정이 얼핏 보였지만, 특별히 경계하는 눈치는 아니었다. 굳이 있다면, 한자를 알기 위해 이곳까지 온 작자의 상태가 의심스러운 눈치라 하겠다.

"……그럼 절 따라오시겠습니까?"

"누를 끼쳐 죄송합니다."

"아닙니다. 여기서 그리 멀지 않습니다."

"고맙습니다."

민수는 따라가며 누구인지 묻고 싶었지만 그만두었다. 지금의 배려만으로도 망극할 따름이었다. 민수가 인도된 곳은 마을에서 약간은 외진 곳에 자리한 어느 노인 집이었다. 이곳 집들은 거의 다 비슷한 느낌이었지만, 특별히 노인의 집은 쇠락해 가는 느낌을 물씬 풍기고 있었다. 노인은 담뱃대를 물고 좁장한 마당 한가운데 놓인 평상에 앉아 마주한 산 어디쯤을 무연히 바라보고 있었다. 노인은 민수와 청년이 다가오는 인기척을 느꼈는지 물고 있던 담뱃대를 내리고 살며시 고개를 돌리며 고쳐 앉았다. 그리고 경계하는 눈빛으로 둘을 바라보았다. 노인의 눈빛은 살아있었고 위엄까지 느낄 수 있었다. 만약 훈장이었다면, 늙고 나이 든 탓에 일선에서 물러난 사람처럼 보였다.

"어르신, 손님께서 여쭐 게 있다고 하시기에 모시고 왔습니다."

청년은 공손하게 말했다. 민수는 그렇게 말하는 청년 옆에서 허리를 숙여 예를 갖췄다.

"누구신가? 여기까지……."

민수는 순간 겸연쩍어 머리를 긁적이다 가방에서 글귀가 적힌 종이를 꺼내 노인 앞에 내놓았다. 노인은 담뱃대를 다른 손으로 옮겨 다시 물고는 종이를 한참 내려다보았다. 민수는 노인의 얼굴을 뚫어져라 쳐다보았다.

"깊은 뜻이 있는 것 같구먼. 뜻을 이야기한다고 해도 누가 알아듣겠는가 싶으이.”

무표정한 노인의 입에서 나온 말은 표정과는 달리 미세하게 떨리고 있었다. 민수는 그것을 놓치지 않았다.

“그런데 이 글은 어디서 났는가?”

“아, 예. 우연히 알게 된 글귀입니다.”

“내가 보기엔 우연히 알게 된 글은 아닐 것 같고, 뭔가 사연이 있어 보이네만…….”

노인은 대략 글귀의 내용을 짐작한 모양이었다. 처음보다 조금 더 상기된 표정과 어색한 목소리에서 그것을 느낄 수 있었다.

“어디서 오셨는가?”

“밀양에서 왔습니다.”

“밀양에서 여기까지?”

“네.”

“난 그림도 있을 법한데 작품은 어디에 두었는가?”

“그게 저…….”

굳은 표정의 노인은 주저하는 민수를 가만 바라다보았다. 노인의 시선은 점점 강압으로 변해갔다. 작품을 당장 보이라고 할 것 같았다. 민수는 그런 노인의 시선을 얼른 피해 버렸다. 그러자 순식간에 세 사람 사이엔 긴장과 어색함이 흘렀다.

“모르긴 해도 유명한 분의 작품일 걸로 짐작이 되는구먼, 그리고 그림에 있는 그 글의 뜻은 내 생각엔 그림을 그렸더니 두 번 다시 없을 그림이지 싶다, 라는 뜻을 담고 있는 것 같네. 물론 그 그림을 봐야 의미를 알 수 있을 테지만 말이야. 그 이상은 모르겠네."

노인은 어색함을 물리려 대뜸 글귀의 의미를 이야기했다. 그게 꼭 맞는 의미인지는 당장 알 순 없으나 노인의 근엄한 목소리에 신뢰는 갔다.

"그렇습니까."

"그림에 담긴 뜻을 잘 풀어내는 건 문광이가 일품이지 아마……."

노인의 입에서 느닷없이 또 한 사람의 이름이 나왔다. 예기치 않은 소득이라면 소득이었다.

"문광이라면 어떤 분을?"

"중이라네. 나이는 나보다 한참 아래지만 벗으로 삼고 있다네. 문광의 고향이 아마 예산이었다지. 그림과 글에 조예가 깊은 사람이지."

순간 민수의 가슴은 불이 닿는 느낌이었다. 여자의 남편이 확실했다. 그런데 중이라는 사실이 의아했다.

"그분을 만나려면 어디로 가야 합니까?"

"왜? 내가 풀어준 걸로 부족한가?"

"아닙니다. 다만……."

노인은 담뱃대를 평상 모서리에 툭툭 치면서 재를 털었다. 잠시 후, 고쳐 앉아 긴 담뱃대를 들어 아까 청년이 이야기해준 그곳쯤을 가리키며 단언하듯 말했다.

"다만이고 뭐고, 문광을 만나려면 저곳으로 어서 가시게."

"암자가 있다는 곳 말입니까?"

"그래그래. 늦기 전에 어서 가보시게. 어서."

민수는 자꾸만 재촉하는 노인을 의구심에 찬 얼굴로 바라보았다.

146

"감사합니다. 어르신."

"잘 가시게나……."

　노인이 담뱃대로 숲을 가리킬 때, 담뱃대 끝이 심하게 떨렸던 장면
이 민수 머릿속에서 심하게 요동쳤다.

도둑 들다

'허화랑'은 임시휴업이라는 글을 붙인 채 낮부터 두 사람의 시선을 받고 있었다. 두 사람은 밤이 되길 기다리고 있었다. 허화랑은 재래시장의 문이 하나둘 닫히고 나면 제일 먼저 어두워지는 곳에 있었다. 물론 가로등이 간간이 세워져 있긴 하지만 불빛은 가늘고 약해 있으나마나였다. 거기다 가로수의 풍성한 가지와 잎은 재래시장을 깊은 어둠 속으로 묻어 놓기에 충분했다. 마음먹고 어둠 속에서 범행하고자 하면 쉽게 할 수 있는 방범의 사각지대였다. 주민들이 일전에 치안 문제로 건의했지만, 재래시장 내에 상주하는 경비가 있다는 것과 경찰 인력이 부족하다는 이유로 흐지부지되고 말았다. 더군다나 인근에 유흥업소가 없어 우범 지역이 아니라는 판단은 인력이 부족한 경찰로서는 당연했다. 그런 만큼 치안의 사각지대로 내몰려 있었다.

민수는 고가의 작품 몇 점이 가게에 있었기 때문에 유리로 된 출입문과 셔터로 이중으로 잠가놓았다. 하지만 출입문을 열어 굳이 범행하고자 한다면 어려울 일도 아니었다. 그게 아니라면, 장비를 사용해 뒤쪽 창문으로 쉽게 들어올 수도 있었다.

그걸 어떻게 알았는지 두 사내는 주위가 어두워지자 창문을 통해 가게에 들어오려고 시도했다. 가게 뒤쪽은 사람의 눈을 확실하게 피할 수 있는 곳이어서 낮에 봐둔 것이 확실했다. 알루미늄 방범망은 건장한 두 사내에겐 문제되지 않았다.

가방에서 꺼낸 장비로 방범망을 가볍게 뜯어낸 그들은 유리칼과 테이프를 이용해 유리창을 소리 없이 간단하게 절단해 냈다. 뚫린 구멍으로 손을 넣어 잠긴 걸쇠를 위로 젖히고 창문을 쉽게 열었다. 창문 바로 밑에 놓인 미니 냉장고는 그들이 가게 안으로 쉽게 넘어올 수 있도록 도와주었다. 두 사내는 가게에 들어오자 대범하게도 가게에 불을 켰다. 순찰차의 순찰 시간을 알고 있는 듯했다. 가게를 며칠 동안 탐문한 게 확실했다. 한 사내는 키가 작고 야윈 애꾸눈이었다. 움푹 파인 한쪽 눈이 형광등 불빛 아래서 때때로 섬뜩하게 빛을 발했다. 아마도 유리구슬을 넣은 모양이었다. 또 다른 사내는 키가 크고 한눈에 봐도 싸움꾼으로 보였다.

이들의 행동은 주도면밀하게 준비된 시나리오대로 움직이는 것 같았다. 맨 처음 이들은 작업대 위에 놓인 작업의뢰서를 찾아냈다. 그리고 부작란과 관련된 제작 의뢰인을 찾아냈다. 하지만 의뢰인의 연락처는 민수 말대로 적혀있지 않았다. 혹여 했던 그들은 실망한 표정을 서로에게 지어 보였다. 그러나 둘은 거기서 멈추지 않고 단서가 될 만한 것을 찾기 위해 간이침대가 놓인 가게에 달린 조그마한 방이며, 책상 서랍과 표구하지 않은 작품 더미를 꺼내 하나하나 살폈다. 하지만 결국 찾지 못하자 어떻게 해야 할지 서로 난감한 표정으로 이야기를 주고받았다. 잠시 후 둘은 작은 골방으로 들어갔다. 두 사내는 침대에 널브러져 잠시 생각에 잠기는가 싶더니 애꾸눈이 방에 있는 전화기를 이용해 어디론가 전화를 걸었다.

"위원님, 이 자의 말대로 가게에는 전화번호가 없습니다. 물론 단서가 될 만한 것도 찾을 수 없습니다."

한동안 수화기를 들고 있던 애꾸눈이 수화기를 내려놓고 다시 작업대가 있는 밖으로 갔다. 싸움꾼도 애꾸눈을 따라 나왔다. 이들은 서로 사인을 주고받더니 쓰레기통을 찾아 내용물을 바닥에 쏟아 놓고는 종이라는 종이는 죄다 한군데 모아 포장 끈으로 한데 묶었다. 그리고 혹여 작업대 위며 구석구석에 종이가 떨어져 있는지 살폈다. 마지막으로 배접판에 덕지덕지 붙어 있는 배접지 자투리 모두를 칼로 잘 뜯어내 한데 모아둔 쓰레기와 함께 연장이 들어 있는 가방에 쑤셔 넣었다. 가방은 종이가 들어가자 빵빵하게 되었다.

　둘은 가게 안을 두리번거리다 애꾸눈이 먼저 냉장고를 이용해 창문으로 나갔다. 싸움꾼도 먼저 나간 애꾸눈에게 가방을 전하고 자신도 매장 밖을 나가려고 냉장고 위에 올라섰다. 그때, 애꾸눈이 싸움꾼에게 전화기를 부수라고 말했다. 조금 전 가게 전화로 전화했던 게 신경이 쓰였던 모양이었다. 발신 번호라도 남게 되면 곤란한 일이 생길 수 있다는 걸 감안한 조치였다. 싸움꾼은 나가려 올라섰던 냉장고에서 내려왔다. 그리고 작업대 옆 전화기를 바닥에 놓고 발로 밟아 완전히 박살냈다. 그러더니 완벽하다고 생각했는지 피식 웃고는 냉장고를 이용해 밖으로 빠져나갔다. 그들은 침입한 흔적을 감추려 방범창을 다시 달아놓고선 골목 모퉁이에 세워둔 자동차에 올라타 어둠 속을 유유히 빠져나갔다.

여자의 남자

　예상은 했지만, 산세는 생각보다 험했다. 시간상으로는 아직 해질 때가 아니었지만, 산이 높아 해가 뉘엿뉘엿했고 벌써 어둑해지고 있었다. 사람들이 다녔던 흔적은 다행히 초행길의 길잡이가 돼 주었다. 하지만 그들이 가르쳐준 지점이라면 벌써 다다랐을 것인데, 암자로 보이는 어떤 것도 눈에 띄지 않았다. 되레 험한 산세만이 민수 앞을 겹겹이 막고 있었다. 걱정되기 시작했다. 산속은 덥지 않았지만 갑자기 변수가 생길 수 있는 깊은 산속이라서 어떻게든 해가 완전히 지기 전에 문광을 만나야했다. 문광을 만나면 한 바가지 물이라도 뒤집어 쓰고 싶었다.

　가까이 산새가 울면서 푸드덕 날아갔다. 이어 다른 새가 화답이라도 하듯 울었다. 그러자 연이어 봇물 터지듯 여기저기서 산새가 울어댔다. 마치 기다렸다는 듯 새들이 울어댔다. 으스스했다. 거기다 나무 사이로 부스스 부는 바람 소리와 계곡의 끝없는 물소리까지 으스스함에 힘을 보탰다. 으스스함은 암자를 아득히 멀어지게 했다. 쫓기듯 바쁘기 시작했다. 잠시 후 나무 사이로 옅은 회색의 하늘이 언뜻언뜻 보였다. 회색의 하늘이라도 당장은 으스스함을 물리칠 우군이었다.

　얼마를 더 갔을까, 어딘가에서 뚝딱거리는 소리가 들렸다. 이어 그 소리와 함께 웃음소리가 가느다랗게 들려왔다. 인근에 사람이 있는 것 같았다. 그토록 바랐던 순간이었다. 순간 긴장이 풀렸는지 다리의 힘이 쭉 빠져나갔다. 민수는 잠시 멈춰 서서 소리 나는 쪽을 쳐다보았다. 여전히 암자는 보이지 않았지만, 인근에 사람이 있다는 사실 하나만으로도 안도의 숨이 나왔다. 민수는 소리 나는 쪽으로 방향을 잡고 조심스럽게 다가갔다. 좀 전까지 났던 뚝딱거리는 소리는 이미 멈췄고, 대신에 사람들 웃는 소리가 가까이에서 들려왔다. 민수는 웃음소리가 나는 쪽을 보았다. 저만치 높게 쌓은 덤불 더미 같은 게 눈에 보였다 사라졌다 했다. 민수는 환상 같은 현상이 눈에 익을 동안 움직이지 않고 그곳을 주시했다. 아마도 어두운 데다 피곤한 탓인 듯했다.

적막한 어둠은 그새 주변으로 내려앉고 있었다. 덤불 더미가 눈에 익자 희끄무레한 연기가 사방으로 퍼져 있는 게 보였다. 그곳을 향해 나아가자 인기척이 좀 더 가까이에서 들렸고, 비로소 조그마한 암자가 눈에 들어왔다. 덤불 더미는 암자였다. 암자는 태곳적 쇠락의 기운을 물씬 풍겨내며 야트막한 언덕배기 아래에 엎드린 듯 낮게 자리하고 있었다. 암자 방향으로 난 길 좌우로 여기저기에 쌓아 놓았던 돌탑이 무너져 널브러져 있었다. 암자는 버려진 옛터였다. 민수의 가슴 한편이 휑했다. 한때는 소원을 담아 쌓았을 돌탑의 쇠락이 아내 정숙을 다시금 떠올리게 했다. 아내 정숙에겐 특정한 종교는 없었지만 어떤 대상을 향해 언제나 소원을 빌었다. 그런 아내가 남편 곁을 홀연히 떠나가 버린 거다. 아내를 생각하며 좀 더 걷자 인기척을 느꼈는지 웃음소리가 났던 쪽에서 두 명의 남자가 민수를 향해 천천히 다가왔다.

"뭘 물어도 될까요?"

남루한 데다 비호감의 두 남자는 민수를 빤히 들여다볼 뿐 아무 말이 없었다. 하지만 경계하는 눈치는 아니었다.

"문광스님 계시는지요?"

"문광스님은 저 밑에 계시지라. 저기 불빛 보이는 대로 가소."

"감사합니다."

산발한 사내와 수염이 난잡하게 자란 사내는 문광이 있는 곳을 일러 주고 그냥 돌아서 왔던 곳으로 갔다. 둘의 행동이 의아했지만 그렇다고 냉대하는 느낌은 들지 않았다. 민수는 뒤도 돌아보지 않고 걸어가는 두 남자를 물끄러미 쳐다보다가 그들이 말한 방향으로 눈을 돌렸다. 저만치 희끄무레한 불빛이 눈에 들어왔다. 불빛을 이정표 삼아 나아갔다. 민수는 문광이 언제나 혼자이길 좋아했다는 여자의 말을 떠올려 보았다. 혼자……. 어떤 모습으로 살고 있을까? 그런 생각을 하자 문광에 관한 의구심이 더했다. 문광은 움막 같은 곳에 있었다. 민수는 먼저 불빛을 향해 헛기침했다. 잠시 후 방문이 천천히 열리더니 안에서 문광으로 보이는 스님이 나왔다. 투박한 외모와 달리 문광한테도 여자에게서 느꼈던 단아한 느낌이 났다. 사실 그의 외모는 조금 의외였다.

"어떻게 오셨습니까?"

문광은 경계도 반기기도 않는 지극히 사무적인 느낌으로 민수를 맞았다.

"예산에서 일러 주었습니다."

문광의 표정이 잠시 굳어지는가 싶더니 이내 처음 느낌으로 되돌아갔다. 민수는 들어오라는 문광을 따라 방으로 들어갔다. 방안은 주인의 이미지처럼 정갈했다.

"……그래, 무슨 일로 여기까지 오셨습니까?"

앉기가 무섭게 용건을 물었다. 순간 잘못 온 건가 하는 생각이 퍼뜩 들었다.

"뭐, 좀 긴히 여쭐 게 있어 왔습니다."

"저에게요?"

"네, 스님."

"문광이라고 합니다."

"네."

"그나저나 저녁은 아직이지요?"

"뭐, 그렇습니다만."

민수는 어색함이나 문광의 사무적인 느낌을 뒤로 하고 우선은 문광이 내준 여러 가지 푸성귀로 배를 채웠다. 푸성귀는 신선했고 모두 다 약초 같았다. 식단의 정갈함은 문광의 생김새와는 판이하게 섬세했다. 문광은 동년배쯤으로 보였다. 보통 키에다 큰 눈을 가진 얼굴이었다. 눈이 커서 그런지 전체적으로 부드러움을 주는 얼굴이었다. 그런 탓에 오랜 세월 깊은 산속에서 홀로 칩거해 산 사람 같지 않았다. 말하자면, 속세를 떠난 사람처럼 보이지 않았다. 하지만 속칭 세상의 때가 묻은 그런 사람도 아니었다. 어떻게 보면 고고학을 연구하는 학자와 같다고나 할까…….

문광은 상을 물리고 잠시 후 주전자와 찻잔을 소반에 올려 들고 들어왔다. 그리고 둘 사이에 놓으며 민수의 용건을 기다리는 듯 아무 말 없이 가만 찻잔에 차를 따랐다. 찻잔에서 익숙한 향이 살짝 났다.

"쑥입니다. 드시지요."

"네. 감사합니다."

"그래, 무슨 일인지 말씀해 보시지요? 무슨 일로 제 아내가 선생을 이곳까지 가라 하셨나요?"

민수가 미적대는 걸 알았는지 문광이 먼저 말을 꺼냈다. 아까부터 아내라는 말을 어떻게 써야 하나 고민이었던 민수는 문광이 먼저 말을 꺼내 다행이었다. 그러나 문광의 입에서 나온 아내라는 말이 왠지 서글픔으로 와 닿았다.

"그럼, 거두절미하고 추사 선생에 관해 여쭙겠습니다."

"추사!"

문광은 그렇게 반문했지만, 추사에 관한 질문에 반색하는 표정이었다. 추사를 남다르게 생각한다는 여자의 말은 맞는 말이었다.

"네……."

"……그래, 추사 선생의 어떤 부분이 궁금하신지요?"

이럴 땐 흔히, 나는 모르니 다른 사람에게 물어라. 그러니 그냥 돌아가라고 하는 게 일반적이다. 하지만 문광은 되레 적극적이었다. 민수는 가방에서 글귀가 적힌 종이를 꺼내 찻잔을 들었다 내려놓는 문광 앞에 내밀며 말했다.

"이 글귀의 진정한 의미가 무엇인지 알고 싶습니다. 그리고……."

문광은 순간 놀란 표정을 지었다. 아니, 당황하고 있다는 표현이 옳았다. 사무적인 느낌이 일시에 사라졌다. 문광은 자세를 고쳐 앉으며 다시 물어 왔다. 그의 표정은 온화함으로 바뀌어 있었다.

"그리고 또?"

"어떻게 받아들이실지 모르나 제 가슴에 추사 선생의 작품으로 보이는 그림이 들어와 박혀 있습니다. 거기에 저의 아내와 딸아이까지도 말입니다."

"가슴에요? 글쎄요. 어려운 말씀이군요……."

문광은 민수의 말을 곰곰이 음미하듯 한쪽으로 타고 있는 등잔불을 진지한 표정으로 물끄러미 바라다보았다. 등잔불이 눈동자에서 잔잔히 흔들리고 있었다.

"작품이 왜, 제 가슴속으로 들어왔는지 도무지 알 길이 없습니다."

"글쎄요. 저도 도무지…… 그 작품을 직접 보셨나요?"

"네. 화랑을 운영하는데 어느 날 우연히 접하게 되었습니다."

문광의 표정은 처음보다 점점 상기되어 갔다. 어둑한 방안이지만 그것을 확연히 알 수 있었다. 마치 낮에 노인이 긴장하듯 그렇게 긴장하는 것 같았다.

"그 그림이 세상에 나왔군요. 개인적으로 감격스럽습니다."

단언하는 문광의 말에 엉킨 실타래의 실마리가 단박 잡히는 것 같았다. 문광과 대화가 될 것 같았다.

"그럼, 스님께선 그 그림을 알고 계셨단 말씀입니까?"

"물론입니다. 오래전부터 알고 있었습니다. 하지만 선생께서 하신 말씀을 들으니 조금은 다른 걸 알게 되었습니다."

문광은 아직 식지도 않은 차를 다시 내오겠다며 조금 굳은 표정으로 밖을 나갔다. 한참 지나도 문광은 돌아오지 않았다. 의뭉함이 고개를 들었다. 민수는 가만히 있을 수 없어 방문을 살짝 열었다. 문광이 서 있었다. 마당 한가운데 서서 하늘을 향해 고개를 쳐들고 가만히 서 있었다. 마치 하늘을 우러러 뭔가 이야기하는 모습이었다. 민수는 그런 문광을 방해하고 싶지 않았다. 민수는 조용히 문을 닫고 문광을 기다리기로 했다. 조금 전까지만 해도 눈에 보이지 않던 방 안의 물건들이 이제야 하나하나 눈에 들어왔다.

물건들은 밖의 문광을 닮아 있는 듯했다. 낡은 조각보에 묶여 있는 책이며, 방안을 밝히는 등잔불과 뒤쪽으로 물러나 있는 책갑과 화로 그리고 교자상처럼 보이는 상 위에 반듯하게 놓인 벼루와 먹과 연적은 문광을 빼닮은 느낌이었다. 낮은 벽에 걸린 회색의 도포쯤으로 보이는 두루마기는 낡아도 너무 낡아서 보는 이로 하여금 민망할 정도였지만, 이 방과 묘하게 어우러져 있었다. 밖에 있는 문광을 생각하자 예산의 여자가 떠올랐다. 여자가 떠오르자, 문광이 자신의 아내에 관한 어떤 안부도 묻지 않은 게 생각났다. 문광이 들어온다면 민수가 물어볼 요량이었다. 문광이 다시 차를 들고 들어왔다. 문광의 얼굴은 한결 부드러워져 있었다. 묻고 싶은 것을 편히 물을 수 있는 부드러움이었다. 민수는 그런 문광을 보자 어여쁜 아내를 왜 그렇게 됐는지 새삼 궁금하기도 했고, 외람되지만 조금은 원망스럽기도 했다.

"그런데 아까 감격스럽다고?"

"아, 사라진 것으로만 알았던 작품의 행방을 듣게 되었으니까요."

"그럼, 스님께서는 그동안 추사 선생의 그 작품이 사라졌다고 생각하셨습니까?"

"물론입니다. 선대부터 그랬으니 족히 백사십 년을 그렇게 알고 있었지요."

"그렇군요. 그런데 스님께서는 제가 적은 이 글을 보시고 어떻게 단번에 추사 선생의 작품이라고 보셨습니까?"

"물론 작품을 직접 봐야 알겠지마는 선생의 모습에서 단번에 알게 되었습니다."

"제 모습에서요?"

문광의 말은 뚱딴지같은 말이었다.

"그렇습니다. 보았던 작품이 가슴으로 들어왔다고 하셨지요?"

"네……."

"혼이 담긴 작품이니 당연히 그럴 수 있다고 봅니다. 더구나 모르긴 해도 선생께서 이 글귀를 적은 시점은 작품이 이미 작품 의뢰인에게 전달된 이후겠지요."

"네, 그걸 어떻게 아셨습니까?"

"저도 가끔 그런 적이 있습니다. 특히 추사 선생의 작품은 몇 날이 지나고 나면 환상과 같은 느낌을 느끼곤 하죠."

"……."

"추사 선생의 작품은 기묘하다고나 할까, 좀 그래요."

"그런데 스님, 좀 다른 질문입니다만 굳이 이 길을 가시는 이유가 있을까요?"

민수는 문광의 여자를 염두에 두고 한 말이었다. 사실 자신의 질문이 작품과 전혀 관련이 없는 건 아니었다. 그의 아내와 관계있기 때문이다.

"글쎄요. 허허허……."

너털웃음 뒤로 여러 회한이 교차하는 느낌을 민수는 놓치지 않았

158

다. 그 가운데 아내를 떠나온 일도 단연코 있을 거였다.

"그래도 아내를 두시고……."

민수의 입에서 기어코 문광의 아내가 나와 버렸다. 하지만 문광의 얼굴은 변함없었다. 약간은 쓴웃음을 머금은 듯 보였다. 사실 민수는 문광의 아내를 빼놓고 이야기할 수 없었다. 문광을 만났기 때문에 어쨌든 꼬여있는 실타래를 풀기 위해 확실한 실마리라도 잡아야 했다.

문광은 민수의 말에 잠시 머뭇거리다 차를 한 모금하고 천천히 입을 열었다.

"추사 선생을 연구하다가 그의 깊은 뜻을 좇았다고 해야 할 겁니다. 물론 아내에겐 몹쓸 일이 되었지만요. 하지만 저는 추사 선생의 내면 세계를 깊이 깨닫고 싶었습니다. 그러다 보니, 작품 속에 깃든 추사 선생의 혼이 어떤 것인지 알아가는 그것은 어떤 책임 같은 아니, 운명 같은 그런 거였습니다. 말년에 남기신 부작란 그러니까, 선생의 가슴에도 있는 불이선란도에 유마경을 인용하시면서 문수보살의 질문에 유마[3]가 답을 했듯이 추사도 그러겠다는 이야기는 제가 추사에 심취하게 된 결정적인 이유였고, 결국 그의 세계로 내몰리는 계기였던 것이지요. 처음의 호기심은 인제 심취를 넘어 혼의 문제까지 확대된 기이한 일이 되고 말았지요. 물론 지금은 추사 선생의 작품 속 혼의 세계와 유마경에 심취해 있지만요. 대상과 내가 둘이 아니라는 의미가

---

3 유마거사(維摩居士): 삼생(三生)의 하나로 이 세상에 태어나기 이전의 생애를 일컫는 과거세(過去世)의 부처.

무엇인지. 선과 악이 하나고 삶과 죽음이 하나라는 불이선의 경(經)의 의미는 아마도 저를 이곳에서 영영 벗어나지 못하게 할 것 같습니다. 작품에 있는 글귀의 의미는 간단히 말해서 난을 그렸지만, 그것은 난이 아니라 자신의 마음이라는 것이지요."

문광의 말은 완전히 생소하지 않았다. 하지만 문광으로부터 듣게 되어 그 뜻을 확연히 확인할 수 있었다.

"마음을 그렸다?"

"추사 선생의 불이선란도를 직접 보지 못했지만, 아마도 작품에 있는 글귀는 그림을 설명하는 것일 겁니다. 그림만 보면 수작이라고 하기가 좀 쉽지 않은, 그냥 습작처럼 보이지 않던가요?"

"글쎄요. 거기까지는……. 그렇게 보자면 그랬던 것 같습니다."

"좌우지간 내 마음을 그렸으니 그림에 관해 왈가왈부하지 말 것을 글귀에서 확인할 수 있을 겁니다. 누군가 물어 와도 답변은 없을 거라는 내용을 유마가 문수보살의 질문에 입을 닫은 것처럼 그의 태도를 빌어 말하고 있는 것이지요."

"쉽고도 어려운 이야기입니다……."

"추사 선생은 시간이 흐를수록 기이한 작품을 남겼지요."

"……."

"여하튼 선생의 궁금함은 마음을 그렸다는 것에 있을 겁니다. 그렇지요?"

"네, 추사의 그 마음이지요……."

"그렇습니다. 추사께서는 '부작란화이십년 유연사출성중천(不作蘭花 二十年 偶然寫出性中天)'이라는 말로 심경을 밝히고 있습니다. 난을 20

년 동안이나 그리지 않다가 우연히 그렸는데, 난을 그리고 나자 돌연 깨달아진 것은 자신의 참모습을 그렸다며 자랑하듯 하는 뜻입니다. 결국, 추사 선생께선 난을 통해 자신을 발견하게 되었고 자신의 마음을 표현하게 되었다는 것입니다."

"그러니까, 난과 추사 선생의 마음이 하나라는 뜻이고, 나아가 모든 것이 하나다. 라는 말씀이지요."

"쉽게 말하면 그렇다고 해야지요."

"……추사 선생의 마음이 그러니까, 참모습은 어떤 것이었을까요?"

"글쎄요. 다음 구절에 '폐문멱멱심심처 차시유마불이선(閉門覓覓尋尋處 此是維摩不二禪)'이라는 말이 있긴 한데. 이것으로는 분명하게 그 의미를 알 수 없습니다. 물론 다른 글귀도 단선적으론 추사 선생의 마음을 엿볼 순 있지만 진정한 속내는 알 수 없다고 봐야 할 것입니다. 그게 제가 여기서 나가지 못하고 있는 이유가 아닐까 합니다."

민수는 문광의 이야기가 이어지고 있지만, 난이 자신의 가슴 속으로 들어온 이유와 모녀가 작품의 난과 얽힌 이유를 아직 알 수 없었다.

"참, 어려운 이야기군요. 작품이 왜 제 가슴 속으로 들어왔는지……."

"……제 생각입니다만, 혹여 추사 선생의 혼이 아픈 선생을 깨우치려 한 것은 아닐까요?"

"스님, 백 년이 훌쩍 넘어갑니다. 그런 일이 있을 수 있겠습니까? 그렇다 쳐도 뭐 대단한 위인이라고 저를……."

"글쎄요. 한 가지 분명한 건 백 년이고 수천 년이고 혼은 살아 있으니 말입니다. 그리고 작품을 직접 접했으니 말이죠."

"……그렇긴 해도."

"이미 말씀드렸다시피 추사 선생의 작품엔 혼이 담겨 있습니다. 그것은 제가 확실하게 장담할 수 있습니다."

"……."

"아마도 추사 선생의 난을 표구하는 과정에서 난에 서린 혼에 선생께서 사로잡힌 게 맞을 겁니다. 혹여, 다른 작품과 달리 먹 냄새가 유독 강렬하지 않았습니까?"

"그걸 어떻게?"

민수는 놀랐다. 가슴 속이 벌렁거렸다. 강렬한 희망의 빛 같은 게 순간 번뜩였다.

"사실, 혼이 깃든 고승의 글귀에서도 그런 경우가 왕왕 있습니다. 혼을 담아 먹을 갈기 때문이죠. 물론 추사 선생께서도 평소에 그러셨다고 하셨지요."

민수는 알 듯 말 듯 했다. 먹에서 혼이 살아난다는 말은 여전히 먼 나라 딴 세상 이야기로만 들렸다. 가끔 달마도를 표구할 때, 다른 작품과 달리 뭔가 다르다는 느낌은 있었다. 하지만 부작란의 혼이 자신을 사로잡았다는 말은 애써 믿으려 해도 그렇게 되지 않았다. 그러긴 해도 가슴 속 난은 엄연한 사실이었다.

"제 생각에는 불이선란과 선생과의 인과관계를 살펴보는 일이 우선순위일 것 같습니다."

"작품과의 인과관계를 말씀하시는 건가요?"

"그렇습니다. 작품의 전체적 의미를 쉽게 생각한다면 난이 있지만, 내 마음과 하나이니 실체에 연연하지 말라는 의미가 됩니다."

"그것은 조금 이해가 됩니다만, 인과관계까지는…….

"혹여, 선생께서 잊지 못하고 있는 문제는 없습니까? 지금도 연연하고 있는…… 이럴 테면 가슴 속에 들어왔다는 모녀라든가 하는…….

문광은 알고 있었다. 민수는 가슴이 철렁하고 내려앉는 것을 느꼈다. 당연히 잊지 못할 뿐 아니라 결코 잊고 싶지 않은 일이 가슴에 있었다. 순간 뭔가가 가슴 한복판에서 요동쳤다. 의구심의 실체가 드러나고 있었다. 아니 극구 부인해 왔던 게 까발려지고 있었다. 아내와 딸아이가 그 중심에 있었다. 잊지 못한 상황에서 부작란을 접했고 어찌 된 영문인지 부작란은 매번 꿈에 나타났었다.

문광 말의 요지는 부작란의 의미가 잊어야 할 것과 버려야 할 것은 이미 없으니 그만 놓으라는 거였고, 그런데도 놓지 않고 있는 민수를 다그친 의미라는 말이었다. 민수는 순간 울컥했다. 자신의 마음에 공감해 줄 그 어떤 이도 없는 것 같았다. 눈물이 흘러내릴 것만 같았다. 추사도 문광도 당장은 자신을 배척한 자들로 보였다.

"스님, 또 한 가지 궁금한 건 난이 아내와 아이를 감싼 이유는 뭘까요?"

"일종의 저주가 아닐까요. 추사 선생의 기에 의한 저주 말이죠."

인제 문광은 거침이 없었다. 물꼬가 터진 것인 양 어쩌면 상처가 될 말을 망설이지 않고 했다.

"저주요?"

"그것은 선생께서 그렇게 만들었다고 봐야겠지요. 한마음에 둘 이상의 혼을 가지고 계셨으니 말입니다."

"혼을요?"

"선생은 작품에 있는 혼에 사로잡혔고, 거기다 선생의 부인과 딸아이의 혼을 품고 계셨으니까요."

"······앞으로 어떻게 하면 될까요?"

"당연히 풀어야지요. 그렇지 않고는 풀기 전까지 부인과 딸아이 그리고 선생까지도 힘들지 않겠어요? 먼저 떠나보내십시오. 그만 놓아드리세요. 그게 제일 먼저 해야 할 일이 아닐까요? 있는 것처럼 보이지만 실상은 없는 것을 잡고 계시니······."

"그게 마음대로······."

"그래도 하셔야 하겠지요. 그렇게 정 어려우시다면 난을 태워 없애던가요."

실마리가 여기저기서 터져 나왔다. 문광은 문제의 열쇠를 가지고 있었다. 그러고 보니 문광은 스님보다는 도인에 가까워 보였다.

"난을요? 무슨?"

"추사 선생의 난이겠죠."

"무슨 말씀인지······. 가슴에 들어온 난을 말씀하는 건가요? 추사 선생의 난이라뇨?"

"맞아요. 가슴에 든 그 난입니다."

"스님, 그게 가능한 일입니까? 가슴 속 난을 어떻게 태운다는 건가요? 도무지 전 무슨 말씀인지······."

"물론 그렇겠죠. 마음을 그렸으니 말입니다. 허허허."

"스님."

"그럴 수 없다면 한 가지 방법밖엔 없지 않겠어요."

164

"결국, 아내와 아이를 떠나보내라는 말씀이군요."

문광은 자연을 통해 내면의 세계를 표현하고자 했던 추사의 작품 중 걸작이랄 수 있는 부작란이 세상에 다시 나왔다는 것에 감격과 걱정이 교차했다. 달준에게 주려고 했던 난 작품을 빼앗아 간 건 소산이라고 했다. 그 소산이라는 작자가 죽었을 때, 그와 함께 작품을 무덤에 매장했다고 했다. 하지만 일련의 일들로 봐선 그게 사실이 아닌 모양이었다. 선대로부터 그렇게 전해 내려온 까닭에 문광은 그렇게만 믿고 있었다. 그런데 부작란의 행방이 새로운 국면에 놓였다는 사실에 마음은 이미 복잡해져 있었다. 물론 누군가 소산의 무덤을 도굴해 끄집어냈을 수도 있지만, 그렇게 도굴한 작품을 그것도 시골 외진 곳에서 표구한답시고 누군가가 맡길 리는 없는 일이었다. 그렇다면 처음부터 무덤에 들어가지 않았든지, 아니면 추사께서 달준에게 주려던 의도대로 달준이 받아 후대에 물려준 것인지, 그것도 아니라면 달준이나 소산이 아닌 또 다른 제3, 4의 인물이 개입됐을 수도 있었다. 분명한 사실은 부작란이 세상에 존재한다는 거였다.

"스님, 정말 저주가 맞을까요?"
"굳이 표현하자면 그런 것인데 전 그렇게 생각합니다. 추사 선생의 작품은 충분히 그러고도 남을 기가 담긴 작품들입니다. 오죽하면 추사 선생의 탄생 설화까지 있을까요."
"추사 선생님의 탄생 설화까지!"
금시초문이다. 지금까지 그 비슷한 이야기조차 전혀 들어보지 못한 추사의 탄생 설화는 궁금하기보다 믿기지 않았다.

"네. 아기의 탄생은 시들어가는 뒷산의 나무를 살렸다는 이야기와 무려 어머니 뱃속에서 열 달이나 더 있었다는 이야기도 전해집니다."

"그런 설화가……."

"물론 설화일 뿐입니다. 허허허."

민수가 보기엔 문광은 설화에 신빙성을 두고 있는 듯했다. 설화이야기를 할 때, 그의 눈동자는 지금까지 볼 수 없었던 묘한 빛이 났다. 농이나 그냥 지나가는 말을 할 땐, 절대 볼 수 없는 그런 빛이었다.

"스님, 꿈 이야기 하나만 더 할게요. 많은 사람이 난을 잡으려고 달려가다 벼랑으로 떨어지는 꿈은 어떻게 이해해야 합니까? 그리고…… 문광스님의 부인께서도 보였습니다."

"……아내가 나온 것은 선생의 욕심이 아닐까요?"

민수는 뜨끔했다. 뭔가 들켜버린 느낌에 이야기를 꺼낸 걸 단박에 후회했다. 하지만 화제를 돌려버린다면 앞에 있는 도인은 자신의 저의를 확인하는 순간이 될 터였다.

"욕심이라면?"

"선생께서 제 아내를 마음에 두었기 때문이겠죠."

"네! 제가요?"

"괜찮습니다. 극구 부인하실 필요까진 없습니다."

문광은 도인이 맞았다. 훤히 들여다보고 있었다. 그 탓에 긍정도 부정도 하지 못했다. 그렇다면 처음부터 다 알고 있었는지 되레 의뭉하기까지 했다.

"제 아내가 가슴에 있는 선생의 아내와 순간 치환된 현상일 겁니다."

"그게…….."

"아이까지 함께 그랬다면, 아마 일시적인 현상일 겁니다."

"몸 둘 바를 모르겠습니다. 사실 제가 예산까지 왜, 어떻게 가게 되었는지, 거기서 왜 또 낭떠러지에서 떨어져 다쳤는지 도무지 알 수 있는 게 아무것도 없습니다."

"선대로부터 이어져 온 추사의 생가 관리는 어쩌면 사명과도 같았습니다. 그런 저희에게 추사의 혼이 스며든 건 자연스러운 일일 겁니다. 그리고 선생께서 아내를 만나게 된 건 아마도 서로에게 있는 추사의 혼 탓일 겁니다. 혼이 혼을 당긴 것이겠죠. 아내는 그런 선생을 알아보고 빨리 제지했어야 했는데 그러지 못한 모양이군요. 그래서 결국 추사의 놀이터쯤에서 떨어져 다치게 되었던 거고요."

"아…….."

이해가 되었다. 왜 혼돈한 상태로 예산까지 가게 된 것인지 비로소 미스터리가 풀렸다.

"다시 찾았을 땐, 부인께서 많은 걸 보여주셨고 도와주었습니다."

"거기서 난을 보셨죠?"

"네. 그걸 어떻게…….."

"추사를 알아가는 과정일 테죠."

"처음엔 그게 난이라 생각했는데 그게 그냥 독초라는 사실을 알았습니다."

"……추사께서 선생에게 실체가 없는 불이선란의 의미를 깨닫게 하려는 의도가 있었는지는 모르겠습니다만. 거기에 아내가 일조한 것 같군요. 여하튼 다시 분명하게 드러나는 사실은 없는 실체 그러니까,

선생의 부인과 딸아이를 놓아야 한다는 사실이네요."

"그런 것 같습니다."

"추사의 혼이 서린 불이선란과 선생의 부인과 딸아이가 묘하게 엮여버린 것입니다. 그런 가운데 추사의 혼이 선생에게 메시지를 준거라 생각하면 틀리지 않을 겁니다."

모든 의문이 한순간 해결된 듯했다. 두 혼의 엮임과 메시지……

"스님, 사람들이 난을 향해 달려가다 벼랑으로 떨어진 이유가 있다면요?"

"벼랑으로 떨어진 것은 허황한 꿈을 향해 달려가는 사람들을 보여주신 거겠죠. 거기엔 선생도 포함할 거고요."

민수는 문광의 예지 능력에 놀랐다. 문광의 첫인상과 판이한 모습에 놀람을 넘어 그를 대하는 마음이 조심스러웠다.

"이곳에 정말 잘 오게 된 것 같습니다."

"어쨌든 빨리 부인과 딸아이를 편히 보내드리고 그렇게 사시기 바랍니다. 다른 생각은 마시고."

문광의 말에 뜨끔했다. 아내와 딸아이를 따라가려 했던 게 찔렸기 때문이다.

"부작란은 가슴에서 사라지겠죠?"

"그건 장담할 수 없습니다. 하지만 부작란의 의미를 아셨고, 또 부작란이 선생의 꿈에 보였다는 것은 사실 저주가 아니라 추사의 배려가 아닌가 싶습니다. 다만 지금은 엉켜 있는 형국이라서……. 우선은 먼저 하셔야 할 것을 하시기 바랍니다."

"최근엔 난에서 연기도 나고 있었습니다. 역한 냄새였습니다."

"추사께서 답답해하시는 것 같군요. 꿈에 그런 일은 대부분 그런 이유가 있습니다."

"그런 뜻이라면 많이 답답해하시는 것 같군요. 연기가 아내와 딸아이 그리고 저와 주위의 나무까지 숨 쉬는 것에 영향을 주었습니다."

"그랬군요. 작품을 직접 표구하셨다죠?"

"네."

"혹시, 다른 이상은 없었나요?"

"……별다른 이상은 없었습니다. 아, 조립할 때 유리가 두 번이나 깨졌습니다. 그런 일은 잘 없는데."

"그랬군요. 그림에 혼이 담겨 있기 때문입니다. 추사 선생의 혼이 액자 안에 갇힌 꼴이 되었군요."

"……."

"할 수만 있다면 그 작품의 주인을 만나 작품을 아예 액자와 분리했으면 하는 생각이 드는군요."

"작품과 액자의 분리……. 그런데 스님, 가슴의 의구심이 풀리긴 했습니다만, 사실 앞으로 남은 일이 쉽지만은 않을 것 같습니다."

민수는 부작란 때문에 어떤 식으로든 곤욕이 따를 것 같아서 그렇게 말했다.

"선생, 그것까지도 '그 복잡한 마음까지도 실제는 없다.'라는 생각으로 사시기 바랍니다."

"……잘 알겠습니다. 참! 추사 선생님의 다작은 어떤가요?"

"아시다시피 추사 선생은 많은 작품을 남기셨어요. 하지만 같은 작품은 절대 남기지 않았습니다. 그것은 제가 확언합니다. 글귀에서도 볼 수 있듯이 '지가유일불가유이(只可有一不可有二)'라고 썼습니다. 한 번은 있을 수 있지만 두 번 다시는 없다는 것인데 즉, 두 번 다시 같은 그림은 그릴 수는 없다는 뜻이기도 하죠. 특히 예서와 기자체법으로 써 사람이 알아볼 수 없도록까지 숨기고 싶었던 분이 같은 작품을 다 작한다는 것은 불가능한 일입니다. 물론 지금까지도 같은 작품은 없으니까요."

민수는 전시장에 내걸렸던 글귀가 없는 위작이 단박 눈앞에 떠올랐다. 글귀는 차치하고라도 빠져 있었던 것은 문광에 따르면 불이선란의 혼이었다. 혼이 빠진 저주스러운 난은 피를 머금은 모습을 하고 그렇게 떠올랐다. 문광의 예지 능력이 전이되었는지 저주스러운 난에서 피바람이 휘몰아칠 일이 내다보였다.

"문광스님께서는 부작란의 위작을 접해 보신 일이 없겠군요."

"물론이죠. 작품에 관심 있는 사람들의 장난이 염려되지만, 추사 선생의 그림은 모르나 서체의 특이성 때문에 위작은 불가능할 겁니다."

"그렇군요."

"혹, 선생께서는 부작란에 대한 욕구는 없었습니까? 직접 접하신 분인데 말입니다. 그렇다고 오해는 마시고요."

"아닙니다. 그러지 않았습니다. 제작 의뢰인이 찾아갈 때까지도 그게 부작란인지 몰랐습니다. 물론 욕심도 나지 않았고요. 사실 표구하느라 혼이 났으니까요……."

그것은 사실이었다. 하지만 어쩌면 이라는 자유롭지 못한 뭔가가 가슴 언저리에 자리하고 있음을 뒤늦게 알았다.

"그러면 먹 냄새에 매료된 뒤엔 어땠나요?"

"글쎄요⋯⋯."

문광은 민수의 중얼거림에서 이미 그 의중 이해하고 있었다. 문광은 민수와의 대화에서 추사의 작품이 기이함을 다시금 확인했다. 문광은 민수를 어느 순간 물끄러미 바라다보고 있었다. 그 시선은 아픔이었다. 아내가 민수에게 갈지 모른다는 생각이 들어서였다. 마치 자신이 추사를 연모해 아내를 떠난 것처럼 아내 역시 그렇게 떠날 줄도 모른다는 생각이 들었던 것이다.

민수는 문광 옆에서 꿈도 꾸지 않고 편히 잤다. 난이나 아내, 딸아이도 물론 보이지 않았다. 다음날 민수는 문광을 떠나오면서 그의 아내를 품었다는 사실이 너무도 부끄러웠다. 하지만 그것을 입 밖으로 고백하지는 못했다.

이 위원의 죽음

"박 위원님, 울도의 마입니다."

"오, 역연. 어쩐 일인가? 한 참 바쁠 텐데."

"평택의 이상구한테 연락 없었습니까?"

마성주는 박상회가 전화 받는 순간 벌써 눈치챘다. 아직 알지 못한 모양이었다.

"상구에게?"

"막무가내 돈을 좀 빌려달라고 하기에 제가 이유를 좀 물었더니 섭섭했는지 그냥 가버리지 않겠습니까."

"글쎄……. 나에겐 아직 일세. 무슨 급한 일이라도 있나……."

"여하튼 일단 모른척하십시오. 제가 다시 알아보겠습니다."

"알았네. 무슨 일인지 알게 되면 연락하게."

"네. 알겠습니다."

"참, 그리고 작품 반응은 어떤가?"

"뭐, 미리부터 화제가 된 작품이니 말할 게 있습니까."

"그럴 테지. 그럼 애쓰게."

"한 번 오셔야죠."

"당연히 가봐야지. 전주나 대전쯤에 가보겠네. 아직 하던 일 마무리가 안 돼서."

"잘 알겠습니다. 그럼 연락드리겠습니다."

마성주는 박상회와 전화를 끊고 어딘가로 급하게 전화를 걸었다.

"늙은 여우가 부작란의 실체를 알기 전에 빨리 끝을 내야 해……."

마성주는 신호가 가는 동안 혼자 중얼거리며 연신 담배를 빨아댔다. 미술관 내의 금연이라는 사실을 잊은 채 마성주는 정신이 없었다.

"뭐해! 빨리 안 받고? 송강이 알기 전 빨리 처리해. 그리고 준비는 다 해 두었지?"

사무실 창밖으로 내다보이는 낮은 석탑들이 순간 낯선 얼굴을 하고 마성주를 쳐다봤다. 늘 그 자리를 지키는 석탑이지만, 오늘만큼은 낯설었다. 사라진 부작란의 행방에 애가 달을 대로 달은 마성주는 이성을 잃고 있었다. 엄청난 값어치는 차치하고라도 전설과 같은 작품을 소유하고 싶은 욕망이 그를 점점 애달게 했던 것이다.

마성주는 부작란을 소유한 그 남자가 무척 궁금했다. 작품 소유에 관한 부러움도 있었지만, 부작란의 진품 앞에서 어떤 모습을 하고 있을지가 궁금했던 거다. 남자를 만난다면, 단번에 뺨이라도 후려갈기고 싶은 심정이었다. 그래야 피해 의식 같은 가슴 속 응어리가 풀릴 것 같았다. 사실 마성주가 이토록 애달아 하는 데는 그만한 이유가 또 있었다. 자신의 조부인 마달포의 염원이기도 했기 때문이었다. 추사가 달준에게 준다면, 할아버지 달포가 달준에게서 빼앗으려 했던 것인데, 느닷없이 추사의 제자 소산이 가져간 탓에 그러지 못한 것이다. 그 후 할아버지는 알 수 없는 병환으로 시름시름 앓다가 돌아가시고 말았다. 안타깝게도 조부께서 돌아가시고 난 후 얼마 안 돼 작품이 달준에게 다시 돌아갔다는 이야기가 있었지만, 여하튼 그 후로 작품이 사라지고 말았던 것이다. 그 이야기를 아버지로부터 소상하게 들었던 마성주는 부작란의 진귀함을 뒤늦게 깨닫고 언제가 반드시 찾을 거로 생각했던 것이다.

"그나저나 맞긴 맞는 거야! 이거 혹, 미친 짓 아냐?"

마성주는 자신의 작업실이 있는 우현동으로 가기 위해 일찍 사무실을 나왔다. 지난밤 밀양에서 가져다 놓은 배접지를 실험하기 위해서다.

오늘따라 무더운 골목은 한산했다. 물론 조금 늦은 시간이긴 했지만, 유달리 한산한 골목길이었다. 이상구는 의뢰받은 고가의 두 작품을 감정하고 받은 양복 주머니 안의 묵직한 돈다발을 느끼고 있었다. 하지만 부작란 때문에 하루 종일 자유롭지 못했다. 그 문제로 온종일 신경 쓴 탓에 마음도 복잡했고 머리도 아팠다. 어쩌면 감정위원의 직함을 잃을 수도 있다는 것도 부인할 수 없는 상황이었다. 물론 셋 중 한사람이 전적 책임을 지겠지만, 다른 사람보다 인지도가 떨어지는 자신이 뒤집어쓸 것은 자명했다. 그런 관례가 종종 있었기에 이상구로서는 그런 생각을 할 수밖에 없었다. 그런 탓에 아직 감정위원 신분으로 있을 때, 한 건이라도 더 하려고 애가 달았다. 사실 오늘 감정했던 두 건도 후배에게 의뢰된 것을 빼앗은 거나 다름없었다. 물론 후배도 앞으로 정식위원이 되려고 선배 요구에 흔쾌히 허락했지만, 그리 탐탁지 않은 일이라는 건 서로가 아는 일이다.

이 위원은 부작란 위작에 간여한 셋 중 경력으로나 인지도 면에서 가장 떨어지는 자신이 새삼스럽게 서글펐다. 송강은 경력이 있고, 역연은 돈과 힘이 있었다. 하지만 자신은 돈도 경력도 없었다. 순간 위

174

작을 주도했던 여우 같은 마성주가 언뜻 뇌리를 때리며 지나갔다.

"이렇게 해야 진품이 세상에 나온다니까!"

그의 예견이 당장은 맞아 보였다. 가끔 보물급의 진위를 밝히려고 그와 같은 방법을 써 위작을 찾아냈던 경우도 있긴 있었지만, 부작란에 관한 마성주의 의도가 이렇게 쉽게 맞아떨어질 줄은 몰랐다. 송강 역시 마찬가지일 것이다.

이상구의 집은 마지막 골목으로 들어서면 집이 정면으로 보이는 곳에 있었다. 이상구는 좀 더 나은 집으로 옮기려는 계획이 어쩌면 수포로 돌아갈 수도 있겠다 싶었다. 사실 자신이 생각한 대로 일이 그렇게 진행되면 그건 사실이었다. 조금만 더 고생하면 이 골목을 벗어나 가족들 곁으로 갈 거로 생각했지만 그건 알 수 없는 일이 돼 버렸다. 그런 생각 탓인지 걸어왔던 거리가 오늘따라 길게만 느껴졌다.

물론 마성주가 가만있으라고는 했지만, 집에 도착하는 대로 다시 송강의 박 위원에게 전화를 넣어야 할 것 같았다. 더는 그 문제로 고민만 할 게 아니었다. 그렇지 않고는 어느 날 갑자기 자신이 공중분해될 것 같았다. 공중분해가 되더라도 발버둥이라도 쳐보지 않으면 답답해 미칠 것 같았다. 이상구는 꿈에도 생각지 못했던 부작란의 출현을 생각하니 또 한 번 아찔했다. 이상구는 부작란이 자신의 목을 옥죄는 것 같아 슬그머니 목에다 손을 대보았다. 그러자 전신으로 소름이 퍼져나갔다.

"틱."

그렇게 퍼져나가던 소름은 순간 뜨거움으로 확 바뀌었다. 이어 뜨거운 뭔가가 머리 밖으로 솟구쳐 터져 나왔다. 마치 분수대처럼 그렇게 펑펑 솟았다.

"턱."

또 한 번의 충격은 부작란의 모습을 솟구치는 분수대 위로 소환해 주었다. 그리고 그렇게 소환된 부작란의 시퍼런 칼날 같은 이파리가 목을 향해 곧장 달려들어 목을 댕강 잘랐다. 순간 늘어지는 느낌 뒤로 낮에 달궈진 땅의 기온이 몸을 평안히 감싸는 것 같았다. 어머니의 품속과 같은 평안함이었다. 저만치 앞에 있는 집의 흐릿한 불빛은 평안함 속에서 명멸하고 있었다.

난을 찾아 나서다

지리산에서 내려온 민수는 문광의 말대로 우선은 일상으로 돌아가야 할 것 같았다. 물론 밀양으로 가는 일이 쉽지 않지만, 여하튼 가게를 정리하든 뭘 하든 삶의 터전인 거기를 찾지 않을 순 없었다.

일찍 산에서 출발했지만, 벌써 점심때가 되어 허기가 졌다. 민수는 근처 나름 규모가 있는 토속 음식점으로 들어갔다. 점심때가 되어 그런지 등산복 차림의 사람들이 민수가 자리를 잡자 이내 하나둘 식당을 찾아들고 있었다. 민수는 간단한 메뉴로 요기를 했다. 음이 소거된 대형 텔레비전은 마침 정오의 뉴스를 내보내고 있었다. 민수는 미지근한 숭늉을 마시며 정치 소식 화면 아래로 사건 사고의 타이틀을 달고 왼쪽으로 흐르는 기사를 놓칠세라 뚫어져라 쳐다보았다. '미술품 감정위원 자신의 집 근처에서 어젯밤 피살'이라는 제목을 달고 있었기 때문이었다.

이내 메인 화면으로 사건 내용을 자세히 보도하기 시작했다. 익히 앞면이 있는 남자 아나운서의 정제된 보도는 민수의 시선을 와락 끌어 텔레비전에 못 박듯 박아놓았다. 더군다나 부작란이란 말이 나올 때, 민수는 전신으로 소름이 돋아나는 것 같았다. 갓 넘겼던 숭늉이 속에서 요동을 쳤다. 울도의 역연이 단박 떠올랐다. 하지만 피살된 사람은 마성주가 아니었다. 이상구라는 위원이었다. 아는 이름은 아니지만, 부작란과 관련이 있다면 적어도 마성주 무리에 들어 있는 사람은 맞았다.

"무리 중에서 왜?"

민수는 섬뜩했다. 피의 전주곡이 시작되었음을 직감적으로 깨닫는 순간이었다. 민수는 밀양행이 당장에 망설여지기 시작했다. 단박에 가게가 걱정되었다. 물론 감정위원의 일이 자신과 관련이 있다고는 당장에 말할 순 없지만, 공교롭게도 부작란과 관련이 있었고, 시기가 묘한 시점이라 민수로선 자신과 연관시키지 않을 수 없었다. 더군다나 그자의 눈빛이나 이후 미행당했던 일을 생각하면 더더욱 자신과 관련 지울 수밖에 없었다. 물론 가게엔 부작란과 연관된 것은 없었지만, 그들이 지푸라기라도 잡는 심경으로 달려든다면 가게도 무사하지 않을 것은 자명했다. 사람이 죽어 나가는 판에 저들에게 가게가 대수겠는가!

민수는 인배에게 가게 상황을 알아봐 달라고 하고 싶었지만, 친구를 이번 일에 끌어들이고 싶지 않아 그만두었다.

"그렇다고 불이라도 지르겠어."

얼마를 걸었을까, 눈으로 보이는 건 길게 늘여져 산을 끼고 굽이굽이 숨어들어 간 아스팔트 길과 짙은 녹색 물결이 넘실대는 끝없는 논뿐이었다. 막연했지만, 민수는 그냥 걷고 있었다. 그렇게 걷고 있는 민수 머릿속엔 아까부터 떠나지 않고 있는 게 있었다. 그것은 문광의 말이었다. 과연 아내와 딸아이를 마음에서 자연스레 내려놓을 수 있을까 하는 고민이었다. 물론 세월과 시간이 모든 것을 해결한다지만, 당장은 그렇지 못할 것 같았다. 시간이 얼마나 흘러야 할진 몰라도 그때나 삼 년이 지난 지금이나 별반 달라진 게 없는 민수로서는 앞으로의 시간에도 자신이 없었다. 민수는 뒤쪽에서 다가오는 자동차 소리에 가장자리로 더 붙어 고개를 돌렸다. 작은 트럭이 양파를 가득 싣고 있었다. 얼른 봐선 육십 대로 보이는 대머리 운전자와 조수석엔 널브러진 여자의 모습이 보였다. 멀어져가는 트럭의 모습에 또다시 서글픈 생각이 들었다. 민수는 애꿎은 돌부리를 걷어찼다. 작은 돌멩이가 아스팔트 위를 떼굴떼굴 멀리도 굴러갔다.

7월의 한복판에서 이글거리는 태양을 머리 위에 비스듬히 이고 있지만, 간간이 시원한 바람이 불어와 이마와 등줄기의 흐르는 땀을 식혀주었다. 등 뒤로 돌아선 태양이 오후의 시간을 쫓고 있는 듯했다. 순간 지금 어디로 가나? 하는 생각이 퍼뜩 들었다. 아스팔트 위에서 밤이라도 맞으면 안 될 일이었다. 마침 반대 방향에서 다가오는 트럭이 한 굽이돌아 정면으로 다가왔다. 차창으로 반사된 햇빛 탓에 운전자의 모습은 볼 수 없었다. 민수는 손을 흔들었다.

"가시는 데까지만 태워주시면 감사하겠습니다."

"거기서 쫌만 가믄 버스 다니는 곳이니깨 그라지라."

민수는 오던 길을 되돌아가야 했다. 반백의 운전자는 오십 대 초반으로 보였다. 머리 때문에 육십 대로 볼 수도 있었다. 적재함에 있는 물건을 봐선 원예농장 관련한 일을 하는 사람으로 보였다. 삽, 물뿌리개, 부엽토와 고임목으로 쓰이는 목재 그리고 고무 밴드로 여러 차례 묶어 놓은 세 개의 화분을 봐선 그랬다. 세 개의 화분엔 춘란과 금침으로 보이는 듯한 난이 바람을 맞고 있었다.

“뒤쪽에 있는 난이 바람에 상하지 않습니까?”

“죽은 거니께. 상관없소.”

“……”

“병든 기라…….”

“제가 보기에는 좋아 보이는데요. 난을 재배하시나 봅니다.”

“난은 아니지라.”

남자의 말에 삶의 무게가 묻어났다. 이제 보니 남자는 적재함의 널브러진 짐처럼 지쳐 보였다. 민수는 더는 묻지 않았다. 민수는 넘실거리는 벼를 바라보다 그만 깜빡 잠이 들었다.

민수는 남자가 다 왔다는 말에 슬그머니 눈을 뜨고는 고맙다 인사하고 차에서 내렸다. 예상한 대로 비닐하우스가 여럿 보였다. 비닐하우스를 바라보고 서 있는 민수를 향해 남자가 다가오면서 잠깐 들러 차라도 한잔하고 가라는 말을 건넸다. 순간 남자의 제의가 의아했지만, 당장 바쁠 일도 없기에 흔쾌히 응했다.

한적한 곳에 자리한 하우스 농장 안에는 나이 든 여자 몇몇이 부지런히 움직이고 있었다. 움직이면서도 낯선 민수에게서 눈을 떼지 않았다. 인도된 곳으로 들어가자 눅진한 공기 속에서 농장 특유의 냄새가 났다. 하지만 농장 안의 냄새는 분주한 민수의 마음을 차분히 가라앉혀주었다. 갖가지 나무와 꽃들은, 때를 따라 저마다 소임을 다하듯 그렇게 형형색색을 토해내고 있었다.

“규모가 꽤 크군요.”

“어따, 이것 갖고 그라요…….”

“그래도 이 정도면…….”

"그라고 이것도 인제 못 할 짓이요. 요즘은 배달헌다고 난리지라."

"배달이 대세이긴 해도 여긴 손님이 직접 와서 봐야할 것 같은데……."

"말도 마쇼. 요즘은 나가 배달 기산지 뭔지 모르것소."

"그러면 조금 전에도 배달 다녀오시는 길이신가 봅니다."

"왕복 한 시간은 기본이지라. 그것도 딸랑 한 개 아니믄 두 개로."

"그래요?"

민수는 사내가 내준 시원한 식혜를 마시며 화원을 둘러보았다. 어쩌면 난을 보려는 의도였는지 몰랐다. 막연한 일이긴 해도…….

"말씀처럼 난 종류는 보이지 않는군요?"

"그러지라. 난과는 인연이 없지 뭐요."

"그럼 아까 그 난은? 적재함에 있던……."

"아, 배달해 간 집에서 처리하라고 준 거랑께요."

"그렇군요……. 그런데 난도 병에 잘 걸립니까?"

"병이야, 다른 꽃과 나무들 하고 마찬가지제. 난이라고 예외는 아니지라."

"네……."

"그나저나 선생은 허허벌판을 혼자 오데로콤 그렇게 가신다요? 여행 다니시는 분은 아닌 것 같은디……."

"아, 예. 그냥 이것저것 생각도 좀 하고……. 발길 닿는 대로 마냥 다니고 있죠. 뭐."

"……난에 관심이 많은가 보오. 아까선부터 계속 난에 관심이 있는 것 같은디."

"그건 아니고요. 혹, 이곳 근처에 숙박업소는 없습니까? 여인숙도 괜찮습니다."

"여긴 없어라. 한참 나가야 있지라. 버스 타고 나가믄 돼야."

사내는 민수가 자신보다 나이가 아래라고 생각하는 모양이었다. 하지만 그의 말속엔 살가움이 배어 있었다.

"네. 잘 알겠습니다. 이렇게 신세를 져 죄송하고 감사합니다."

남자가 웃는 둥 마는 둥 눈으로 민수에게 답했다. 민수는 가방을 챙겨 들고 자리에서 일어나 밖으로 나왔다. 농원 입구엔 여전히 여자들이 왔다 갔다 하고 있었다. 민수에겐 더는 시선을 주지 않았다. 다만 바빠 보였다. 꽃과 나무의 여유로움과는 판이한 모습이었다.

"혹, 난을 볼라믄 이 길을 따라 곧장 십 분 정도 올라가믄 화훼단지 가는 길이 있어라."

사내가 어느 순간 민수를 따라 나와 말을 건넸다.

"아, 예. 감사합니다."

귀가 솔깃했지만 당장은 버스를 타고 무작정 시내로 나왔다. 허기가 져 근처에서 저녁을 해결하고 식당을 나왔다. 벌써 어둠이 짙게 드리운 시내의 움직임은 느려지고 있었다. 순간 가게가 또 생각났다. 걱정되었다. 다시 인배가 생각났지만 그만두었다. 느닷 자신의 처지가 우울했다. 집이 있어도 가지 못하는 신세가 억울하면서도 서글펐다. 결국, 부작란이 자신을 이렇게 만들었다는 생각에 아까 병들었다는 난이 불현듯 떠올랐다.

민수는 막막한 걸음으로 여인숙을 찾았다. 찾아든 여인숙은 그렇게 나쁘진 않았다. 어딜 가나 흔한 방바닥 장판지의 담뱃불 구멍은 오히려 낯선 곳에서의 하룻밤을 편안하게 해 줄 것 같았다. 낮게 자리한 2층 구조의 여인숙은 지친 민수를 감싸 안았다.

　오랜만에 꿈을 꾸었다.
　마냥 걸어가는 길은 길고도 길다. 먼지 없는 기름 바닥의 열기는 속을 데운다. 폐가 요동친다. 걸어도 끝이 없다. 느닷없이 농장이 나타난다. 원예농장 사람들은 하나같이 민수를 막고 선다. 칼을 든 자, 낫을 든 자, 심지어 나무를 뿌리째 뽑아 들고 선 자들의 눈알이 벌겋게 충혈돼 있다. 민수 뒤쪽으로 벌레들이 기어 온다. 온갖 종류의 벌레다. 이내 쏟아져 나온다. 걷잡을 수 없을 만큼 쏟아져 나온다. 세상이 온통 벌레로 가득 찬다. 금방이라도 달려들어 몸을 갉아 먹을 기세다. 민수에게만 그런다. 민수는 벌레와 사람들 사이에서 오도 가도 못한다. 꼼짝할 수 없다. 급기야 벌레가 민수에게 달려든다. 눈을 찔끔 감는다. 또 눈을 뜬다. 벌레가 농장으로 향한다. 덮친다. 농장 앞에 누군가 서 있다. 마 위원이다. 마 위원이 벌레를 마구 쓸어낸다. 한 손에 총을 들었지만, 총은 쏘지 않고 총구로 벌레들을 밀어낸다. 마 위원의 일행은 보이지 않는다. 낯익은 반백의 사내가 아내와 딸아이를 데리고 나타난다. 아내의 손에 난이 들려져 있다. 부작란이다. 가슴에 있는 난이었다. 아내와 딸아이가 걷기 시작한다. 마 위원을 훌쩍 넘어서 간다. 모두는 가만 서서 아내와 딸아이를 본다. 아내는 뒤를 돌아보며 손에 든 난을 먹는다. 모두에게 따라올 것을 부추긴다. 하지만 마 위원이 돌아서 앞을 가로 막고 선다. 그 앞으로 벌레가 싸인다. 이쪽과 저쪽 둘로 나뉜다. 아내와 딸아이는 저쪽 너머에 그냥 서 있다. 민수는 망연자실한다. 지리멸렬……. 벌레가 등을 돌린다. 민수를 본다. 인제 죽는 것은 시간문제다. 손에 경련이 인다. 아프다. 눈을 떴다.

시계는 새벽 세 시가 조금 못 되어 있었다. 민수는 더운 공기 속에서 힘겹게 돌고 있는 선풍기를 끄고 밖으로 나왔다. 꿈 때문인지 더위 때문인지 러닝셔츠가 땀으로 흠뻑 젖었다. 새벽이지만 여전히 무더운 열대야가 기승을 부리고 있었다. 사람 하나 보이지 않는 거리엔 밤낮을 가리지 못한 매미들이 곳곳에서 울어댔다. 울음소리 탓에 더 더웠다. 다시 방으로 돌아온 민수는 벽에 등을 기대고 앉아 조금 전에 꾸었던 꿈을 좇았다. 무서울 만큼 꿈은 생생하게 그 자리에 있었다. 인제 아내가 부작란을 들고 있는 꿈이었다. 마 위원의 등장이 예사롭지 않았다. 더군다나 아내가 마 위원 쪽에 서 있었다는 게 마음에 걸렸다. 수척한 모습은 예전 그대로였지만, 조금 밝아 보이는 아내 정숙은 자신에게 무슨 말 하려고 했던 것일까!

민수는 느닷없이 담배를 찾았다. 하지만 가게를 나설 때부터 피우지 않겠다고 다짐했던 생각이 났다. 그러자 담배가 더 당겼다. 민수는 담배를 사러 밖으로 나가려다 그만두었다. 열대야 때문이었다.
"뭘까? 또 난을 먹어?"
그런데 민수가 느끼기엔 아내가 난에서 해방된 것 같았다. 그런 느낌은 꿈속에서도 그랬고, 지금도 그랬다. 자연스러운 느낌이었다. 하지만 문광의 말에 의하면 그럴 리 없었다. 가슴 속에는 여전히 아내와 딸아이 그리고 난이 존재하기 때문이다.

정말이지, 난의 저주가 풀린 것인가? 민수는 문광스님의 말을 다시 떠올랐다. 그의 말대로 부작란의 저주가 정말 있는 것인가? 라고. 민수는 날이 밝는 대로 아내가 꿈에서 보여준 난을 찾아 떠나기로 했다. 꿈에 보였던 농장이 나름의 의미가 있는 듯했다. 민수는 인제 그 난이 어떤 것인지 보면 알 것 같았다. 왠지 그랬다. 확실한 실체는 지금도 가물거리지만, 보면, 맞닥뜨리면 알 것 같았다. 민수는 어제 사내가 일러준 곳으로 갈 거였다.

아침 일찍 문을 연 식당에서 요기했다. 찬물을 과하게 마신 탓인지 순간 배앓이를 했다. 통증이 가라앉자 마침 농장으로 가는 버스가 도착했다. 버스에는 나이 든 남자 서너 사람이 타고 있었고, 모두 눈을 감고 졸고 있는 듯했다. 민수는 운전기사에게 화훼단지를 묻고 버스에서 내려 초행길이지만 기사가 일러 준 방향으로 무작정 걸었다.

열대야의 기운이 수그러든 이른 아침이지만, 아침 태양은 식어가는 기온을 시샘이라도 하듯 식어가는 그 열기를 이으려 따가운 햇볕을 사정없이 내리쬐었다. 매미가 울어댈 만한 나무는 보이지 않았지만, 어디선가 매미 울음소리가 바람을 타고 들려왔다. 밀양에도 매미가 울 거였다. 시장 어귀, 가게 인근의 가로수엔 뒤질세라 울어대고 있을 거였다. 가게 생각에 힘이 쑥 빠지는 것 같았다. 집이 최고였다.

매미 울음의 더운 바람은 민수의 얼굴을 확 달아오르게 했다. 조금 걷자 땀이 등을 타고 흘러내리기 시작했다.

"밀양은 더 더울 테지……."

한참을 걷다가 야트막한 산을 지루하게 돌자 화훼단지의 붉은 표지판이 낮은 산허리쯤에 커다랗게 보였다. 마치 붉은 표지판은 바라보는 이로 하여금 꼼짝없이 화훼단지에 와야 함을 강제하는 것 같았다. 민수는 괜한 짓을 하는 건 아닌지 순간 후회되었다. 하지만 이미 와버린 길을 그냥 되돌아갈 수도, 그렇다고 이렇다 할 갈 곳도 당장은 없었다.

　차도가 있지만 차는 한 대도 보이지 않았다. 얻어 타려는 욕심은 버려야 할 것 같았다. 표지판엔 1킬로미터라고 되어 있었지만, 날씨 때문인지 2킬로미터는 족히 넘었을 화훼단지 도착은 점심때쯤이었다. 그리고 화훼단지 초입에 세워진 안내판에서 난을 주로 취급하는 곳임을 알 수 있었다. 다리가 후들거렸다. 기대는 하지 않았지만, 어디를 봐도 꿈에 본 곳을 닮아 있지는 않았다. 하지만 화훼단지는 생각보다 규모가 컸다. 민수가 걸어왔던 반대쪽으론 적지 않은 차들이 들락거리고 있었다. 아무래도 반대편으로 왕래하는 이유가 있는 듯했다.

　단지로 깊숙이 들어서자 한쪽으로 사람들이 번잡할 정도로 많았다. 평일이지만 난을 보러 온 사람들이 곳곳에 장사진을 친 모습이었다. 난에 관한 관심이 이르듯 많은 것에 민수는 의아했다. 그 순간 어쩌면 이 속에 아는 이라도, 그것도 자신을 쫓는 이가 있진 않을까 하는 생각이 들어 조금은 신경이 쓰였다.

　"그나저나 찾는 난이 이곳에도 있을까. 이 많고 많은 난 속에……. 이 넓은 하늘 아래에……."

　민수는 순간 그 자리에 얼어붙었다. 아내가 들고 있던 아니, 자신 가슴속에 있는 부작란이 단지가 시작되는 두 번째 집 앞에 놓여 있지 않은가! 그래서 아내가 어젯밤 꿈에 나타난 것인가! 민수는 한동안 그렇게 멍하니 서 있었다. 한걸음에 달려가고 싶었지만, 쉽게 걸음이 떨어지지 않았다. 가슴 속 그 난이 이토록 생생하게 느껴지는지 쉽게 이해할 수도, 그렇다고 한걸음에 달려가 덥석 안을 수도 없었다. 부작란이 틀림없었다. 민수는 어느새 부작란 앞까지 와 있었다. 민수는 난을 보자 의아했다. 수많은 난 중에 특이하게 생긴 난도 아닌 부작란이 단번에 눈에 띄었기 때문이다.

"손님, 뭘 찾으신게라?"

"……."

"손님! 왜 그러콤 서 있소?"

"……아, 예. 이 난은?"

"그게 금화산이지라."

"이게 금화산입니까?"

"그러지라. 꽃대가 겨울에 올라와서 춘란이라고 착각들도 하제."

"그래요?"

"찾는 게 이거당가?"

"아니 뭐, 이 난은 아니고……."

"그라요."

"혹, 부작란이라고?"

"머라단가? 부작란?"

"네."

"그란 난은 난생처음 들어 보요."

민수는 순간 겸연쩍어 다른 난 쪽으로 고개를 얼른 돌려 버렸다. 이

들이 어찌 부작란을 알 것이며, 설령 추사가 흔한 춘란이나 금침 혹은 금화산을 생각하며 그린 그림일지라도, 추사가 부작란이라 임의로 붙인 이름의 난을 누가 금화산이라고 알 것인가! 아, 어쩐란 말인가! 나는 무엇을 찾아 이렇게 떠돌고 있는 것인가! 가슴속 부작란이 이렇게 눈앞에 있어도 아무런 느낌 없는 이 상황은 무엇이란 말인가! 앞으로 나는 무엇을 어떻게 해야 하나!

"정말이지 부작란을 찾아 나선 이유가 뭐지? 미친 짓거리!"
부작란! 부작란! 민수는 순간 가슴을 쥐어뜯고 싶었다. 민수는 어젯밤 꿈에 봤던 아내를 떠올렸다. 그러고 보니 난에 관심이 있었던 게 아니라 난을 들고 사라진 아내에게 관심이 있었던 모양이었다. 민수는 순간 자신이 부작란을 쫓는 게 아니라 아내 정숙을 쫓고 있다는 생각이 들었다. 그 생각에 순간 현기증이 났다.
민수는 허기가 져 머리가 핑 돌았다. 그러고 보니 빈속에서 쫄쫄 도랑물 내려가는 소리가 나는 것 같았다. 민수는 난이고 뭐고 몰라라 단지 앞에 늘어선 식당으로 발길을 돌렸다. 뒤통수가 간지러웠다. 많은 사람 중 어찌 민수만 콕 집어 이방인 보듯 하는 것인가! 뒤에 대고 뭐라 뭐라 하는 것 같았다.
점심시간이어서 들어선 식당엔 빈자리가 얼른 보이지 않았다. 종업원쯤으로 보이는 여자가 외진 쪽을 가리켰다. 그쪽에 작은 빈 테이블이 하나 보였다. 민수는 혼자 앉을 수 있는 곳으로 다가가 자리를 잡았다. 앉은자리 테이블 한쪽으로 식자재가 든 자루가 여럿 놓여 있었다.
주문한 산채비빔밥을 거의 다 먹을 즈음 뒤에서 들려온 이야기는 마치 막막했던 민수에게 다음 행보를 알려 주는 듯했다. 반가웠다. 보아하니, 그들은 난을 캐러 다니는 사람들이었다. 구전으로 내려오는 이야기를 하고 있었다. 추사의 유배지인 고금도에서만 가끔 볼 수 있는 진짜 금화산 이야기였다. 그들 중에 반론을 제기하는 목소리도 있었지만, 구전으로 전해오는 대세에 밀려 힘을 쓰지 못했다. 저들의 말에 의하면 부작란이란 난이 따로 존재하는 것으로 들렸다. 진짜 금화산이라니……. 갈수록 부작란의 실체가 의뭉했다.

고금도라면 추사의 첫 번째 유배지다. 그렇다면, 단번에 알아봤던 아까 그 금화산이 자신이 알고 있던 부작란이 아니란 말이었다. 순간 가라앉았던 가슴 뜀이 또다시 뛰기 시작했다. 저들의 말은 마치 꺼져 가던 불씨에 불쏘시개를 던져 넣은 듯했다. 고금도에서만 볼 수 있는 진짜 난!

문광도 그랬다. 어쩌면 세상에 단 하나뿐인 난일 수도 있다고 하지 않았는가! 추사의 마음을 닮은 난. 문광의 말처럼 하나의 난이 존재한다면, 그것을 태워 저주를 풀어버리면 될 일이 아닌가! 되든 안 되든, 어차피 아내와 딸아이를 잊는 일이 어려우니……. 민수의 마음이 급해지고 있었다. 밑도 끝도 없는 이야기에 부화뇌동하는 민수의 모습은 측은했다. 하지만 민수의 얼굴은 붉게 상기되어 있었다.

"정숙이가 이 사람들을 만나게 해준 게 맞아!"

정숙의 이름을 중얼거리자 아내가 마치 자신 곁에 있는 것처럼 느껴졌다. 순간이지만 넉넉한 마음으로 자리에서 일어났다. 민수는 자리에서 일어나면서 뒷자리를 슬몃 쳐다보았다. 넷이었다. 심마니를 방불케 하는 형색으로 앞에 놓인 국밥을 비우고 있었다. 민수는 막막했던 자신에게 가야 할 방향을 알려준 그들을 식당 앞에서 나오길 기다렸다. 잠시 후, 키 작은 사내가 먼저 모습을 드러냈다. 거의 다 벗겨진 사내 머리 위로 오후의 햇살은 열기를 더하듯 번뜩였다.

"저기 한 가지 여쭈어도 되겠습니까?"

"그러세요."

의아한 표정의 사내는 이쑤시개를 들고 경계하듯 말했다. 뒤따라 나온 키 큰 사내는 저만치에서 담배에 불을 붙이며 이쪽을 주시했다.

"일부러 그런 건 아니고……. 식사 중에 부작란에 관해 말씀하시더라고요."

"그래서요?"

"고금도에 가면 정말 그 난을 볼 수 있는 건가요?"

"……그야 모르겠습니다. 난을 캐러 다니는 꾼들이 하는 이야기고 사실 우리도 한번 보고 싶은 난이기도 합니다. 무슨 난을 가지고 그러는지 원. 그것밖에 모릅니다. 몰라요."

"아, 그렇습니까?"

"뭐, 전해오는 이야기가 있고, 또 일전에 누가 그 난을 보았다는 이야기도 있었습니다만 믿을 수 있는 이야기는 안 되고……."

"그 난을 본 사람이 직접 그랬다고 하던데 별거 아니라고 했답니다. 별거 아니랍니다. 단지 보지 못한 사람들의 호기심이 클 뿐이지요. 어쩌면 우리도 혹시 하고 있는지도 모르지요."

담배 연기를 내뿜으며 다가온 키 큰 사내가 키 작은 사내의 말에 말을 길게 보탰다. 하지만 저들의 말은 말리는 것도 부추기는 말도 아니

었다. 그냥 결정은 알아서 하라는 그런 투였다. 민수는 그런 그들의
의도가 왠지 고마웠다.

   그들과 헤어진 민수는 차를 타기 위해 무작정 버스 정류장으로 향
했다. 민수의 발걸음은 어딘가 결연해 보였다. 부작란의 실체는 막연
했지만, 민수의 마음은 바쁘기 시작했다. 마치 마법과 같은 힘에 끌려
가듯이. 결국 민수가 선택한 방향은 기이한 난을 고금도에서 봤다는
이야기와 위원 일당의 위협 탓에 밀양이 아니라 전라도 고금도였다.

추격자

문광의 아내 현숙은 사내들의 느닷없는 출현에 부작란 주위로 사람들이 몰려들고 있음을 감지했다. 첫인상도 그렇지만, 애꾸눈의 살기 등등한 눈빛은 여간 마음을 다잡지 않고는 산 깊은 외딴곳에서 홀로 맞서기는 힘든 일이었다. 하지만 현숙도 함부로 할 수 있는 그런 여자가 아니었다. 범접하기 쉽지 않았다. 그것은 두 사내가 똑같이 느끼는 감정이었다.

"알고 왔으니, 어렵게 하지 마시고 이야기하시오."

"우린 시간이 없소이다."

얼른 봐도 사, 오십 대의 남자들은 거두절미 다그치듯 말했다.

"부작란을 말하는 것이오?"

두 사내는 예상 못 한 현숙의 말에 당황하듯 서로를 쳐다보았다. 현숙은 저들이 찾는 게 부작란이 아니라 민수라는 걸 단박에 알아챘다.

"그런 난이 어떻게 생겼는지도 모르는데, 다들 이곳에 와서 그렇게 묻곤 하지요."

현숙의 처세는 빨랐고 현명했다. 하지만 그런 현숙의 모습과는 달리 사내들은 생김새와 판이했다. 어딘가 어눌해 보였다.

"……그건 모르는 일이오. 단지 우린 추사의 작품을 알고 있는 자를 찾을 뿐이오."

저들은 민수를 알고 온 것이다. 그것도 민수의 행적을 어떻게 알았는지 정확히 알고 있었다. 하지만 예산까지만이었다. 현숙은 둘러 될 일이 아님을 알았다.

"그 사람을 왜 찾으시오?"

"그건 묻지 마시오. 우리 질문에 얼른 대답이나 하시오."

현숙은 혹, 남편 문광까지 해를 입지 않을까 하는 생각이 들었지만, 그렇다고 이자들을 당장 따돌리려 거짓말을 할 수도 없었다. 추사의 생가를 떠날 수 없기에 돌아와 해를 가해 올 것은 자명한 일이었다. 현숙은 하는 수 없이 지리산 쪽으로 갔다고 이야기했다. 민수가 문광을 만났다면, 민수는 떠났을 거지만 남편 문광이 걱정되었다. 민수의 행방을 묻는 저들에게 문광이 제대로 알려주지 않으면 지친 저들은 분명 문광을 해코지하고도 남았다. 더구나 문광의 성향을 봐선 예견할 수 있는 일이었다.

"지리산이라면?"

"자세한 건 저도 알 수 없어요."

"……거긴 왜 갔소?"

"추사 작품에 있는 글귀를 알아야 한다며 들어가셨소."

"현명한 사람으로 보이니 두말하지 않고 믿고 가겠소."

"그분이 그렇게 말씀한 것을 그대로 전하는 것뿐이오."

"……그런데 순순히 그런 이야기를 해 주는 이유는 무엇이오?"

"그게 현명하지 않겠어요. 두 번은 당신들을 보고 싶지 않으니 말이오."

"과천에선 예산에 남편과 세 사람이 살고 있을 거라고 하던데 남편은 어디 간 거요?"

애꾸눈을 힐끔 쳐다보던 사내가 떨떠름하게 말했다. 이들은 이곳 예산의 형편도 잘 알고 있는 듯했다. 현숙은 부작란으로 인한 문제가 생각보다 심각함을 알 수 있었다.

"굳이 남편 이야기를 해야 하오?"

사내들은 처음 보기에 어눌했던 것과는 달랐다. 그렇게 보였을 뿐이지 이들은 보통이 아니었다. 특히, 애꾸눈은 감당하기 어려운 살기까지 물씬 풍겨내고 있었다. 현숙은 순간 고민하지 않을 수 없었다. 현숙은 사내들을 쉽게 생각했던 게 후회됐다. 쉽게 물러갈 줄 알았지만, 그게 아니었다. 좀 더 신중히 저들을 맞았다면, 이토록 곤경에 빠지지도 않았을 거였다.

"그렇다면 그자는 가게가 있는 밀양이 아니라 당신의 남편을 만나러 간 거 아니오?"

애꾸눈은 망설이는 현숙의 마음을 꿰뚫고 있었다. 그의 말은 아니오, 아니면 예라는 대답만을 요구하는 듯했다.

"그럴 수도 있겠죠. 하지만 거기까지 전 모르는 일이오."

현숙이 잘못 든 길은 걷잡을 수 없는 형국이 돼 버렸다. 거기까지라는 말은 현숙이 취할 수 있는 최후의 보루였다.

"그렇지 않고서야 그자가 왜 거기까지 갔겠소?"

사내 둘은 주거니 받거니 현숙을 집요하게 몰았다.

"그 사람이 지리산으로 갔는지 아니면 당신들이 말하는 밀양으로 갔는지는 그대들이 알아서 판단할 일이오. 더는 드릴 말이 없소. 여하튼 청학동엔 한학에 능통하신 분들이 있으니……."

순간 주고받는 두 사내의 눈빛 속에서 밀양의 일을 짐작할 수 있었다. 밀양은 벌써 확인한 모양이었다. 저들은 이미 행선지를 지리산으로 정해 놓고 있었다.

"부작란에 관해 알고 있는 사람은 당신 남편이 분명하니, 그자가 당신 남편을 찾아간 게 틀림없소. 맞죠?"

"더는 모르는 이야기요. 남편이 추사 선생에게 관심을 둔 건 알지만, 그것도 이미 수년이 지난 일이오. 그러니 알아서 판단하시고 어서들 돌아가시오."

두 사내는 바삐 떠났다. 떠나면서 멀찍이 선 아이를 뚫어지게 쳐다보았다. 무언의 협박 같은 거였다. 저들의 눈빛엔 살기가 넘쳐났다. 피해야 할 것 같았다. 그들이 떠나고 난 후 현숙의 마음은 혼란스러워 갈피를 잡기 어려웠다. 남편의 대쪽 같은 곧은 기질이 염려되었다. 하지만 그보다 민수가 지금쯤 어디에 있을지가 더 염려되었다.

사내들은 청학동에서 난동을 부려 민수의 행방을 결국 알아냈고, 곧바로 문광의 거처로 향했다. 그들의 난동으로 노파가 혼절하는 일이 벌어졌다. 그들의 형색을 보고 문광을 보호해 주려 했던 탓이었다. 하지만 별 효과는 없었다. 사내들은 밤이 되기 전 문광의 거처에 도착해야 한다는 절박함에 애가 달았다. 아무리 밤을 타서 도굴을 전문으로 하는 자들이지만 영산이라는 지리산의 깊음엔 저들도 두려운 모양이었다. 더군다나 지리산에서의 밤 경험은 전무했기 때문에 더욱 그랬다. 자칫 길을 잃고 헤매다 산속에서 밤을 날 수도 있었다. 하지만 그들은 그 사실을 극구 인정하고 싶지 않았다.

마성주는 자신의 작업실에서 가슴을 조이며 하나씩 시험해 갔다. 작업대와 한쪽에 간이로 만들어진 널빤지 위에는 민수 가게에서 수거해온 찢어진 배접지들이 널브러져 있었다. 벌써 두 시간을 넘기고 있었지만, 이렇다 할 결과를 얻지 못한 마성주는 조바심에 애가 타들어갔다. 연대를 측정할 수 있는 시약의 반응은 미세했기 때문에 집중해야 알 수 있는 일이어서 보통 고된 일이 아닐 수 없었다. 더욱이 혼자서 할 수밖에 없는 상황에다 이 위원의 일이 신경 쓰였기 때문이었다. 오늘내일 중으로 참고인 자격으로 경찰서에 출두해야 하는 상황은 예상했지만, 적지 않은 힘겨운 일이 되고 있었다.

"이 작자들은 그자를 만난 거야! 어찌 된 거야!"

혼자 중얼거리던 마성주의 눈에 의심스러운 느낌을 주는 찢어진 종이가 들어왔다. 그동안의 피로감이 일순 날아가는 것 같았다. 가슴이 서서히 뛰기 시작했다. 찢어진 종이를 못 보고 지나갈 뻔했었다. 하지만 인연이 닿은 탓인지 가늘고 길게 생긴 종이가 마성주의 눈에 들어왔던 것이다. 물론, 찢어진 다른 종이들과 별반 다를 게 없었지만, 오래 쌓아온 경험은 종이의 특이성을 발견할 수 있게 했던 것이다.

시약은 그것이 조선 후기에 사용되었던 한지로 판명해 주었다. 그 사실이 무슨 큰 비밀인양 시약을 먹은 종이는 일순 색이 변했다가 다시 원래대로 되돌아왔다. 순간의 일이었다. 마성주는 시약으로 몇 번이고 확인해 보았지만, 여전히 같은 반응을 확인했다. 한지의 미세한 색의 변화는 마성주의 오금을 저리게 했다. 순간 혈관의 피가 서늘해지는 경험에 머릿속이 꽝하고 울리는 것 같았다. 일단은 진품이 확인된 순간이었다. 마성주의 직감과 예감 그리고 종이의 반응과 추정되는 연도를 봐선 부작란이 틀림없었다.

"그자를 빨리 찾아야 해. 분명히 그 남자의 연락처를 알고 있을 거야. 정말 모른다 해도 어쨌든 기억을 짜내서라도 알아내야 해!"

마성주는 입가에 섬뜩한 미소를 머금고 자신 앞에 놓인 추사의 부작란을 담았던 종이를 매만지며 민수의 얼굴을 떠올렸다. 부작란을 아는 자들은 사라져야 했다.

사내들은 밤 동안 사시나무 떨듯 떨다가 날이 밝자마자 누가 먼저랄 것도 없이 자리에서 일어났다. 허기는 두말할 것도 없었고, 춥고 습한 기운 탓에 둘의 머리는 지끈거려 죽을 것 같았다. 애꾸눈은 자꾸만 한쪽 눈을 매만졌다. 아리고 시렸다.

"이러다 한 눈마저 빠지는 거 아냐! 씨벌."

"나도 죽을 것 같아."

"우선 문광이라는 작자를 찾자고."

"그런데 청학동의 그 영감탱이가 길을 일부러 잘못 알려준 거 아냐!"

"그럴지도 모르지……."

"씨벌……."

반나절이면 충분했던 길을 사내들은 밤을 나면서까지 곤욕을 치렀다. 결국, 다음날 점심나절이 돼서야 문광의 암자에 당도할 수 있었다. 사내들은 뭐라도 집어삼킬 기세였지만, 당장은 참을 수밖에 없었다. 눈앞의 문광도 그의 아내처럼 범상함이 느껴졌다. 사내들은 나름의 예로 문광을 대했다.

"사람을 찾고 있습니다."

"오실 줄 알았습니다."

두 사내는 순간 아무 말도 할 수 없었다.

"부작란을 쫓고 있다죠?"

"스님께서 그걸 어떻게?"

"그것 말고 이곳까지 저를 찾아올 사람은 없습니다. 예산에 들렀다지요?"

둘은 서로 쳐다보았다. 둘의 행적을 다 알고 있는 것 같아 조금은 당황스러운 모습이었다.

"부인께서 일러 주었습니다."

"그나저나 어떡하지요. 그 사람은 이미 여길 떠나고 없는데 말입니다."

"저희가 한발 늦었다는 말씀이군요."

"그렇게 되었네요. 기왕 여기까지 왔으니 요기라도 하시고 가시지요. 점심때가 되었구료."

민수를 찾는 일이 우선이지만, 문광이 점심이라는 말을 하자 둘은 반색했다.

"고맙습니다."

간단하게 차려진 밥상이었지만 둘의 허기를 달래기엔 충분했다. 첫눈에 이질감을 느낄만한 형색임에도 밥까지 먹여준 스님의 배려에 둘의 마음은 알 수 없는 넉넉함으로 당황스러웠다.

"부작란은 잊으세요. 그 작품은 원래 누구도 소유할 수 없는 작품입니다."

"……."

"괜한 헛된 일로 시간을 탕진하지 마세요."

"저희는 서울 사람의 부탁을 받고 단지 그 사람을 쫓고, 아니 찾고 있을 뿐입니다."

"그 사람도 남자 고객이 어디 사는지 전혀 알 길이 없어 답답해하다가 돌아갔어요."

"그래도 일단 그자를 만나 데리고 가야 합니다. 계약이 그렇게 되어 있어 어쩔 수 없습니다."

"그자를 데리고 가지 못하면, 그동안 해왔던 일까지 모두 수포로 돌아가고 맙니다. 사실 돈도 돈이지만 그동안 고생한 것을 생각하면……. 어휴, 안 될 말입니다."

싸움꾼처럼 보이는 자가 애꾸눈의 말에 자신의 말을 달며 질세라 나섰다.

"그동안 무슨 일을 그렇게 하셨는지는 몰라도 여기서 멈추는 것이 좋을 듯합니다. 물론 그건 두 분의 결정에 달렸습니다만."

"일단, 잘 알겠습니다. 스님."

문광은 이들이 악한 짓을 일삼고 다닌다는 것을 처음부터 알았지만, 그래도 둘의 마음을 떠보기 위해 말을 붙여 본 거였다. 그리고 민수를 생각해서도 그랬다.

"날이 저물기 전에 내려가겠습니다. 그자가 어디로 갔는지 말씀만 좀 해주시지요. 스님."

"소승이 그 사람의 행방을 알고 있을 거로 생각합니까?"

"……저희는 바쁩니다."

애꾸눈이 대들 듯 스님의 말을 받았다. 요기로 허기를 면하자 가운이 나는 듯해 보였다.

"아마도 난을 찾아 전국을 떠돌고 있을 겁니다."

"작품이 아니라 난을 찾아 전국을요?"

"그렇습니다. 소승이 그 사람에게도 난을 찾는 일은 무모한 일이라고 일렀지요. 역시 그 결정도 그 사람이 하겠지만, 당장은 난을 찾아가지 않았나 싶군요."

사실 문광은 민수에게 꼭 난을 포기하라는 직접적인 말은 하지 않았다. 하지만 큰 틀에서 보면 문광의 말뜻은 부작란의 의미를 알게 되었으니 그만 포기하라고 말한 것과 진배없었다. 그걸 찾아 태운들…….

"스님!"

둘은 다그치듯 말했지만 이내 누그러지면서 표정을 고쳤다.

"이번 일만 끝나면 모든 것 청산할 겁니다. 그러니 알고 있으신 대로 말씀을 좀 해 주십시오."

"소승은 거짓을 말하지 않습니다. 있는 그대로 말씀 드릴뿐입니다. 그러니 가려면 어서들 내려가십시오. 어두워지기 전에요."

둘은 난감한 표정이 되었다. 처음보다 다소 상기된 표정이었다. 문광은 둘에게서 점점 살기가 동하는 것을 느꼈다. 적당한 방법이 없을까 하는 생각을 해 보았지만, 달리 떠오르는 방법이 없었다. 이미 거짓의 삶을 잊은 문광으로선 거짓을 말할 순 없는 일이었다. 다만 그들이 순순히 물러가 주는 것밖엔 달리 기대할 것이 없었다. 하지만 그

기대는 아까부터 부질없는 일임을 문광은 깨닫고 있었다. 다행히 저들이 무슨 마음인지 돌연 암자를 떠난다며 나섰다. 문광은 저들이 가는 것을 내다보지 않았다. 다만 저들의 마음을 한동안 타진해 보았다.

　얼마 후 문광은 밖을 나왔다. 두리번거리는 문광의 눈빛이 흔들리고 있었다. 이어 청학동을 오르기 위해 바삐 길을 나섰다. 오늘따라 주위엔 아무것도 없었다. 그 흔한 산새의 울음조차도 멈춘 듯 산속은 적요했다. 불현듯 어두운 먹구름이 문광의 마음에 드리우기 시작했다. 다름 아닌 불길함이었다. 문광의 걸음이 점점 빨라지고 있었다. 조금만 가면 문광만이 아는 길이 나올 거였다.
　"스님!"
　그들이 불렀다. 불길한 먹구름이 더 짙게 드리웠다. 한바탕 쏟아질 것 같았다. 그동안의 삶이 주마등처럼 펼쳐졌다가 전광석화처럼 스치고 지나갔다. 하지만 스치고 지나가는 끝자락에 아내가 있었고 부작란이 있는 듯했다.
　"빨리 이야기하라니까요?"
　저들은 내려가다 결국 다시 돌아온 것이다. 저들은 속세의 유혹을 결국, 외면할 수 없었던 것이다. 부한 것도 가난한 것도 일반일진대 돈에 눈이 먼 저들은 끝끝내 불의한 삶을 선택할 그런 자들이었다.
　"스님! 제발 빨리 말을 해요?"
　"다 말했네."
　문광은 뒤로 휘어 잡힌 목덜미의 통증 때문에 말하기가 어려웠다.
　"당신을 죽이고 싶지 않아!"

"……."

"그러니 어서, 말해!"

"당신 아내처럼 말을 해! 말을 하라고!"

"……."

문광은 이미 불이선란에 있던 유마경의 대목을 떠올리고 있었다. 모든 것에서 상대되는 것은 둘이 아니고 하나라는 대목의 그 세계가 어떤 것인지 불현듯 궁금했고 느끼고 싶었다.

"삶과 죽음 그리고 너와 내가 하날세……."

"지랄을 해! 지랄을!"

문광은 등 뒤로 파고드는 차가운 쇠붙이의 느낌이 생소했다. 생소한 느낌 속에서 그들의 '어서'라는 다급한 목소리가 아슴아슴 들렸다. 이내 전신으로 퍼지는 고통의 전율이 발끝 손끝까지 가서 닿는 것을 느꼈다. 허한 기운이 등에서부터 빠져나갔다. 처음에는 그 힘도 느껴졌지만, 어느 순간 빠져나가는 힘은 소멸되고 있었다. 잡을 수도 막을 수도 없었다. 그냥 받아들여야 하는 소멸이었다.

문광은 삶의 무상함을 느꼈다. 나는 삶을 뭐라고 알고 있나……. 역시 삶은 죽음과 함께 있었다. 삶이 없는데 죽음이 어디 있으며, 상대가 없는데 내가 어디에 있는가! 모두가 다 하나고 모두가 다 불이선이었다. 맞았다. 그게 불이선이었다.

저 너머에 죽음이라는 게 보였다. 당장 여기 있는 삶을 향해 그 죽음이 점점 가까이 다가왔다. 하지만 결코, 이질적이지 않았다. 순간 인생이 무엇인가를 깨달았다. 그것을 알게 해 준 이들이 달음질로 멀리 사라져 갔다. 꼬꾸라진 시선 안으로 저들의 분주한 모습이 비스듬

히 보였다. 문광은 안타까웠다. 저들 또한 나와 하나인걸……. 저들이
가여웠다. 아픔도, 아프지 않음도 인제 느낄 수 없이 하나가 되었다.
의식도 가까이 부는 바람과 하나가 되었다. 홀연히 불어온 바람은 그
렇게 의식과 하나가 되어 천천히 어디론가 사라졌다. 여보…….

고금도

아내와 아이가 그리웠다. 집에도 가고 싶었다. 가게를 비워놓은 지 수일 째, 가게를 생각하니 인배도 그리웠다. 멀리 겹겹이 밀려난 산이 엎드린 채 맑디맑은 청아한 하늘색 아래로 가만 숨을 고르고 있는 듯 했다. 간간이 외딴집이 보일 때마다 홀연히 세상 한가운데 남겨진 자신의 모습을 보는 듯 가슴이 아렸다. 아무것도 없는 자신에게 장애의 몸으로 시집와 갖은 고생하면서 아이까지 낳은 정숙의 삶이 또다시 떠올랐다. 정숙의 일기장을 생각하자 민수의 가슴이 또 먹먹해졌다. 더군다나 난과 엮여있는 모녀의 모습은 민수의 가슴을 방망이질해 댔다.

"부작난을 본 내가 죄인이지. 죄인이지. 죄인이야! 백 번 천 번 죄인이고 말고! 그 인간이 정말 원망스럽다. 원망스러워. 많고 많은 표구점을 두고 하필이면 나를 찾아와서……. 여보, 미안해. 여보, 아직 나는 모르겠어. 문광스님의 말처럼 당신이 가졌던 그 난을 찾아 없앤다면 모든 게 정상으로 돌아갈까? 정말, 당신과 은혜가 난에서 해방될 수 있을까? 그게 가능한 일일까?"

혼자 중얼거리는 모습이 이상했는지 옆에 앉은 여자가 몸을 뒤척이며 힐끗 쳐다보았다. 버스는 어둑한 저녁 어스름에 민수를 완도에 부려 놓았다. 터미널 직원이 아침이 돼야 고금도에 들어갈 수 있다고 했다. 민수는 저녁을 먹고 인근 여관에 자리를 잡았다. 지리산 어귀의 여인숙이나 완도의 여관이나 별반 다를 게 없었다. 하지만 집 없이 떠도는 민수에겐 그나마 다리를 뻗고 편히 쉴 수 있는 보금자리와도 같았다. 방바닥에 널브러지자 또다시 집과 가게가 생각났다.

"아무 탈 없겠지……. 설마 셔터까지 부수진 않았겠지."

하지만 사람까지 해친 자들이라면 뭣이든 못할까 싶었다.

"아무것도 없는데……."

고요한 바다, 하지만 순식간에 돌변한 흉포한 바다는 모든 걸 집어 삼킨다. 아찔하지만 아직 자신은 바다 위에 그대로 있다. 갑판 위로 들이치는 바닷물은 짰다. 맛을 보지 않아도 짰다. 사람들은 보이지 않는다. 하나도 없다. 그러나 누군가 배의 키를 잡고 있는 듯하다. 선장인 것은 분명한데 확인할 수 없다. 보이지 않는다. 멀리 섬이 보이지만 가고자 하는 섬은 아니다. 아주 낯선 섬이다. 하지만 섬은 점점 더 멀어져 간다. 민수는 망연자실 애가 탄다. 섬에서 아내가 몹쓸 일을 당하고 있다는 생각에 가슴이 터져나간다.

또 하나의 섬에 내린다. 낯익은 섬이다. 자신과 아내 그리고 딸아이와 엮여있는 난이 있는 그 섬이다. 섬은 온통 난밭이다. 나무란 나무는 하나같이 말라 있다. 어렴풋 기억에 있는 섬의 모습과는 너무도 다르다. 바다 주위론 천 길 물길이다. 시퍼렇다. 다신 돌아가지 못할 것 같다. 난은 부작란이다. 자신이 찾고 찾았던 부작란 밭이다. 하나가 아니다. 수천 개다. 의아하다. 하지만 뽑으려 애를 쓰지만, 난은 땅에 꽂혀 있다. 난의 잎은 손바닥을 갈랐다. 피는 나지 않지만 통증에 정신을 잃는다. 쓰러진 자신 위로 난이 자란다. 숨을 쉴 수 없다.

"꺽!"

민수는 엎드려 있다가 돌아누웠다. 숨을 깊이 몰아쉬었다. 덜덜거리며 돌아가는 선풍기 소리가 아득하게 들렸다. 눈을 떴다. 선풍기의 후덥지근한 바람은 막힌 기도를 더 타게 했다. 일어나 물병 채로 나발을 분 민수는 다시 혼미한 의식의 세계로 다시 빠져들었다.

고금도의 바다는 잔잔하다 못해 고요했다. 간밤에 보았던 그 바다와는 판이했다. 멀리 내다보이는 섬의 고고한 모습에 옛적 추사의 삶이 일순 떠올랐다. 어떻게 사셨을까!

"어쩌면 고요라는 것은 절망을 가져다주는 죽음의 사신이 아닐까! 그러니 형벌로 혼자 살게 했겠지."

그렇다면 저 깊은 산중에 스스로 가 있는 사람은 뭔가? 자신에게 형벌을 가하는 자학? 아니면 뭔가! 민수는 문광을 떠올려 보았다. 문광은 추사를 따라 고행의 길을 걷고 있었다. 한데 문광을 생각하자 뭔가 찜찜한 게 있었다. 막연하면서도 불길한 예감 같은 거였다. 그들이 문광을 찾아갔다면 예산도 위험했다. 민수는 갑판 위 삼삼오오 앉아 있는 행락객의 모습이 이제야 눈에 들어왔다. 배낭을 짊어진 사람들의 결연한 모습 속에서 단순한 여행객이 아니었다. 그렇다고 주민도 아니었다.

"심마니? 난을 캐러 다니는 사람?"

혼자 중얼거리고 나자 영락없이 야생 난을 찾아다니는 사람들로 보였다. 그러자 동질감에다 푸근하고 든든하기까지 했다. 어쩌면 이 같은 동질감은 생소하고 낯선 곳에서 저들과의 동질감을 위한 억지 춘향의 생각이기도 했다.

"부작란……."

　민수는 일순 왔던 뱃길을 돌아보았다. 이미 항구는 멀어져 있었고 자신은 망망한 바다 위에 있다는 것을 알았다. 이내 뱃머리는 고금도 안으로 깊숙이 들어와 있었다. 모르긴 해도 태곳적 모습이 아닌가 할 만큼 섬은 자연 그대로였다. 간간이 자리한 집도 멀리 확인할 수 있었다. 낮고 봉긋하게 솟아오른 산봉우리는 아늑하게 보였다. 갯내보다는 바닷물의 진한 눅눅함이 묻어나는 냄새와 얼핏 보이는 참나무, 후박나무, 가문비나무, 소철, 자작나무의 군락은 밀림과 같이 섬을 아득하게 만들어 놓고 있었다. 어젯밤 꿈에서 본 것과는 전혀 닮지 않았다. 섬이라지만 육지에서 오염되지 않은 큰 규모의 땅을 뚝 떼어내 바다에 던져 놓은 그런 모습이었다.

　배가 부려놓는 사람들은 어디론가 뿔뿔이 흩어져 순식간에 보이지 않았다. 얼른 보기에 섬이 사람들을 삼켜버린 그런 형국이었다. 한동안 걸었지만, 아까 멀리서 봤던 집엔 사람이 살지 않았다. 주위에 사람이 사는 집이나 섬사람도 쉽게 눈에 띄지 않았다. 어쩌다 먼데 숲속 쯤에서 희번덕거리다 다시 숲속으로 사라지는 외지 사람들만 확인될 뿐이었다. 생각할수록 의뭉한 섬이 아닐 수 없었다. 무연하게 걷던 민수는 무더운 기온 탓에 멀리 육지가 바라다보이는 짙은 나무 그늘 밑에 자리를 잡고 앉았다. 간간이 부는 바람은 체감 온도를 되레 보태주었다.

　"왜 여길 왔지? 아내가 먹던 난을 찾으러 왔나? 아니면 추사 선생의 생가가 궁금해 왔나?"

민수는 허공에 뜬 마음을 다잡았다. 아무래도 쓸데없는 짓을 하는 것 같아 순간 짜증이 났다. 민수는 나가는 배편으로 다시 나가려고 생각했다.

"이런다고 뭐가 해결될 것도 아니고……. 더군다나 뜬구름 같은 난을 어디서 찾을까! 미친 짓! 꿈도 전과 같지 않은 걸 보면 시간이 묘약일 수도 있어."

나가는 배편은 두 시에 있었다. 들어오는 배를 타고 다시 나가면 됐다. 7월의 막바지 태양의 기세는 모든 것을 태울 기세였다. 거기다 섬은 더운 해풍에 둘러싸여 찜통이 되어가고 있었다. 가끔 기세 좋게 불어오는 바닷바람은 끈적이는 느낌에다 현기증을 동반했다. 목이 탔다. 여하튼 빨리 이곳을 떠나야 할 것 같았다.

시간이 되자 선착장엔 오전에 함께 배에 올랐던 낯익은 옷차림의 사람들이 몇몇 보이기 시작했다. 아마도 돌아가려는 모양이었다. 시간을 알고 있는 것 같았다. 저만치 배가 보였다. 오전에 탔던 배였다. 배가 선착장에 접안하고 사람들을 부렸다. 마지막으로 내리는 두 사람은 한눈에 봐도 이질적이었다. 야생 난을 쫓아다니는 사람 같지도 않고 이곳 섬에 사는 사람 같지도 않았다. 물론 그들의 눈에도 민수가 이상하게 보였을 터였다. 난을 캐는 꾼들과 판이한 옷차림은 단번에 그것을 알게 했을 거였다. 그들은 순간 멈칫하더니 이미 합의가 된 사람처럼 망설임 없이 민수에게 다가왔다.

"혹시 예산, 아니 밀양에서 오신 분이 아닙니까?"

민수는 가슴이 철렁했다. 전혀 예상하지 않은 건 아니지만, 느닷없는 형국은 생각지도 못한 일이었다. 다소 센 어감과 싸움꾼처럼 생긴 얼굴 때문에 굳어가는 민수의 표정이 드러나고 말았을 터였다. 하지만 머릿속은 바삐 회전하고 있었다. 밀양은 그렇더라도 예산이라는 말의 의구심이 민수의 머리를 훑고 지나갔다. 결국, 올 것이 오고야만 것이다. 집을 떠나있었건만, 저들이 여기까지 찾아온 것이다. 일순 예산의 여인이 궁금했다.

"아, 아닙니다. 사람을 잘못 보셨네요."

민수 입에서 그냥 그렇게 나와 버렸다. 제어되지 않은 반응이었다.

"……여기 사람입니까?"

다행히 얼굴을 모르고 있는 것 같았다. 민수에게 조금의 여유가 생기는 순간이었다.

"그건 아닙니다만."

"그럼 어디 사는 분이시죠?"

"그건 왜 묻는 거죠?"

민수는 긴장한 마음을 누르며 그들의 말을 투박하게 받았다.

"말해 보시오."

"뭐, 조사 나온 겁니까? 사람을 세워놓고서. 지금."

민수는 계속해서 되받아치듯 했다. 하지만 오금이 저렸다. 여차하면 저들이 달려들려고 했기 때문이었다.

"말해 봐요. 어디서 온 거냐고요?"

높임말도 비속어도 아닌 말로 조금 누그러진 모습을 하고 되물었다. 옆을 지나가는 꾼들은 이쪽을 힐끗 쳐다볼 뿐이었다. 저들의 도움은 기대할 수 없었다.

"대구에 사는데 왜요? 요양 차 온 건데 뭐 잘못된 게 있나요? 누구 신데 이래요?"

순간 선착장에 접안한 배에서 방송이 나왔다. 섬을 나갈 사람이 다 승선했는지 갈갈한 목소리로 확인하고 있었다. 이때다 싶어 민수는 그들을 몰아붙였다.

"그럼 가야 할 것 같네요. 수고들 하세요."

그들이 탐탁지 않은 얼굴로 민수를 물끄러미 쳐다보았다. 민수는 최대한 태연하게 행동하며 배에 올랐다. 하지만 다급한 민수의 마음을 아는지 모르는지 배는 출발하지 않고 다시 한번 더 안내 방송을 했다. 안내방송 몇 초가 천 년과도 같았다. 이윽고 배가 선착장에서 떨어지기 시작했다. 민수는 비로소 고개를 돌려 그들을 힐끗 한 번 쳐다보았다. 순간 저들은 무슨 생각을 했는지 선착장 끝으로 달려오며 배를 세우라고 고래고래 소리를 질렀다. 잠시 망설이던 선장이 투덜거리며 다시 접안하려 선착장 안으로 들어가려고 했다. 하지만 민수는 선장에게 달려들었다. 그리고 현 상황을 재빠르게 말하고 그냥 출발하자고 부탁했다. 선장은 몇 번이고 민수를 물끄러미 바라보다가 그럴 순 없다고 말했다. 민원이 들어가면 자신이 곤란하게 된다는 게 이유였다. 그래도 민수의 표정에 선장도 망설였다. 민수는 그런 선장을 다그쳤다. 이 일로 일어나는 모든 책임을 지겠다는 말과 저들이 살인 사건에 연루된 사람일 수도 있다는 말을 선장에게 했다.

"참말이요?"

"그렇습니다. 저들이 여길 빠져나가게 하면 안 됩니다."

"믿어도 되지라?"

"그렇다니까요. 저 사람들은 저를 해하려고 여기까지 온 겁니다."

"······그라면 할 수 없지라 알았어라."

"고맙습니다. 선장님."

"돌아가는 디로 싸게 신고하더라고."

"물론입니다."

배는 선착장을 완전히 벗어나려 뒷걸음을 쳤다. 이때 한 녀석이 물로 뛰어들고 말았다. 선장은 멈칫했다. 또다시 선장의 얼굴에 갈등이 역력하게 그려지기 시작했다.

"선장님, 그래도 가셔야 합니다."

"아니지라, 요건 일이 다르지라. 저자가 살인자가 아니라면 지는 요일을 고만둬야 할 일이 싱길지도 모르요. 그라고 우째거나 사람을 살리고 봐야제."

결국, 선장은 다른 조수에게 구명 부화를 던지게 했고 녀석을 물에서 건져 냈다. 싸움꾼이었다. 배는 다시 선착장에 접안했고 배 안은 조금 술렁거렸다.

"선장, 우리가 알아서 할 테니 상관 마시오."

"세 분 다 육지로 가믄 지구대로 함께 가야 쓰것소."

"그럴 필요 없어요. 이 사람과 우리가 해야 할 일이 있단 말이오."

"우째거나 지구대로 가더라고. 지구대는 부두 머리 오 분 거리에 있서라."

"그렇게 합시다. 무엇이 문젠지."

민수도 차분히 선장의 말에 덧붙였다. 하지만 저들은 민수를 데리고 섬에 남으려 했고 민수는 여하튼 섬을 나가려 했다. 그 탓에 서로의 입장이 달라 시간이 지체되고 있었고, 급기야 다른 승선객들의 불만이 터져 나왔다. 그래 봐야 열 명도 채 되지 않는 인원이라 둘은 신경도 쓰지 않았다.

"다음 배편 때까지만 이야기 좀 합시다. 그러면 될 일 아니오."

"나는 싫습니다. 모르는 사람과 무슨 이야기를 한다는 말입니까. 나는 나가겠어요."

민수의 단호한 말은 선착장의 분위기를 극도로 달아오르게 했다.

"배는 시방 떠야 허니게 싸게 정하시쇼잉."

결국, 민수의 요구대로 셋은 육지로 향했다. 민수는 육지에서 벌어질 일에 관한 생각으로 머리가 복잡했다. 경찰을 부르는 일도 경찰 앞에 가는 일도 당장에 가능하지 않았다. 선착장에 경찰이 상주하고 있는 것도 아니고 그렇다고 배에서 육지로 연락해 경찰을 무턱대고 대기시킬 수도 없는 노릇이었다. 거기다 민수의 요구대로 경찰서에 간다고 해도 이들의 혐의가 입증되지 않으면 오히려 민수에게 불이익이 닥칠 수도 있었다. 그뿐이 아니었다. 입증되지 않은 상태에서 셋이 경찰서를 나서게 될 때 둘을 어떻게 따돌릴 수 있을지도 불안했고, 신변 보호를 요청한다고 해도 절차가 있을 터이니 당장에 현실성이 없어 보였다.

"내게 뭘 원하는 거요? 도대체."

"그건 본인이 더 잘 알 텐데."

애꾸눈이 조소 섞인 눈으로 민수를 바라보며 말했다. 옆의 싸움꾼은 젖은 옷을 입은 채 담배를 입에 물고 육지 쪽을 바라다보았다.

"무슨 말을 하는지 원."

"위원의 말이 맞아. 고금도가 맞았어."

민수는 혹시나 했지만, 결국 저들은 감정위원의 하수인이었다. 민수는 부작란을 둘러싼 심각한 일에서 자신도 예외가 아니라는 사실을 다시금 인지했다. 하지만 당장은 저들의 마수에서 벗어나는 일이 급선무였다.

"말만 해. 그러면 조용히 물러가지."

저들이 뭘 보고 민수를 확신하는지 모르지만, 인제는 드러내 놓고 협박으로 나오고 있었다. 만약 저들이 일전에 민수를 놓친 자들이라면 민수의 어떤 면을 보고 알아보았을 수도 있었다.

"당신들이 알고 싶은 게 뭐요? 도대체."

민수는 기가 찬다는 투로 말을 받았지만, 이미 자신들 눈앞에 있는 자가 민수라고 확신했기 때문에 민수의 말은 씨알도 안 먹혔다.

"알면서 또 그런다……."

인제는 비아냥거리기까지 했다. 민수는 이 위원의 죽음이 떠오르면서 어쩌면 자신도 저들의 손에 죽을지 모른다는 생각이 퍼뜩 들었다. 예산, 지리산……. 섬뜩했다.

"나는 당신들이 뭘 원하는지 경찰 앞에서 꼭 따지겠어요."

"좋을 대로 하시지."

민수의 생각으론 애꾸눈이 무리수를 두는 것 같지만, 대범하다는 생각도 들었다. 보기보다 만만하게 봐선 안 될 녀석이었다. 하지만 당장 뾰족한 방안이 떠오르지 않아 마음이 지리멸렬했다. 경찰 앞에서 이들이 이 위원의 피살과 관련 있다는 이야기한다면 어떨까? 어쩌면 그게 제일 나은 방법일 듯했다. 물론 무고로 곤욕을 치룰 수도 있지만, 적어도 당장은 저들에게서 벗어날 수 있기 때문이다. 저들의 눈엔 자신들이 찾는 자가 분명하다는 확신에 차 있었다. 육지가 가까워지자 민수는 더 긴장되어 갔다. 타던 목이 더 탔다. 민수의 이런 모습을 알기라도 한 것처럼 동지라고 생각했던 자들이 민수를 힐끗힐끗 쳐다보았다. 민수는 어떻게 해야 할지 난감함에 미칠 것 같았다. 당장은 신고뿐이었다.

"당신 때문에 여러 사람 다치고 있어 지금."

싸움꾼의 느닷없는 말에 민수와 애꾸눈이 동시에 싸움꾼을 쳐다보았다. 싸움꾼은 자기 말에 아차 했는지 잠시 둘의 시선을 받고는 입을 열었다.

"당신도 죽는 수가 있어. 알아!"

이미 쏟아진 물이라 생각했는지 어쩌면 잘 됐다는 표정으로 드러내 놓고 말했다. 당신도? 다른 누군가 있다는 말인데, 아마 이 위원일 거였다. 애꾸눈은 싸움꾼의 말을 말리지 않았다. 오히려 한마디 더 덧붙였다.

"행방을 알려주기만 하면 그것으로 당신과 우린 끝이야. 더는 볼 일 없어. 그러니까 골치 아프게 하지 말고 간단히 끝내자고."

"당신들 도대체 무슨 말을 하는 겁니까? 나는 아무것도 모른다 말입니다."

민수는 얼떨결에 말을 해 버렸다. 그러나 후회는 하지 않았다. 어쩌면 잘된 일인지도 몰랐다.

"이제 슬슬 인정하는군."

"글쎄. 어디서 무슨 말을 듣고 그러는지 모르지만 나는 모르는 일이라고요."

"그 말을 우리더러 믿으라고 하는 이야긴가?"

"그럼 어쩌겠소. 나도 모르는데. 아마 마 위원께서도 아실 텐데."

마 위원이라는 말에 둘은 짐짓 말을 멈췄다.

"그때 전부 다 이야기했단 말이오."

"위원은 당신이 알고 있을 거라 했어. 직접 작품을 보았다고 하지 않았나?"

"작품을 봐도 그 사람이 어디에 사는지 도무지 모른단 말이오. 사실 나도 그 사람을 찾고 싶은 사람이오."

그랬다! 민수도 그 남자를 간절히 찾고 있었다.

"……당신이 그 사람의, 아니 그 작품의 행방을 알지 못한다 해도 우린 끝까지 그 행방을 알아야 해. 당신을 쥐어짜서라도……."

섬뜩한 말이 괴물처럼 바닷속에서 쑥 하고 고개 드는 것 같았다. 그렇게 고개 든 괴물은 쉬이 가라앉지 않고 전신을 흔들며 출렁였다. 싸움꾼은 거친 말을 계속 쏟아냈다. 옆에 있는 애꾸눈이 싸움꾼의 말을 받아 비꼬며, 민수의 목을 더 졸랐다.

"쥐어짜 봐야 똥물만 나올 거요. 물론 문광스님과 예산에도 일을 저질렀겠군."

민수는 궁금했다. 그래서 기연가미연가해서 에둘러 물은 것이다.

"……여자처럼 이야기를 바르게 했으면 그런 일이 없지."

"그럼, 문광스님을……. 정말인가?"

비통함과 섬뜩함이 동시에 민수의 가슴을 때렸다. 죽일 놈들……

"그러니 당신도 각오해야 할걸. 경찰 앞에 간다고 당장에 우리 혐의가 입증되는 것도 아니고……. 우리를 피해 숨을 곳은 없어……. 후후후 숨는 게 가능할 것 같아?"

"진짜 죽일 놈들이군."

민수는 죄책감은 아닐지라도 자신과 연관된 일이라는 사실이 원망스러웠고 문광과 그의 아내 얼굴 그리고 암자와 방에서 보았던 소담한 물건들이 순간 떠올랐다.

"허, 이제 말을 막 하는군. 어디 달아나 보시던가. 우린 찾아내는 데는 귀신들이니까, 무덤 속이라도 우린 들어가! 알아!"

배가 선착장에 닿을 때까지 싸움꾼은 말을 마구 쏟아냈다. 싸움꾼도 내심은 긴장한 모양이었다. 쉬지 않고 말하는 게 그랬다.

"어째 경찰서로 갈 건가? 아니면 그냥 조용한 곳에서 이야기할 건가?"

민수는 일단 경찰 앞에 가는 것이 당장으로썬 옳을 것 같아 선장에게 도움을 청해 인근의 지구대로 향했다. 결국, 민수의 생각대로 되고 있었다. 하지만 혼자 업무를 보던 순경은 수배자 명단이나 특이한 사항이 없다는 조회 결과를 말해 주었다. 단지 인적 사항을 적어놓고 가라는 게 전부였다. 살인사건이라는 말이 나왔지만, 이같이 처리된 일에 민수는 의아할 뿐이었다. 치안이라는 게 너무도 허술하다는 생각이 들었다. 자연스레 신변 보호 요청도 절차를 따지는 통에 거의 묵살되다시피 했다. 다만 그들에겐 혐의가 없다는 것과 민수의 거주지가 밀양인 것만 드러났을 뿐이었다. 그리고 결국 셋은 훈방 수준의 조치만 받고 지구대에서 나오고 말았다. 단지 시간만 좀 벌었을 뿐이었다. 그것도 아무 의미도 없는 시간이었다.

그런 민수는 아까부터 지구대에서 나간다면, 이들을 어떻게 따돌릴 수 있을까를 내내 고심했다. 신변 보호 요청은 묵살되었지만, 원한다면 지구대에 그냥 있으라고 했지만, 지구대에 남아 있다고 저들이 떠날 그런 인간들이 아닐 것은 자명했기 때문에 민수는 무작정 달아나는 길밖엔 달리 방법이 없다는 생각에 그냥 나온 것이다. 민수는 지구대로 오면서 봐 났던 길을 머리에 그렸다. 골목을 돌아 헤매게 한 뒤 버스 정류장 뒤쪽으로 늘어선 택시를 잡아타는 방법이 지금으로선 최선으로 보였다. 저들이 택시 타는 모습을 보지 못한다면 탈주는 성공하는 셈이었다. 애꾸눈은 민수의 의도를 간파했는지 시종일관 민수에게서 시선을 거두지 않았다. 지구대 밖은 어스름이 벌써 깔려있었다.

애꾸눈이 지구대를 나오면서 화장실로 들어갔고 대신 싸움꾼이 민수를 감시했다. 지구대 입구 난간엔 장미가 흐드러지게 피어 고개를 가누지 못한 채 힘겨워하는 모습이 꼭 자신을 닮아 있는 것 같아 숨이 더 차올랐다. 화단 입구에서 싸움꾼이 참았던 담배를 꺼내 물고는 불을 붙였다. 담배에 불이 잘 붙지 않는지 애를 썼다. 아까 바다에 빠진 탓에 라이터가 젖은 모양이었다. 무슨 생각에서인지 싸움꾼이 느닷없이 지구대 안으로 들어갔다. 아마도 불을 빌리려 들어가는 것이리라! 지구대에 라이터가 있나? 민수는 앞뒤 보지 않고 내달렸다. 선착장 인근이라 그런지 택시가 보이는 곳은 한참 거리에 있는 버스 정류장 가까이에 있었다. 돌아다니는 차만 있어도……. 봐두었던 첫 번째 골목까지 가서 뒤를 돌아보았다. 애꾸눈과 싸움꾼이 막 지구대를 나오고 있었다. 멀리 도망가는 민수를 발견했는지 사력을 다해 달려오는 것을 보고 민수는 골목으로 들어섰다. 골목은 보기보다 미로처럼 얽혀 있었지만. 혹여 두 사람이 흩어져 찾아든다면, 어쩌면 쉽게 잡힐 수도 있겠다 싶었다. 민수는 계속 달리면서 골목을 돌고 돌았다. 막다른 골목만 아니면 그들이 쉽게 민수를 잡을 수 없을 것 같았다.

하지만 다음 골목을 돌자 아뿔싸! 텃밭이 길을 막고 막다른 곳임을 말해 주고 있었다. 가슴 속에서 쿵쿵 소리가 나는 것 같았다. 아내와 자신을 가로막던 그 벌레와 곤충들이 저들을 막아 준다면 오죽이나 좋을까 하는 객쩍은 생각이 이 상황에서도 났다. 민수는 막다른 골목 안에서 사력을 다해 2미터 남짓한 왼쪽 벽을 기어올랐다. 다행히 담장 너머엔 개나 사람이 없었다. 민수는 조심스럽게 옥상으로 재빠르게 올라 상황을 가늠해 보기로 했다. 잠시 후 옥상 바닥에 바싹 엎드린 민수 귀에 두 사내의 거친 숨소리와 함께 둘이 주거니 받거니 욕하는 게 들렸다. 애꾸눈의 날카로운 목소리는 골목길을 베어내고 있었다. 애꾸눈은 싸움꾼에게 큰길로 나가 대기하라고 했다. 그리고 자신은 다시 골목을 훑을 거라고 했다. 민수는 옥상에서 자신의 위치가 버스정류장 근처라는 걸 확인했다. 큰길에는 싸움꾼이 나가 있기에 택시를 타는 것은 용이하지 않다고 판단했다. 그렇다고 마냥 이곳에 있을 수만은 없었다. 긴장은 되었지만, 머리는 빠르게 돌아갔다. 일단 좀 더 어두워지기를 기다릴 수밖에 없을 것 같았다.

어둠은 쉽게 내려앉았다. 십 분이 지난 것 같은데 옥상에서 바라다보이는 항구는 이미 어스레한 땅거미를 물리고 어둠 속으로 달음질치고 있었다. 간간이 켜진 건물의 불빛은 바닷물 위로 길게 늘어져 가늘

게 떨고 있었다. 민수는 옥상을 내려와 담을 넘지 않고 좁은 마당을 지나 대문으로 향했다. 대문은 안으로 잠겨 있었다. 다행히 집주인은 아직 돌아오지 않은 모양이었다. 현관으로 올라가는 입구 양옆에 풍란으로 보이는 난들이 화분에서 잘 자라 길게 줄을 잇고서 현관문 앞까지 이어져 있었다. 아마도 섬에서 캐낸 난일 테였다.

민수는 난을 보다 순간 시계를 들여다보았다. 배편이 이제 막 끊길 시간이었다. 저들 몰래 마지막 배를 탄다면 일은 훨씬 수월하게 끝날 것 같았다. 순간 아직 승선하지 않은 사람을 재촉하는 안내 방송의 갈갈한 소리가 스피커를 통해 어둠을 뚫고 민수의 귀에까지 들렸다. 극한에 내몰린 민수에게 희소식이 아닐 수 없었다. 마치 민수를 위해 하는 말 같았다. 조심스럽게 대문을 열고 밖의 상황을 가늠해 보았다. 인기척은 여전히 없었고 밤은 깊어만 가고 있었다. 집 앞의 골목을 지나 오른쪽으로 조금 가면 큰길이 나오고 거긴 싸움꾼이 있을 거였다. 민수는 옥상에서 자신의 위치를 정확하게 파악한 탓에 마음의 여유가 조금 있었다. 역시 민수의 예상대로 싸움꾼은 담배를 입에 문 채 작은 슈퍼 앞을 어슬렁거렸다. 잠깐이라도 돌아서기만 해도 빠져나갈 수 있을 것 같은데 여전히 이쪽을 바라보며 어슬렁거렸다. 민수는 서서히 애가 탔다. 언제 애꾸눈이 뒤에 나타날 줄 모르는 상황인 데다 싸움꾼은 여전히 이쪽에 시선을 박고는 움직이지 않았기 때문이었다. 이때 싸움꾼이 왼쪽으로 고개를 돌려 뭔가 이야기를 주고받는 것 같았다. 아마도 작은 슈퍼 옆으로 난 골목에서 애꾸눈이 싸움꾼에게 말하는 게 분명했다. 싸움꾼의 손짓은 민수가 있는 반대쪽을 가리켰다.

짐작건대 애꾸눈이 싸움꾼에게 다른 쪽을 말하는 듯했고, 자신은 이쪽을 찾아보겠다는 뜻일 것 같았다.

민수는 이 순간을 절호의 기회라고 생각했다. 싸움꾼이 몸을 돌려 반대편으로 가는 순간을 기다렸다. 그 순간이 오자 민수는 기다렸다는 듯이 한 걸음으로 선착장을 향해 내달았다. 배가 서서히 선착장을 빠져나가는 것 같았다. 선착장에 다다를 때쯤 배는 민수가 간신히 뛰어오를 만큼 거리를 하고 있었다. 민수를 보았는지 아니면 배를 타려고 달려온 사람을 봤는지 배가 속도를 멈추더니 다시 약간 앞으로 전진해왔다.

"저! 잠깐만! 조심…… 타시오."

민수는 뒷골이 서늘했다. 다시 추격전이 벌어질까 앞이 캄캄해지는 순간이었다. 그러나 다행히 그런 일은 일어나지 않았다.

배는 같은 배였지만 선장은 바뀌어 있었다. 키가 작고 나이 든 조수가 배에 오른 민수에게 승선표가 있는지 물었다. 없다고 하자 현금을 달라했다. 승선한 사람들은 낮과 달리 고금도의 주민으로 귀가하는 이들이었다. 우여곡절 끝에 고금도 주민을 이렇게 보게 되었다. 하지만 하나같이 늙은이였다. 배가 선착장을 떠나자 오늘의 일도, 두 사내와의 추격전도 멀어져 가는 것 같았다. 일순 긴장이 풀려 전신이 나른해져 왔다. 목이 타는 것을 잊고 있었다. 배는 그렇게 두 사내를 육지에 두고 어둠 속으로 사라져 들어갔다. 다시 고금도로 향하고 있는 거였다. 고금도는 그렇게 민수를 붙들고 있었다.

내분

　고금도에서 전해온 두 사내의 말은 마 위원의 심기를 극에 달할 만큼 불편하게 만들어 놓았다. 그뿐 아니었다. 성과가 없다는 이유로 계약을 파기할 수밖에 없다는 마 위원의 극단적인 선언은 두 사내까지 짐승으로 만들어 놓았다. 더욱이 도굴한 물건값마저 제대로 지불 못한다는 말은 그들의 마음에 불을 질러 놓았던 것이다. 그렇다고 그들은 함부로 할 순 없었다. 마 위원과 그동안 해왔던 거래가 끊긴다면 이 바닥에서 일할 수 없는 것은 당연했고, 혹여 도굴한 작물을 쉽게 처분할 수도 없었기 때문이었다. 그것을 잘 아는 그들은 좋든 싫든 여하간 마 위원의 말을 따를 수밖에 없었다.

　마성주는 박 위원을 만나기로 한 시간에 맞춰 울도로 향했다. 마성주는 박 위원를 만나지만, 결론은 이미 결정해 놓고 있었다. 전시되고 있는 부작란을 전시장에서 내리는 일이었다. 물론 박 위원은 펄쩍 뛸 거였다. 하지만 그건 박 위원의 몸부림일 뿐이다. 다만 만나는 것은 예우차원의 논의일 뿐이었다. 사실 이번 만남의 진짜 이유는 이상구의 죽음에 관한 박 위원의 심중을 알아보려는 의도였다. 이상구가 피살되고 난 후 박 위원의 태도가 마음에 걸렸었다. 최근엔 박 위원이 자신을 피하는 것도 같았다. 이번 만남에서 분명히 해 두어야 할 일이 있었다.

마성주가 먼저 도착했다. 약속 시각 십 분이 지나서 박상회가 도착했다. 손을 내미는 몸짓이나 박상회의 표정에서 뭔가 떨떠름한 느낌을 지울 수 없었다.

"작품 떼야겠어요."

마성주는 박상회의 얼굴을 빤히 들여다보며 단도직입 단언하듯 말했다.

"무슨 말인가? 지금 와서!"

"작가들 사이의 분위기가 안 좋아요."

"그건 예상했던 일이 아닌가?"

박상회는 아직도 모르고 있는 게 분명했다. 일단은 문제가 하나 줄어든 것 같았다. 마음이 한결 가벼워진 마성주는 빤히 들여다보던 시선을 거두며, 자리를 고쳐 앉으면서 헛기침을 했다.

"하지만 예감이 좋지 않습니다."

"예감이라니? 누가 드러내놓고 나섰다는 말이에요?"

"아직 그렇게 까진 않지만……. 아마도 문제가 될 것 같습니다."

"난 금시초문인데, 도대체 현장에 무슨 일이 벌어지고 있는 거요?"

마성주는 박상회의 질문이 이상구와 관계가 있는지를 우회적으로 묻는다는 걸 알았다.

"말씀드렸다시피 현장에선 이렇다 할 일은 아직 일어나지 않습니다. 다만 여론이 안 좋은 쪽으로 기울고 있는 것 같아서요."

마성주는 에두른 말로 박상회의 속내를 까발리려 자꾸만 애매한 말로 일관했다.

"여론이라……. 만약 내린다면 그다음엔 어쩌려고 그러는가?"

이 자는 무슨 생각으로 사는 건지……. 전에 없던 답답하고 한심한 생각이 들었다.

"잠시 묵혀 두는 거죠."

"묵혀둔다? 이미 부작란에 관한 내용이 기사화되어 아는 사람은 다 알고, 거기다 학계에서도 적잖이 관심을 두는 작품을 그렇게 쉽게 내린단 말인가? 도대체 왜 그래, 마 위원?"

"할 수 없습니다. 책임은 제가 지죠."

"아니, 책임지고 안 지고의 문제가 아니잖아! 역연! 그럴 거였으면, 처음부터 아예 혼자 할 일이지……. 왜 지금 와서 이 난린가? 내 입장은 뭐며, 앞으로 신뢰도에 대한 이미지는 어쩔 셈인가?"

"작품이 위작이라는 그런 일은 없을 겁니다. 단지 지금은 내려야 할 것 같아서 그렇습니다. 뒷날을 위해서요."

"역연, 정 그렇다면 혼자 알아서 하시게. 난 이만 빠지겠네. 골치 아파서 원. 여하튼 내게 해만 없도록 해 주게. 도대체 무슨 이윤지 모르겠군."

마성주는 자신 의도대로 된 것에 속으로 쾌재를 질렀다. 마성주는 이왕에 이렇게 된 이상 박 위원과 연을 끊기로 마음먹었다. 다소 느닷없는 일이긴 해도 상황이 상황인 만큼 무리는 없는 일이었다.

"이 위원도 없는 상황에서 저희의 입지가 약합니다. 모임을 해체해서 이후를 도모하는 건 어떻겠습니까?"

"그러고 보니, 마 위원이 작정을 한 듯 하이."

"그럴 리가 있겠습니까."

"난 그렇게 보이네……. 이 위원의 일도 그렇고, 사실 참고인으로 조사받으면서 이 위원이 그렇게 간 것이 아무래도 석연치 않은 부분이 너무 많다고 느꼈네."

"그게 무슨 뜻입니까?"

"아니 뭐, 꼭……. 그때 역연이 내게 전화를 하지 않았는가, 이 위원이 좀 이상하다고."

이 영감쟁이가 지금 무슨 말을 하는 것인가!

"그게 무슨 잘못이라도 있는 겁니까? 경찰서에서 무슨 말을 했습니까?"

"무슨 말을 하긴, 그냥 나는 잘 모른다는 말만 했을 뿐이네. 사실이 그렇고……."

"박 선배님. 분명히 말씀하세요. 제가 이 위원의 죽음과 무슨 관련이 있다는 겁니까? 뭡니까? 지금."

"아니, 누가 역연 보고 이 위원과 관련이 있다고 했나?"

"그렇지 않고요. 지금 말씀하는 뜻이 그렇지 않습니까!"

"그건 오해네. 다만 우리 셋과 연관이 있을 것 같다는 생각이 들어서……."

"그게 그거 아닙니까? 박 선배님과 상관이 없다면 당연히 저랑 상관이 있다는 이야기가 아니냐고요."

"이 사람, 진정하게. 난 그런 뜻으로 말한 것이 아니네. 알잖은가!"

"여하튼 섭섭합니다."

"그게 아니라고 하지 않는가!"

"사실 그날 이 위원이 저를 찾아와 돈을 빌려달라는 말을 듣고 이상하다는 생각을 했습니다. 아직 수사가 진행되고는 있지만, 저 생각으론 채무 관계로 그렇게 된 것이 분명합니다. 그리고 경찰 앞에서 저희 둘의 진술은 일관되어야 합니다."

박상회는 마성주가 뭔가 숨기고 있다는 의구심이 좀처럼 가라앉지 않았다. 의구심은 점점 의혹으로 바뀌어 가고 있었다. 박상회는 마성주가 모르는 그날 이상구에 관한 이야기를 해야 할지 말아야 할지 순간 고민이 되었다. 하지만 지금 하지 않으면 안 될 같아 조심스럽게 말을 건네며 마성주의 반응을 세밀히 살폈다.

"역연, 사실 그날 역연이 전화하고 난 후 곧바로 이 위원한테서 전화가 왔었네. 전화로 그러더군. 큰일 났다고 말이야. 그래서 내가 물었네. 무슨 일이냐고, 그랬더니 조만간 세 사람이 만나야 할 일이 생겼다며, 그렇게만 일단 알고 있으라는 말만 하고 전화를 끊었네."

마성주의 표정은 흐트러짐이 없었다. 하지만 다년간 사물을 관찰하는 전문가로서 애써 감추려는 표정을 발견하지 못할 박상회가 아니었다. 사실 실력으로 보나 권위적으로 보나 세 사람 중 박상회가 단언 최고였다. 하지만 그놈의 돈이 뭔지 막강한 돈을 배경으로 한 마성주가 자연스럽게 세 중에 리더가 된 것뿐이다. 도굴된 작물을 얼마나 빠르게 처리하는지 두 사람이 감복할 정도였으니, 세 중에 리더가 되는 일은 찜찜했지만, 인정할 수밖에 없었다. 더구나 작물을 통한 수입의 일부도 두 사람의 몫으로 돌아왔으니, 두 사람이 마성주에게 매수되는 건 당연한 일이었다.

"역연이 말한 돈 이야기는 없었다네. 도대체 세 사람이 모여야 하는 큰일이라는 게 뭐라고 생각하는가?"

"글쎄요, 이 위원이 그렇게 이야기했습니까?"

"그러이. 사실 세 사람에게 큰일이라면 당연히 작품 이야기가 아닐까! 라고 생각할 수밖에 없지 않은가."

"그렇게 생각하실 수도 있겠네요. 하지만 작품과는 상관이 없을 겁니다. 사실 작품 때문에 이 위원이 죽어야 할 이유가 없지 않습니까."

"그래서 더욱 답답한 노릇이 아닌가!"

"수사가 진행되고 있으니 조만간 뭔가 나오겠죠."

"여하튼 역연과 이렇게 각을 세워 좀 그러네. 다 잊고 일단 나는 그렇게 알고 있겠네. 이번 건은 역연이 알아서 잘해주시게. 난 빠지겠네."

"그렇게 하죠. 믿고 맡겨주세요."

마성주는 혹을 떼려다 혹을 붙인 격이 되었다. 설마 설마 했던 일이 현실로 드러나 버린 것이다. 그새 참지 못한 이상구가 박 위원에게 이야기한 것이다. 그것도 자신과 헤어지고 난 후 곧바로 한 것이다. 박위원이 전혀 모를 거라는 마성주의 생각은 혼자만의 착각이었다. 하지만 마성주는 확신할 수 있었다. 같은 배를 탄 이상 박상회가 다른 생각은 하지 못하리라는 것을. 더구나 돈으로 엮여 있는 관계여서 마성주의 그런 확신은 틀리지 않았다.

문제는 작품을 내리고 난 후 따를 후속 일이었다. 해명해야 할 일이 큰 문제로 남은 것이다. 하지만 마성주는 부작란의 놀음에서 박상회를 떼는 데 성공한 것이다. 진품이 자기 수중으로 들어온다 해도 박상회는 부작란과 영영 멀어져 있는 사람이 될 거였다.

마성주는 진품을 손에 넣게 된다면, 세상에 내놓지 않으려 처음엔 그렇게 생각했었다. 그러기에 위작인 부작란을 그대로 걸고 가려고 했었다. 하지만 그렇게 되면 진품은 영영 세상에 빛을 보지 못하고 묻혀버리고 말 거였다. 그것은 아무 소용없는 짓이 아닐 수 없었다. 진주를 땅에 묻어 두는 격이나 다를 것이 없는 일이었다. 그토록 소망했던, 그래서 위작까지 주도하며 그렸던 그 실체의 진품이 수중에 들어왔는데, 영영 묵힌다는 것은 결코 안 될 말이었다. 그건 자신에게도 별 의미 없는 일이 아닐 수 없었다. 돈도 돈이지만, 당대 최고의 작품과 함께 영광을 누리고 싶었기 때문이었다. 여하튼 지금으로선 지금의 위작을 하루라도 빨리 내려 그 파장을 최대한 적게 해야 할 일이 급선무였다.

마성주는 앞으로 전개될 모든 경우와 박상회의 변수를 여러 각도로 생각해 보았다. 역시 한배를 탄 운명공동체라는 사실을 확신할 수 있었다. 사실 마성주는 박상회를 때에 따라선 없애려 했다. 하지만 이상구가 피살된 상황에 경찰이 냄새 맡을 것은 자명했기 때문에 지금 상태를 유지하는 게 현명한 일이라고 마성주는 판단했었다.

마성주는 박상회와 헤어지고 난 후 집으로 돌아오는 길에 전시장에서 작품을 내리는 가장 적절한 시기를 타진해 보았다. 순간 그 방법만이 최선이라는 생각이 마주 오는 차의 전조등 빛에 부딪혀 번뜩였다. 그 방법은 마성주 뇌리에 선명히 박혔다.

다시 만나다

민수는 칠흑같이 깜깜한 섬에 내렸다. 주민들은 드문드문 밝히고 있는 외등을 의지해서 잘도 사라져 갔다. 늙었지만, 주민은 주민이었다. 낮의 섬과 밤의 섬은 달랐다. 모든 것이 달랐다. 바람도 기온도 땅에서 올라오는 냄새도 섬을 둘러싸고 있는 바다의 냄새도 달랐다. 거기다 섬 자체에서 풍기는 스산한 기운은 으스스할 만큼 차갑게 민수를 엄습했다. 아침 일찍 육지로 출항해야 하는 선장의 숙소에서 간신히 밤을 나게 되었다. 민수의 부탁을 들어준 덕분이었다. 고맙고 감사했다. 민수의 상황을 아는 선장이 아니어서 낮의 상황을 다시 설명해야 하는 번거로움도 있었지만, 밤을 날 수 있는 고마움에 비하면 아무것도 아니었다.

선장은 낮에 본 선장과는 달리 조금은 더 나이가 들어 있었다. 민수가 고금도를 찾은 이유를 듣고 선장은 고금도에 관한 이야기를 들려주었다. 선장은 고금도에 전해 내려오는 이야기를 구성지게 정리하고 있었다. 고금도를 찾는 타지 사람들에게 운항하는 동안 들려주어야 했던 탓에 이야기를 꿰고 있다고 했다. 하지만 최근부터 회사 방침에 따라 안내 방송을 하지 않는다고 했다. 이유는 소음이라고 제기한 민원 때문이라고 했다.

선장은 추사 선생의 유배지에 관한 이야기라든가 전해오는 일화와 유적지에 관한 소소한 것들까지 상세히 알고 있었다. 그리고 민수가 궁금해하는 난에 관한 이야기도 해주었다. 선장의 이야기로는 처음 고금도엔 풍란이 많이 자생했지만, 지금은 너무 많이 캐낸 탓에 점점 희귀한 난이 되었다고 했다. 섬을 덮을 만큼 많았을 때는 추사 선생의 유배 시절이었다는 전해 내려오는 이야기도 들려주었다.

특히 유배지 생가에 걸려있는 묵란은 추사 선생이 이곳을 떠나면서 남겼다는 말이 있지만, 그 작품이 추사 선생이 직접 그린 진품인지는 감정하는 사람마다 이견이 있어 아직까지 정확하게 정해진 것은 없다고 했다.

비록 가품이라 하더라도 감정하는 사람마다 이견이 있을 정도면 여하튼 소유하려고 나설 사람이 많을 것인데, 생가에 아직 걸려있다는 선장의 말은 의아했다. 더군다나 생가를 지키는 사람이나 문화재로 지정된 곳도 아니라는 상황에선 더욱 그랬다.

선착장과 가까이 있는 숙소여서 잔잔한 파도 소리가 규칙적으로 들려왔다. 후덥지근한 해풍이 파도 소리가 들릴 때마다 방충망을 밀고 들어왔다. 하지만 밤이라 그런지 그다지 덥지는 않았다. 창밖으로 외등이 약간 기울어진 채 희미한 빛을 간신히 내고 있었다. 날벌레들이 흐릿한 불빛 아래로 기를 쓰고 달려드는 모습이 꼭 자신과 닮은 모습이었다. 문득 홀로라는 사실이 떠올라 단박 눈을 감아버렸다.

꿈속의 아내는 여전히 손에 난을 들고 있다. 그때의 난과 같았다. 아내는 자신이 들고 있는 난이 부작란이라고 한다. 입은 다물었지만 그렇게 들려준다. 아내가 얼굴을 가까이 들이민다. 민수가 '헉'하고 놀라 뒤로 물러나지만, 아내는 여전히 얼굴을 들이민다. 아내 얼굴이 퍼렇다. 독 때문이다. 난의 독 때문이다. 아내는 손에 들고 있던 난을 던지지만, 난은 자꾸만 손 위로 생겨난다. 지친 아내는 이내 자포자기한다. 그리고 다시 난을 입으로 가져간다. 난이 풀풀 살아난다. 먹을수록 살아난다. 딸아이가 달려가 엄마의 손에서 난을 뺏어 바닥으로 던진다. 난은 바닥에서 퍼져 간다. 사방으로 퍼져 간다. 난은 아내와 딸아이를 또다시 감싼다. 둘은 망연자실 민수를 바라다본다. 난이 춤을 춘다. 이제 둘은 난을 따라 춤을 추지 않는다. 다만 민수만을 물끄러미 바라다볼 뿐이다. 난 잎 하나가 허공을 가른다. 아내와 딸아이와 민수의 목까지 단번에 쳐낸다. 난이 울분을 토한다. 천지가 떤다. 하지만 민수는 떨어져 가는 자신의 목을 제자리에 돌려놓는다. 아내와 딸아이는 미친 듯 웃고 있다. 그런데 둘의 목은 그대로 붙어있다. 순간 아내의 얼굴이 문광의 아내로, 예산의 여인으로 바뀌었다.

악몽이었다. 온몸이 땀으로 범벅된 민수는 알람 소리에 자리에서 일어나 아침이 열리고 있는 섬나라의 미명을 창을 통해 물끄러미 확인했다. 어젯밤의 섬은 온데간데없고 여전히 평범한 섬이 바다 위에 떠 있었다. 지독한 허기가 찾아들었다.

"여보, 미안해. 그리고 은혜야……."
추사의 유적지는 초라하기 이럴 데 없었다. 간신히 흔적만 유지한 채 자리를 지키고 있었다. 쇠락한 모습에 민수의 마음마저 어쩐지 서글펐다. 먹에 혼을 불어넣을 수 있는 사람의 일대기가 초라하게 사라져 가는 모습에 망연하기까지 했다. 발길이 끊긴 지 오래된, 사람의 흔적이라고는 찾을 수 없는 곳, 태곳적 쇠락함이란 바로 이런 게 아닐까? 라고 느껴지는 곳이었다.

그때는 더 했을 듯……. 추사 선생의 이곳 삶은 어땠을까! 홀로 무슨 생각을 하며 살았을까? 모든 것이 하나라는 깨달음도 이곳에서 비롯된 것일까? 슬픔도 기쁨도 하나. 외로움도 풍족함도 하나. 삶과 죽음도 하나라는 그 깨달음…….

선장이 일러준 대로 기울어져 가는 초가엔 덩그러니 한 점 작품만이 걸려있었다. 누군가 일부러 열어둔 것인지, 그냥 자연스레 열린 것인지 활짝 열린 방문 안으로 작품이 정면으로 보였다. 정말이지 이렇게 허술한 곳에서 작품이 도난되지 않고 있다는 게 믿기지 않았다. 진위야 어떻든 이곳에 걸린 것만 해도 충분히 뭇사람의 손이 탈 만도 했지만, 작품은 세월의 흔적을 입고 저곳, 저 자리를 지키고 있었다.

"추사 선생께서 직접 지키시나……."

진위는 모른다지만, 민수가 보기에는 당장은 추사의 작품으로 보였다. 부작란처럼 난의 잎사귀에서 먹 냄새가 풍기는 것 같았다. 이곳 작품도 난 주위에 다른 것은 없었다. 이하응의 석란처럼 그 흔한 돌 하나 바위 하나 없었다. 왜 저렇게 그린 것일까! 저 난도 선생의 마음일까! 그래서 구차하게 다른 것들을 없앤 것일까! 바위나 돌을 넣어 난과 하나 되게 왜 하지 않았을까! 그랬으면 구성지게 보일 것인데…….

방바닥은 세월의 무상함을 보여주듯 누렇게 떠 무겁게 드리워 있었다. 정말이지 문은 왜 열려 있을까? 민수는 고개를 돌려 초가의 주위를 새삼 휘 둘러 보았다. 아무도 없었다. 물론 이곳에 올 때까지, 사람을 보지 못했으니 당연한 일이기도 하고, 선장도 이곳에 사람이 드나

든다고 하지 않았다. 그렇다면 인기척이 없는 것은 자명했다. 하지만 아무리 태곳적 느낌이라도 민수가 느끼기에 집터 어딘가 사람의 손길이 느껴졌다. 순간 왜 그런지 으스스한 느낌이 들었다.

초가 주위로 널브러진 밭에는 온갖 푸성귀와 잡풀들이 이미 터를 잡고 나름의 군락를 형성하고 있었고, 한참 뒤로 후박나무와 노송 그리고 자작나무가 뒤엉켜 바닷바람을 막고 병풍처럼 서 있었다.

"당장 사람은 없다지만, 나무라도 저렇게 추사의 혼을 지키려 하는구나……."

왔던 길로 눈을 돌리자, 추사의 유배지였다는 팻말이 민수의 눈에 들어왔다. 조금 전까지 보지 못한 팻말이었다. 흔적만 남은 사립문 한쪽 안으로 세월의 흔적을 이고 낮은 말뚝에 삐딱하게 간당간당 걸려 있었다.

"그래도 한 번씩 오는 사람이 있다는 말인데……."

"험!"

민수는 깜짝 놀라 소리 나는 왼쪽 모퉁이 쪽으로 고개를 돌렸다. 나이 든 노파가 꾸부정하게 서 있었다. 민수는 놀란 표정을 애써 감췄지만, 쉽게 되지 않았다.

"젊은 양반이……. 놀랬나벼."

"아니, 여긴 어떻게……."

"그래도 하루에 한 번은 오는 곳이제. 내라도 와야 그나마 있는 초가라도 지키지라."

노파는 두건을 하고 있었다. 얼핏 봐선 나이를 가늠하기 어려울 만큼 정정해 보였다.

"이곳 관리자세요?"

"관리자는 뭐신. 마 여서사니 소일거리 삼아 와 보는 거지."

"아무도 없네요?"

"누가 이 외진 곳에 온다요. 내라도 안 오것소."

"그래도 추사 선생께서 계셨던 곳인데……."

"나라님이라도 챙겨주믄 쓰것소……."

민수는 노파의 넋두리에서 이곳의 상황을 읽을 수 있었다.

"할머니는 이 근처에 사시나 봅니다?"

"잉. 요 밑 언덕배기 돌아가면 바로 집이제. 몇 가우 살제. 글잖아도 올라는디 젊은 양반이 올라가는 걸 보고 나물이랑 좀 해서 올라왔지라."

"나물을요?"

"그라믄 점심인디 오디서 밥을 먹었슬라고……."

"그렇긴 합니다만. 이렇게까지……."

"그라도 요긴 아직 인심이 후한 곳인께 싸게 한술 뜨고 가시오."

민수는 마루에 작은 상을 가운데 두고 노파와 마주 앉았다. 병풍을 이룬 나무들만 없다면 망망대해가 멀리 바라다보일 것 같았다. 끝도 없는 바다가 멀리 하늘에 닿아있을 거였다. 아마도 추사는 여기 앉아서 수평선을 늘 보았을 터.

"요래 마주 안자 밥 묵어 본 게 올매 만인가……."

"가족은 없으세요? 혼자 사시나 봐요?"

"그러제, 이래 살다가 자는 잠에 훠이 가는 거지라."

"……여기서 오래 사셨습니까?"

"아녀, 온 천지를 싸돌다. 얼매 안 돼서라."

노파의 말은 의뭉한 추사의 생가 못지않게 미궁이었다.

"육지에 자녀분들은 없습니까?"

"있지만 연을 끊고 산지가 한참 됐지라. 어여 밥이나 싸게 잡사 봐."

노파의 말 속에서 고달픈 삶이 느껴졌다. 외로움, 남겨짐, 그리고 버려짐의 아픔을 누구보다 잘 아는 민수였기에 노파의 힘겨운 삶이 쉽게 공감되었다.

"가뭄에 콩 나듯기 사람이 오긴 허는디 올라믄 아직 한참 멀었어라."

"자제분?"

"예산서 사람이 오제. 애허구 같이 한 번썩 와서 요길 훑어보구 그라고 가제."

"혹시, 예산이라면 추사 선생의 생가를 관리하는 여자를 말씀하시는 건가요?"

"그러지라. 예산서도 선상의 생가를 지키제."

노파의 말에 민수의 가슴이 느닷 콩딱 뛰었다.

"그렇군요."

"왜? 애 어메를 아야?"

"잘은 모르지만 알 것 같습니다만."

"그기 뭔 소리라요? 알믄 알고 모르면 모르제……."

"아직 확실치가 않아서요."

민수는 노파가 만든 서너 가지 나물로 배를 채웠다. 사실 몇 끼를 굶은 탓에 현기증까지 일었던 상황에 뜻하지 않은 식사는 여간 고마운 일이 아니었다.

"그란디. 요긴 먼 볼 일이라도 있다요? 일부러 온 것이오?"

"아. 그게……. 추사 선생님에 관해 공부를 좀 하고 있는 사람입니다."

"요기 뭐 볼 게 있다고 그라요?"

"그래도 많은 걸 느낀 것 같습니다."

"그라제, 딴 건 몰러도 요긴 추사 선상의 혼이 깃든 곳이니께."

"……."

"사실 요긴 선상에 대혀 맴이 있다며 찾는 이가 종종 있긴 혀. 그란디 스산허다구 금방 가번저."

"그런가요."

"난 꾼들도 왔다가 요긴 그냥 가번저. 암튼, 젊은 양반은 보니께 딴 사람들허군 달라 보이구먼."

"그런가요……."

민수는 의미 없는 웃음을 흘렸다. 민수의 웃음소리는 순간 육지의 상황을 떠올리게 했다. 넉넉잡고 하루 더 섬에 있는 게 여러모로 보나 안전할 것 같았지만, 당장에 기거할 곳이 없었다. 하는 수 없이 마지막 배라도 타고 나가야 할 듯했다.

"이곳 주위에도 난이 있는 곳이 있나요?"

"예전엔 많았제. 그란디 요샌 보기가 힘들어야. 난 꾼들이 발길을 뚝 끊은 걸 보믄."

"그렇군요."

"예전엔 저 짝이 온통 다 난 천지였제."

노파는 밥숟갈을 놓으며 등을 돌려 야트막한 언덕배기 쪽을 가리켰다. 노파가 가르친 곳은 병풍처럼 막고 선 나무 앞쪽쯤이었다. 한눈에 봐도 난이 자생하기 좋은 곳으로 보였다. 바닷바람을 막고선 나무들이 그것을 말해 주었다.

"젊은 양반도 난에 맴이 있나 보시."

"아니, 전 그렇지 않습니다. 그런데 참, 이곳에 하루 정도 혹 묵을 때가 없습니까?"

"지당 없제. 배가 떨어지기 전에 나가봐야제."

"아, 네……. 그리고 참, 오늘 잘 먹었습니다. 감사합니다."

"덕분에 나까지 잘 먹었어라."

아무리 봐도 노파의 나이를 가늠하기 어려워 보였다. 분명 나이 든 노파인데 이상할 만큼 정정한 모습은 민수를 당황스럽게까지 했다.

"외람된 말씀인데 올해 연세가?"

"그건 왜 물우?"

"아니 별일은 아니고 정정하시고 해서요."

"보기보단 많이 묵었어라. 내년이면 여든이라야. 팔십."

"와, 정정하십니다."

"늙은이가 넘 짱짱해도 흉인디. 갈 때 되면 가야제."

"그래도 장수하시면 좋죠."

"모르는 소리 허지 마시오. 새끼들도 나 몰라라 허는 늙은 년이 뭐 볼 것이 있다고……."

"그러기야 하겠습니까."

"암튼 난 내려가야 쓰것네. 공부 잘허고 가드라고."

"네. 감사합니다."

노파는 민수를 뒤로하고 뒤뚱거리듯 걸어 숲속으로 사라졌다. 그쪽으로 길이 나 있는 것 같았다. 노파가 돌아가고 난 후 민수는 노파가 했던 말이 떠올라 또 한 번 으스스함을 느꼈다.

"추사 선생의 혼이 머무는 곳이기도 하겠지……."

기이한 일이긴 해도 어쩌면 정말 그럴 줄도 모를 일이었다. 분명하지 않지만, 추사의 혼은 살아있다고 예산의 여자도 그랬고, 문광도 언뜻 그렇게 말한 것 같았다. 새삼 느끼는 것이지만 김정희와 관계된 사람들은 어딘가 생기가 있어 보였고 젊었다는 생각이 들었다. 예산의 여인도, 지리산의 문광도 그랬다. 더구나 방금 노파는 더 그랬다. 민수는 노인이 가리킨 쪽으로 걸음을 옮겼다. 느닷 매미들이 죽어라 애달아했다. 지금까지 울지 않던 매미들이 마치 기다렸다는 듯……. 마치 한꺼번에 깨어난 것처럼……. 다시 으스스함이 더해왔다. 어딘가가 이상했다.

"짝을 찾으려 저렇게 난리를 피우는 것이지. 그래 하나가 되기 위해서……."

민수는 겸연쩍은 말로 으스스함을 좇으려 중얼거렸다. 하지만 으스스함은 좀 채 가시지 않았다.

푹푹 찌는 듯한 열기가 바닥에서도 뿜어져 나오는지 걷고 있는 민수의 몸을 아래위로 달궜다. 위로 작렬하는 오후의 태양, 그리고 복사열로 인한 땅의 열기를 누가 감히 견뎌내랴! 하지만 바다 한복판에 있는 섬의 기온이 민수로서는 의아할 뿐이었다.

　노파가 가리킨 곳엔 말 그대로 난은 없었다. 대신에 이름 모를 풀들이 군락을 이루어 언덕을 덮고 있었다. 간간이 난으로 보이는 여로가 난의 서러움을 대신하고 있는 듯했다. 묘하게 자줏빛을 머금은 갈색의 꽃술이 매혹적이었다. 꽃에 독이 있다는 것을 어떻게 알았는지 사람의 손이 외면한 탓에 여로는 야생과 하나가 되어 의기양양 하늘과 마주하고 있었다.

　"너는 하늘과 하나 되려고 그렇게 뚫어지게 하늘을 쳐다보고 있는 것이냐? 그냥 가까이 있는 풀들이랑 하나가 되렴……."

　몇 끼를 굶어 너무 허겁지겁 먹은 탓인지 아까부터 뱃속의 아린 느낌이 사그라지지 않고 시간이 흐를수록 점점 더해왔다. 민수는 어지러워 일단 초가로 돌아와 마루에 앉았다. 하지만 어지러움은 더해갔고, 매스꺼움까지 민수를 괴롭혔다. 급기야 늘어지고 말았다. 문득, 매미 소리가 멀어지더니 이내 사라지고 어지러움과 매스꺼움도 사라져갔다. 시간이 얼마나 지났을까! 가물가물한 혼곤함이 민수를 억눌렀다. 사람들의 소리가 들리는가 싶더니 이내 사라졌다가 다시 들렸다가 했다. 어디선가 먹 냄새가 나는 것도 같았다. 비린내가 나는 액체가 입으로 들어왔다. 그리고 목을 타고 내장으로 흘러내리는 것을 느낄 수 있었다. 연신 액체가 입으로 흘러들었다. 딱딱했던 명치가 풀어지면서 전신으로 나른함이 퍼져 가는 것을 느낄 수 있었다. 나른함은 이내 삶의 의욕으로 승화되어 가는 것 같았다. 살아야 한다! 순간 명치로 다시 힘이 모였다. 여기가 꿈인지 아니면 생시인지 알 길이 없었다. 하지만 뭔가를 느끼며 의식하기 시작했다.

아까부터 나던 먹 냄새가 코를 통해 전신으로 퍼져 나간다. 먹 냄새는 이내 전신을 마비시킨다. 하지만 야릇하고 묘한 느낌은 환각으로 바뀌어 영혼과 육신을 빨아들여 가느다란 바람에도 휘이휘이 날아가 버릴 것처럼 깡마른 풀같이 만든다. 실바람과도 같은 야들한 바람이 분다. 몸이 자꾸만 하늘로 날아오르려 한다. 뭐라도 잡아야 할 듯하다. 먹 냄새는 여전히 진동한다. 그럴수록 몸은 날아오른다. 눈앞에 그렇게 골몰했던 난이 보인다. 찢어졌던 낙관이 찢어진 상태 그대로 오롯하게 떠오른다. 아무리 붙이려 해도 붙지 않고 되레 자꾸만 찢어진다. 이러다 난이 완전히 찢어져 버릴 것 같다. 난 잎이 파르르 떤다. 급기야 난 잎을 당장에 끌어안는다. 먹 냄새를 먹었다. 진한 먹 냄새다. 환각이 다시 밀려온다. 인제는 하늘을 훨훨 날고 난다.

난이 뜨겁다. 그럴수록 난을 거세게 잡아챈다. 난의 뜨거움은 전신으로 전이되어 퍼져 나간다. 황홀경이다. 호흡이 거칠어진다. 가빠진다. 결코, 난을 놓지 않으리라……. 하지만 품 안에서 난은 요동친다. 빠져나가려 한다. 누가 난을 잡도록 도와주는 이 어디에도 없다. 오직 혼자만의 힘으로 잡아야 한다. 그런데 사람들이 없는 게 더 좋다. 난을 다시 힘껏 끌어안는다. 그리고 자신의 몸으로 힘껏 누른다. 다신 빠져나가지 못할 것 같다. 그러나 역전된다. 힘이 일순 빠진다. 먹 냄새가 너무 강렬해 기운이 빠진다. 천지가 먹 냄새다. 먹만이 살아 있는 것 같다.

난은 천천히 힘을 얻는다. 그리고 몸에 뿌리를 내린다. 깊숙이 내린다. 힘들 것 없이 난을 잡은 격이다. 난과 하나다. 인제 어디에도 가지 못할 것 같다. 하지만 꼭 그런 것만도 아니다. 여차하면 휑하니 사라져 버릴 것 같은 느낌이 자신 위에서 배회하며 돌아다닌다. 급한 대로 다시 붙잡는다. 하지만 그때뿐이다. 먹 냄새는 그렇게 자신을 늘어지게 한다. 마침내 곧 떠나려 한다. 안 된다. 그럴 순 없다. 결코, 떠나보낼 순 없다. 그래도 어쩔 수 없는 상황이 도래하고 있다. 점점 그 시한이 다가온다. 난이 날아가기 위해 몸을 든다. 자신의 몸에서 서서히 빠져나가기 위해 힘을 쓴다. 다시 힘을 쓰며 휘어지는 난의 잎을 붙들고 난을 향해 뜨거움을 내 뿜는다. 태워서라도 잡아둬야 한다. 난은 탄다. 그리고 자신의 몸 위로 난은 잎을 쏟으며 널브러진다.

다시 입으로 아까 들어왔던 미지근한 물이 들어왔다. 비릿했지만 기운을 차리는 데는 이만한 액체가 없는 듯했다. 몸이 그것을 느꼈다. 이마로 누군가의 따스한 손이 느껴졌다. 기억에 있는 손길이었다.

"선생님! 정신 차려보세요?"
여자의 목소리가 들려왔지만, 힘이 없어 눈을 뜨기조차 어려웠다. 시간이 흐르면서 의식의 힘에 떠밀려 눈이 슬며시 떠졌다. 사물들이 희미하게 어리며 차츰 형태를 갖추더니 두렷한 윤곽을 서서히 드러냈다. 색이 바랜 낮은 천장과 벽을 타고 비스듬히 걸려있는 선반이 눈에 들어왔다. 맑은 아침인가! 흐릿한 미명은 새벽 기운과 함께 작은 방안을 가득 메우고 있었다. 격자 문양의 문은 은은한 색을 머금은 한지로

마감되어 편안한 느낌이 들었다. 그리고 낯설지 않은 여인의 냄새가
났다. 고개를 돌리려다 눈동자를 움직여 옆을 확인했다. 그것이 더 빨
랐고 쉬웠다.

"정신 드세요. 선생님?"

"어, 여길 어떻게……. 그리고 여긴 어딥니까?"

"추사 선생님의 생가예요. 고금도……."

순간 민수는 묘한 느낌에 휩싸였다. 조금 전까지 느꼈던 체온이 여
자의 것임을 알 수 있었다. 몸이 일전에 느낀 똑같은 느낌을 기억해
냈다. 뭐지…….

"꼬박 하루를 보냈어요. 음식을 잘못 드셨나 봐요."

"그래요."

"해독은 어느 정도 되었으니 걱정 안 하셔도 됩니다."

"해독이라고요?"

"나물에 독이 조금 남아 있었나 봐요."

"나물이라면?"

"어제 점심에 드신 나물 말이에요. 요 밑 톳네 할멈이 그러더군요."

"톳네 할멈은 또 누군가요?"

"저 대신 매일같이 여기 오셨다가 가시는 할멈이에요."

"그렇군요. 그 노파를 말씀하는가 보군요."

"어제 급하게 나물 무침 하다 그랬답니다."

"그럼 그 노파……. 할멈은요?"

"할멈은 면역력이 있으신가 봐요. 인제 속은 어때요?"

"괜찮습니다. 그런데 여길 어떻게 알고?"

"말씀드리자면 깁니다. 차차 말씀드리지요."

"참, 아이는?"

"예산 읍내에 두고 왔습니다. 지인이 있습니다."

"……혹, 선착장 인근에 수상해 보이는 자들이 없던가요?"

"만났습니다. 예산에도 왔던 자들이었습니다."

"네."

"그들이 묻더군요. 어딜 가냐고요?"

"그래서요?"

"일 년에 한두 차례 내려오는 곳이라고 했죠. 그랬더니 선생님의 행방을 또 물었죠. 선생님이 여기 없으면 제주도로 갔을 거라고 일렀지요."

"제주도요? 하필 거긴……."

"제주도에 또 다른 추사 선생님의 유배지가 있으니까요. 꽤 오래 계셨던 곳이지요."

"그러고 보니 그러네요. 그래서 그들은 어떻게 되었나요?"

"제주도로 떠났겠죠. 아마도 그럴 겁니다. 부작란을 찾아야만 돈을 받을 수 있다며 결연한 의지를 보였으니까요."

여자의 말은 논리적이면서도 또렷했고 다정다감했다. 하지만 예산에서의 모습과는 조금 다르게 격양되어 있었다.

"걱정하지 마세요. 그들은 인제 이 근처에 없습니다."

"그런데 제가 여기 있는 걸 어떻게 아셨습니까?"

"그게 그래도 급하신가요? 훗훗. 그들이 예산에 나타났을 때부터 어떤 느낌이랄까? 뭐……."

여자는 처음과 달리 쑥스러워했다. 무슨 이유인지 한 치 빈틈없어 보였던 전의 모습이 아니었다.

"······그랬군요. 문광스님은요?"

민수는 여자의 모습에 화제를 얼른 돌렸다.

"······산에 그대로 계십니다."

민수는 순간 여자의 말을 쉽게 가늠하기 어려웠다. 애꾸눈과 싸움꾼이 했던 말이 떠올랐기 때문이었다. 하지만 그대로 계신다는 말의 의미를 더는 물을 수가 없었다. 그냥 그랬다. 뭔가 확인되는 것이 두려웠다고 해야 옳았다.

"그래요······."

민수는 자신의 입에서 무연히 나온 말이지만, 무슨 뜻인지 가늠할 수 있었다. 아무래도 문광에게 무슨 일이 있는 게 맞았다. 여자의 표정에선 느낄 수 없지만, 몸에서 뿜어져 나오는 미세한 기운은 그것을 느낄 수 있게 했다.

"네······. 저는 예산에 나타난 두 남자가 떠나고 곧바로 길을 나섰습니다. 늦었지만 이렇게라도 해야 할 것 같았습니다. 물론 상황은 이렇게 되었지만 말이에요. 여하튼 무사해서 다행입니다."

"뭐, 이렇게까지 신경을 써 주시니 몸 둘 바를 모르겠군요."

"선생님, 다시금 말씀드리는 거지만, 이제 그만 마음에서 부작란을 내려놓으세요."

"······."

"부작란은 없습니다. 선생님께서 꿈에서 본 난은 부작란이 아니라 선생님께서 만든 것에 불과해요. 외람되나 작품에 대한 욕심이 만들어 낸 허상일 수도 있습니다. 아니, 허상입니다."

여자는 문광의 말을 단언하듯 되풀이했다.

"작품요?"

민수는 갑자기 가슴 속으로 불이 확 하고 달려드는 것을 느꼈다. 문광과의 대화에선 깨닫지 못했던 것을 지금에야 깨달았다. 그랬다. 욕심이었다.

"어떤 경로로 그 작품을 접했든지 간에 그 작품을 처음 접했을 때, 이미 선생님의 마음에 작품이 각인된 것입니다. 선생님께서 의식하셨든 하지 않으셨든 그것은 문제가 아닙니다."

"그럴 수가. 그렇다면 가게 안에 먹 냄새가 진동할 때, 그때 난에 중독되었단 말이지요?"

"……아마도 그럴 겁니다."

"먹 냄새……."

조금 전까지 났던 그 먹 냄새와 작품에서 났던 냄새가 같음을 깨달았다. 묘하게 중독성이 있는 냄새였다.

"정신을 잃고 밤을 나면서 맡았던 냄새도 그때의 그 냄새였어요. 혹시……."

민수가 일어나려는 걸 여자가 제지했다. 하지만 민수는 누워있을 수 없었다. 힘을 내 일어나는 민수를 여자가 마지못해 도우며 천천히 말했다.

"그렇습니다. 저뿐 아니라 오랜 세월 추사 선생을 대대로 기리며 생가를 돌본 저희 가문은 어쩌면 특별한 가문이라고 해도 틀린 말이 아닐 겁니다. 만약 추사 선생의 혼이 저에게 임했다면……."

"추사 선생의 혼이 부인에게 머무른 탓에 추사 선생의 혼과도 같은 먹 냄새가 났다는 말입니까?"

"먹에 혼을 불어넣을 수 있는 분이니……. 혼이 제게 머물렀다면 아마도……."

"그럼……."

"부담 가지실 일은 없습니다. 저는 선생님의 움직임대로 따랐을 뿐입니다. 그게 저의 소임처럼 여겨진 것을 저도 어쩔 수 없었습니다."

"그렇다면 지난번에도……."

민수는 홍당무가 되었다. 몸 둘 바를 몰랐다. 이 상황을 빨리 갈무리하고 여자 낯을 피하고 싶었다.

"물론, 다른 의미도 있을 수 있겠지만, 제 생각으론 선생님께서 예산에 오신 것은 선생님 몸에 있는 추사를 향한 욕망이 예산에 있는 추사의 혼을 담은 저를 향하도록 한 것이라 사료됩니다."

"……제 몸 안에 있는 추사 선생을 향한 욕망을 말씀하시는 겁니까?"

"그 욕망이 무의식적으로 저를 향하도록 한 것입니다. 어쩌면 제가 이곳에 온 것도 그런 탓일 수도 있습니다. 다시 말씀드리면, 선생님께서 저를 이곳으로 이끈 것이지요."

여자는 단언했다. 여자는 추사의 난에 관해 깊이 알고 있는 게 맞았다.

"왜, 그 이야길 이제야 하시는 겁니까? 부인이 꿈에 두어 번 나타났던 걸로 기억됩니다만. 그런 이유가…… 죄송합니다."

민수는 누른 바닥을 내려다보며 시간이 흘러 상황이 정리되기만을 바랄 뿐이었다. 하지만 시간은 정지된 듯 멈춰 선 것 같았다.

"……무슨 말씀을요. 선생님께서 지금까지 존재하지도 않는 난을 찾았던 게 아니라 알고 보면 추사의 혼을 찾았던 것입니다. 이제 아셨으니 난을 찾는 일은 그만두시지요."

여자의 말은 당장 감성에서 매우 이성적인 판단을 요구하는 쪽으로 민수를 이끌어 주었다.

"추사의 혼을 가지신 부인을 취했으니 그래야겠지요……. 그렇지 않아도 부인이 하시는 말씀을 듣는 지금 이 순간 마음속 부작란에 대한 부담감이 사라진 듯합니다만."

낯 뜨거운 고백이지만, 그것은 사실이었다. 여자의 지극히 이성적 이끎은 민수 마음을 지배했던 부작란의 부담감이 이미 사라진 것을 깨닫게 해주었다.

"아마도 선생님께서 꿈을 꾸신다면 인제 난의 저주만은 없지 않을까 사료 됩니다."

"그럼 그것 말고 뭐가 또 남아 있는 건가요?"

"아닙니다. 시간이 지나 봐야 알 수 있는 일입니다."

여자의 표정이 시종일관 긴장한 듯 보였다. 부작란에 대한 부담은 사라진 듯했지만, 또 다른 뭔가가 도사리고 있다는 느낌을 여자의 표정에서 지울 수 없었다.

"그럼 전 이 길로 여길 떠나야 하겠습니다."

"어디로 말씀입니까?"

"예산에 가서 할 일이 있습니다."

"함께 갈 수는 없습니까?"

"지금은 때가 아닌 듯합니다. 그렇다고 멀리 있진 않을 겁니다."

결연한 여자의 이미지는 민수를 집어삼켰다. 순간 여자와 하나가 된 듯한 느낌이었다. 그러나 가시를 품은 행복이었다. 그 가시는 아마도 문광이 일 거였다.

"문광스님……."

제3장

찾
다

밀양에서의 마 위원

연일 의뢰가 들어오는 작품들은 마성주가 원하는 것과는 거리가 멀었다. 마성주는 교통과 접근성이 용이한 터미널 근처에 감정 출장소를 오픈했다. 난데없는 감정 출장소 개소는 동료들의 의구심을 샀다. 하지만 마성주는 아랑곳하지 않았다. 그에게는 오직 부작란의 행방이 무엇보다 중요했다. 마성주는 정기 행사 중엔 감정 출장소를 상시 개소한다는 대대적인 광고를 냈다. 그것은 혹여, 부작란이 돌아오길 바라는 연장선에 있었다.

때에 따라 약간의 수수료가 있지만, 거의 무료로 행사를 진행한다는 광고가 나가자 개소한 지 이삼일 만에 의뢰된 작품은 수백 점에 다다랐다. 문화제가 될 만한 작품이 적지 않다는 걸 새삼 알게 되는 기회였지만, 마성주의 관심은 다른 데 있어서 간간이 진귀한 작품이 나와도 마성주의 눈길을 끌지 못했다. 하지만 불로소득과 같은 감정가에 놀라 당장 매매 하겠다는 사람의 작품은 두말없이 사들였다. 물론 의뢰인들은 불로소득에 눈이 멀어 마성주의 장난질에 잘도 놀아났다. 하지만 장난질에 놀아난 걸 눈치채는 이는 아무도 없었다.

반면 연일 신문광고와 방송 광고에도 부작란은 쉽게 그 모습을 드러내지 않았다. 실속 없는 엉뚱한 작품만 들락거렸다. 삼복더위 속에서도 작품 의뢰는 끊이지 않았다. 감정은 혼자만 했기 때문에 며칠 되지 않았지만, 초주검이 되어 갔다. 마성주는 사흘째 되는 날 추사의 세한도 모작을 감정하면서 의뢰인에 물었다.

"어디서 난 작품입니까?"

"십 년 전 친구로부터 받은 겁니더. 그때, 사실 모작이라고 친구가 그랬심더."

"그런데 감정을 받으러 오셨어요?"

웃으며 말했지만, 이미 비아냥 투는 되돌릴 수 없었다.

"그래도 세한도 모작이라 얼메나 값시 나갈란지 궁금해서 갖고온 깁니더."

"감정가는 없습니다. 모작과 위작은 감정도 하지 않을뿐더러 감정 가 또한 0 원이 됩니다."

의뢰인의 눈빛은 이미 원망으로 변해 있었다.

"그래도 세월이 얼메나 지났습니꺼……."

"천 년이 지나도 똑같습니다."

순간 부작란은 천 년이 지난 뒤 그 금액이 얼마나 될까? 하는 생각 이 퍼뜩 들었다.

"추사 선생의 작품이 그렇게 좋으신가요?"

"그라머예. 진품 하나 있으믄 얼메나 좋겠습니꺼."

"돈은 있으시고요?"

마성주의 느닷없는 말에 나이 많은 의뢰인은 마성주를 물끄러미 바 라다보았다. 원망의 눈빛과는 사뭇 다른 느낌이었다.

"없습니더. 다만 바람일 뿐입니더. 그것도 안 됩니꺼?"

"오해하지는 마시고요……."

"벌써 오해가 되었심더. 돈도 없는 놈은 그런 꿈도 꿀 수 없다는 겁니꺼."

짐짓 의뢰인은 시비를 걸어왔다. 순간 피곤함이 마성주를 내리눌렀다.

"그런 이야기가 아니라고 했잖습니까!"

"늙은 놈 가슴에 대못을 박고 지랄하노……. 씨벌……."

마성주는 모작을 챙겨 투덜거리며 떠나가는 늙은이를 보면서 뒤통수에다 큰 비수 하나를 깊숙이 박고 싶다는 생각이 들었다. 다음 의뢰인은 도자기와 낡은 한지에 적힌 조그마한 글씨를 내놓았다. 마성주는 순간 전신으로 전기가 흐르는 듯한 느낌에 등골이 싸했다. 한눈에 봐도 눌인 조광진의 작품이 분명했다. 비록 낙관이 달리 찍힌 것이 이상했지만, 그것은 나중에 판단해 볼 일이었고, 당장은 눌인의 글이 분명했다. 눌인이 누군가 추사가 극찬한 서예가가 아닌가! 거기다 추사의 제자이기도 한 눌인의 작품이 손에 들어올 줄이야! 그렇다면 추사도 아주 가까이 있지 않을까!

"눌인 선생의 작품이 맞긴 합니다만, 낙관이 달리 찍혀있어 좀 더 세밀한 감정을 해봐야 할 것 같군요."

"감사합니더. 그란데 세밀하게 감정을 받을라믄 비용이나 절차는 어떻게 해야 합니꺼? 복잡합니꺼?"

"일단 저희에게 위탁을 하시면 무료로 감정을 해드리겠습니다."

"그란교! 그라믄 당장에라도 맡기겠심더."

마성주는 예상치 않게 눌인의 작품 하나가 자신 품으로 굴러들어온 것에 나름 기운이 났다.

"그런데 이 작품을 어떻게 소장하시게 됐습니까?"

"오래전 누님이 주고 간 겁니더. 몇 점 가지고 있어 하도 졸랐더니……."

"그렇군요. 그 누님은 어디 사시는지?"

"누님은 이미 저세상 사람임더."

"그러면 남은 작품은 어떻게 되었는지 아시는지요?"

"낸중에 동상들한테 나눠준 걸로 압니더. 오래전 이야기지예."

"네."

"참, 이 도자기는 친구한테서 한 오 년 전에 선물로 받은 겁니더."

"도자기는 그냥 예쁘게 장식용으로 두세요. 그냥 일반 도자기입니다."

"그렇습니꺼, 잘 알겠심더……."

의뢰인은 일어나려다 머뭇거렸다. 방금까지 없던 의뭉한 표정은 마성주의 촉각을 자극했다.

"무슨 하실 말씀이라도……."

"그런데 대원군……. 그라니까, 이하응 말임니더? 그분의 작품은 얼메나 갑니꺼?"

"……왜요? 아시는 게 있습니까? 다른 작품이라도 있는 건가요?"

"……아임니더. 그냥 한 번 여쭈어 본 깁니더."

"귀한 거죠. 진품이면 꽤 고가로 거래가 되겠지요."

마성주는 의뢰인의 표정에서 역력히 아쉬워하는 표정을 읽을 수 있었다. 무슨 내막이 있는 의뢰인이었다. 의뢰인의 표정이 마성주의 뇌리에 각인되었다.

오늘도 마성주가 원했던 추사의 난은 없었다. 무모한 짓이라는 생각도 해 보았지만, 이왕에 시작한 거라 결과물을 꼭 찾고 싶다는 욕망이 갈수록 피곤함과 비례해 달아올랐다. 지쳐갔지만, 부작란을 담고 있었던 한지의 여분에서 부작란이 진품임을 확인하는 순간이 한시도 머리를 떠나지 않고 머릿속을 배회했다. 마성주의 머릿속은 온통 부작란의 잔영으로만 꽉 들어차 있었다. 부작란이 그의 영혼을 뒤덮고 있다고 해도 틀린 말이 아니었다. 하기야 살인까지 스스럼없이 할 정도니…….

"위원님, 오늘 전화로 문의해 온 작품 몇 점이 있었습니다만, 특별한 것은 없습…… 아. 추사의 작품인지 기연가미연가해서 감정받고 싶은데, 무료로 하는 곳이라 공신력이 있을지 망설여진다는 말을 한 사람이 있긴 했습니다."

단기 고용한 젊은 여자 도우미의 말은 청천벽력과 같은 말이 아닐 수 없었다. 순간 피가 거꾸로 흐르는 것 같았다.

"특별한 겁니다! 그게 특별한 거라고요! 그래서요? 그래서요?"

갑자기 다그치는 마성주의 말에 젊은 여자의 눈이 휘둥그레져 말을 잃은 채 마성주를 쳐다만 볼 뿐이었다.

"벙어리예요? 어서 말해 봐요? 그래서 어떻게 되었느냐고요? 씨……."

격한 말이 나오려는 순간 젊은 여자는 그렇게 전화를 끊었다고 이야기했다.

"나한테 빨리 말을 하든지 아니면 잘 말해서 나오라고 해야 할 거 아닙니까? 내가 이야기했잖아요."

"아니요. 그런 말씀은 하시지 않았습니다."

"아, 씨……."

여자는 도대체 마 위원이 왜 이러는지 의아했다. 혼이 나간 표정으로 더는 말을 하지 못하고 죄인처럼 망연히 서 있을 뿐이었다. 마성주는 도우미에게 사전에 주지하지 못한 자신의 불찰에 가슴을 찢고 싶었다.

"알았어요! 물론 연락처도 남긴 것도 없죠?"

"네."

도우미를 믿고 녹음이 가능한 전화기를 사용하지 않은 일이 천추의 한이 되는 순간이었다. 사실 바쁘게 개소해서 시작한 일이라 세밀한 부분까지 신경 쓰지 못한 건 당연했다. 하지만 다른 건 몰라도 녹음 가능한 전화기는 반드시 준비했어야 했다.

마성주는 오래도록 잠들지 못하고 있었다. 아까부터 침대에 누워 천장을 바라보고 있었지만, 자신이 눈을 뜨고 있는지 감고 있는지 의식할 수 없었다. 눈에 들어오는 것은 아무것도 없었다. 머리는 터질 듯 뭔가로 꽉 찼다가 비었다가를 반복했고, 낮에 그 아쉬웠던 일이 감당할 수 없는 무게로 자신을 내리누르는 듯했다.

"아리송하다고! 추사 작품이면 그만이지, 뭐가 아리송해! 공신력? 공신력 같은 소리 하고 있네. 미친놈."

날이 바뀌었지만, 그자가 다시 전화를 걸어올지 아니면 그것으로 말지는 반반이었다. 하지만 그가 관심을 가졌다는 것에 일말의 기대를 걸 수밖에 없었다. 마성주는 그것이 부작란인지는 관심이 없었다. 당연히 부작란일 거라 확신하고 있었기 때문이었다. 다음날도 그다음

날도 부작란의 출현이나 전화 문의는 없었다. 마성주는 갈수록 애가 탔고, 목마름으로 견딜 수 없었다. 전화국은 그자의 전화번호를 알려 나……. 순간 모작 세한도 의뢰인과 다투었던 그날, 눌인의 작품을 위탁했던 그자의 표정이 느닷없이 떠올랐다.

"이하응의 작품을 알고 있다면 혹, 그와 연관된 뭔가가 있을지 몰라……."

마치 지푸라기를 잡는 심정이었다.

"이 작품이 이하응의 작품과 관계가 있는 겁니꺼? 그분이 누굽니꺼?"

감정을 하다 엉뚱하게 중얼거리는 마성주를 보고 목단을 감정받던 나이 든 여자가 마성주를 물끄러미 쳐다보며 말을 했다.

"아닙니다. 이건 일반인이 그린 그림입니다. 잘 소장하세요. 가져가세요."

마성주는 감정을 위해 기다리는 대기자들을 의식도 않고 젊은 도우미에게 다가가 눌인의 작품 의뢰인 전화번호를 찾아보라고 다그쳤다. 도우미가 의뢰서에서 전화번호를 찾자 마성주는 당장에 의뢰인에게 전화를 걸었다. 마성주의 분주한 행동에 여자의 표정은 어제와 다를 바 없었다.

"감정위원입니다. 먼젓번에 위탁하신 작품 때문에 한 가지 여쭐 일이 있어 전화를 드렸습니다. 이 작품의 진위에 중요한 단서가 될 일이니, 질문에 답을 좀 해 주서야겠습니다. 만약 진품이면 엄청난 감정가가 나올 것 같거든요."

"예! 엄청난 감정가요? 알겠심더. 일단 말씀해 보이소. 위원님예."

"이 작품을 누님께 받으셨다고 하셨죠?"

"예. 돌아가신 누님에게 받았심더. 틀림없심더."

"누님께서 다른 작품을 몇 점 소장하고 계셨다면서요?"

"예, 예. 그랬지예. 지가 알기로는 서너 점 정도 있었심더."

'그래! 있었겠지. 당연히…….'

"혹, 다른 작품을 보신 일이 있습니까? 잘 생각해 보세요."

"본 일은 없심더. 그란데 누구 작품이라는 건 들은 일은 있심더. 누님께서 형제끼리 다툴까 봐서 쉬쉬했던 탓에 잘은 알 수 없지만예, 얼핏 듣기론 대원군의 작품과 비슷한 작품이 있다고는 들었심더."

"혹, 추사 김정희 선생의 작품 이야기는 들어 본 일이 없습니까?"

"추사 김정희 선생님예?"

"네. 잘 생각해 보세요. 중요합니다."

"글쎄요. 그란데 지가 의뢰한 작품과 김정희 선생의 작품이 어떤 관계가 있는 겁니꺼?"

"……연대와 주변의 인물들을 알면 손님께서 의뢰하신 작품의 낙관을 확인하는데 훨씬 쉽기 때문입니다. 눌인 선생의 낙관이 있을 자리에 다른 사람의 낙관이 있어 그렇습니다."

마성주는 쉬지 않고 의뢰인이 알 수 없는 말을 해댔다. 마성주의 말을 들은 의뢰인은 보지 않아도 전화기 저편에서 머리를 쥐어짜고 있음을 마성주는 예상할 수 있었다.

"아무리 생각해도 모르겠심더. 죄송합니더. 나머지 작품은 작은 형님과 큰 형님이 나눠 가져갔을 끼고 작은 형님은 이 년 전 미국으로 가서 아들 부부와 살고 있고 큰 형님은 올해 돌아가셨지예. 혹 큰 형님이 갖고 계셨다면, 조카에게 물려줬을 낍니더. 사실 재산문제로 왕래가 없어 그것까지는 모르겠심더. 하도 오래된 일이라……."

"조카님은 좀 젊은 사람입니까?"

"그렇지예. 큰 놈과 작은 놈이 다 젊심더. 어떻게 그걸 위원님이 아십니꺼?"

"아, 조카라고 해서……. 그런데 조카님은 어디에 살고 있습니까?"

"물론 여 밀양에 살고 있지예. 둘 다 결혼을 했지만, 도회지로 안 나가고 그냥 여서 살고 있심더. 부모가 물려준 재산 때문에 그런가 봅니더. 땅이 좀 있지예."

마성주는 부작란이 춤을 추며 눈앞에 아른거리는 것 같았다. 부작란이었다. 물론 확인하지 않은 일이지만, 예감과 직감이 부작란임을 확신케 했다. 마성주는 이미 부작란에 미쳐 있었다.

"조카님이 사는 곳은 어딥니까?"

"그건 와 묻습니꺼?"

"감정하는데 도움이 될까 해서요. 혹, 연락처라도 있으면 부탁드립니다."

"그라지요 뭐. 잠시만요……."

마성주는 남은 의뢰품들을 대충 감정하고 일과를 다른 날보다 빨리 마무리한 뒤 건네받은 전화번호로 전화를 걸었다. 도우미는 한쪽에서 분주한 마성주를 물끄러미 쳐다보고 있었다.

"안녕하세요?"

"……."

"여긴 지역민을 위해 이번에 임시 오픈한 터미널 근처에 있는 작품 감정 사무실입니다."

"그런데요?"

전화기 속의 젊은이 목소리는 낭랑하고 매우 부드러웠지만, 경계하는 느낌도 들었다. 조금 경직된 것만 빼면, 마성주가 느끼기엔 천상의 소리가 있다면 아마 그와 같은 목소리일 거라 생각했다.

"혹, 귀댁에 소장하고 있으시면서 평소에 궁금한 점이 있는 작품들은 없나 해서요?"

"……있긴 합니다만. 당장은 안 하고 싶네예. 그런데 어떻게 알고 전화했습니꺼?"

"아니, 무작위로 전화를 걸고 있습니다. 다음 달엔 다른 곳으로 가야 해서 가기 전에 지역민들에게 조금이라도 혜택을 드리려고 하다 보니 전화를 드리게 되었네요."

"……권위는 아니, 공신력은 있는 곳입니꺼?"

'권위! 그때의 그 자가 분명한 걸까! 미친놈아! 당장에 와라! 권위는 무슨 얼어 죽을…….'

"당연하죠. 현장에 오시면 확인하실 수 있습니다."

"물려받은 추사 선생의 작품이 있긴 합니다만. 표구한 것을 가지고 다니기도 그렇고, 또 좀 특이한 작품인 것 같아 망설여지기도 해서……. 시간 되믄 아내랑 한 번 가보도록 하죠."

'미친놈아! 그대로 가만히 있어라, 조용히……. 내가 갈 거니까!'

마성주는 부리나케 제주도에 가 있는 두 사내를 불러들였다. 그리고 그날 밤 마성주는 부작란에 휘감겨 환각 속으로 빠져들었다. 마성주는 미쳐가고 있었다.

굴레의 끈

그동안 마성주에게서 들어왔던 자금이 하루아침에 끊길 판에 박상회는 연일 애가 달았다. 어쨌든 마성주와 연결된 고리가 끊어지는 것은 막아야 했다. 그렇다고 이번에도 마 위원이 하자는 대로 했다간 자신의 입지는 더 좁아질 수밖에 없었다. 이 바닥에서 살아남을 수 있는 것은 인지도인데, 수년간 마 위원 탓에 인지도가 고만고만했던 박상회는 이번 일을 두고 고심의 고심을 거듭할 수밖에 없었다.

박상회가 현장의 분위기를 알아봤지만, 마성주가 이야기한 것처럼 그렇게 심각한 상황은 아니었다. 다행히 전주에선 아직 작품을 내리지 않았지만, 만약 부작란을 내리게 된다면 마지막 전시장인 대전이 될 게 자명했다.

"도대체 무슨 꿍꿍이가 있길래……. 뭐든 자기 마음대로야!"

아무리 생각해도 이번엔 그냥 넘어갈 순 없었다. 그러려면 뭐라도 해야 했다.

"밀양 출장소에 뭔가가 있어. 다른 곳으로 옮기지 않는 것만 봐도 분명해. 본진은 벌써 전주로 옮겨 갔는데 밀양에 출장소라니……."

박상회는 사무실 창밖을 물끄러미 내다보며 혼자 중얼거렸다. 사무실 창틀 안으로 갖가지 난이 간극을 맞춰 놓여 있었다. 박상회는 창가로 다가가 난의 잎을 조심스레 쓰다듬었다. 촉촉한 춘난의 잎이 손바닥 안에서 놀았다. 옆으로 짙은 분홍의 입을 달고선 호접란의 자태가 오늘따라 이질적으로 보였다. 자신의 모습과 달라도 너무 다르다는 생각 탓인지 볼 때마다, 기분이 환해지는 날과는 달리 오늘따라 불편했다. 최근 들어 자신의 의기소침한 모습과 너무 비교되었다.

마성주에게 15년의 세월 동안 휘둘린 시간이 주마등처럼 머리와 가슴을 훑고 지나갔다. 일순 마음 한구석이 허망했다. 그런데도 과감히 끊지 못하고 그에게 빌붙어야 하는 처지가 여간 비참하고 초라하기 그지없었다.

"그래도, 끈은 놓을 순 없어."

박상회는 수화기를 들고 잠시 망설이다가 전화번호를 돌렸다.

"형사계 부탁합니다."

밀양으로 올라오는 두 사내는 지칠 대로 지쳐 있었다.

"이번엔 또 뭔 일이래. 씨벌."

"그러게, 더러워서."

"우리가 종이야! 이래라저래라! 씨벌놈."

"이러다 이번 거 도루묵 되는 거 아냐?"

"그럴 줄도 모르지. 그놈이 제주도에 나타날 거란 이야기도 자기가 직접 하고선 당장에 올라오라는 것을 보면 뭔가 있긴 해."

"그러면 그 새끼를 안 잡아도 된다는 이야긴가……. 그러면 끝난 거 아냐!"

"일단 가보자고. 아무리 그래도 그냥 입 싹 닦겠어. 그동안 한 게 어딘데."

"그 새끼 건으로 돈 못 주겠다면 물건이라도 돌려달라고 해야지 뭐."

"그게 문제지. 쉽게 응하겠어."

"허! 응하지 않으면 어쩔 거야! 목을 꽉 따 버려. 씨벌놈."

"구려도 여하튼 올라가서 그 새끼 이야기나 들어 보자고."

"하기야, 씨벌……. 우리 물건 어느 놈이 팔아주겠나! 그놈 말고
는……."

"그런데 그 새끼가 알고 있는 게 뭔지 알겠어?"

"모르지 나도."

"그 새끼가 부작란인지 뭔지 그 물건 때문에 지랄하는 걸 봐선 뭔가
대단한 물건인 건 확실해."

"이번에 우리가 중간에서 확 가로채 버릴까!"

"미쳤어? 그걸 말이라고 해. 중간에서 가로챈다고 해서 그걸 어디
다 팔겠어. 그리고 그 새끼 눈을 피할 수 있을 것 같아?"

"답답해서 그래. 답답해서……."

"여하튼 이번 일이 잘못된다 해도 우리 것만은 찾아야지."

"당연한 이야기를 하고 있어!"

그들의 마지막 발악이지만, 그들은 안다. 마성주를 떠나서는 아무
것도 할 수 없다는 것을……. 이들은 마성주의 범주 안에 머물며 모든
것을 체념할 수밖에 없다. 사실 지금껏 숱하게 마성주에게서 벗어나
려 했지만, 그때뿐이었다. 이번에도 마찬가지일 것은 자명했다. 왜냐
하면 그들 스스로가 그렇게 생각하고 있기 때문이며, 먹고 살기 위해
서는 어쩔 수 없는 게 가장 큰 이유이기 때문이다. 말은 그렇게 해도
단지 그들에게 남은 건, 마성주의 하해(河海)와 같은 선처만을 바랄뿐

이었다.

　덕수는 아침부터 조카 집 앞에 와 서성였다. 단번에 끊어 버린 전화
에 화가 났지만, 당장 자신이 의뢰해 둔 작품의 진위 때문에 어쩔 수
없었다. 큰 형이 죽었다는 이야기에도 찾지 않았던 탓에 낯이 간지러
웠지만, 덕수로서는 마 위원 말대로 대박을 터뜨릴 줄도 모를 일에 낯
간지럽다고 마냥 손을 놓고 있을 순 없었다. 망설이던 한참 만에 다행
히 대문 열리는 소리가 났다. 조카며느리였다. 덕수는 대문을 열고 나
오는 그녀에게 한걸음으로 다가섰다.

　"조카가 집에 있는 거 아네. 좀 들어가도 되것는가?"

　긍정도 부정도 하지 않는 조카며느리의 몸짓은 탐탁지 않다는 것을
말해 주었다. 하지만 덕수는 얼른 대문 안으로 들어가 현관으로 다가
갔다. 그때, 덕수 뒤로 대문 닫히는 소리가 났다. 장바구니를 든 것을
보아 장을 보러 가는 모양이었다. 덕수는 어쩐지 잠겨 있지 않은 현관
문을 열고 들어갔다. 거실 먼 쪽으로 조카가 소파에 앉아 현관문을 열
고 들어오는 덕수를 물끄러미 쳐다보고만 있었다.

　"넌 삼촌이 말을 하는데 전화를 그렇게 끊냐?"

　"왜요? 왜 오셨어요? 아버지 죽음보다 더 큰 일이 있나 보죠?"

　"그 야긴 고만 혀라. 그라고 아까도 말했다시피 하나 부탁하러 왔
어. 다른 게 아니고, 아버지한테서 물려받은 작품 있제?"

　덕수는 그렇게 말하며 거실을 휘둘러보았다. 달마 스님의 자수 액
자가 걸려 있을 뿐 어디에도 다른 작품은 보이지 않았다.

　"갑자기 그건 왜요?"

"글시, 있냐고?"

"없어요, 그런 거. 아버지가 어디 그런 걸 저에게 물려 줬겠어요. 그런 게 있었다면, 아버진 오래전에 벌써 팔아서 그 짓을 했겠죠."

"야! 말이 심하다 너! 그래도 너그 아버지 이 삼촌 형이다. 형! 니 아버지 말이다."

"……지금 와서 아버지 이야기로 속을 뒤집는 이유가 뭡니까?"

"진짜 없는 거냐? 숨기지 말고……."

"없다니까요. 왜 이러세요."

덕수는 당장에라도 방 이곳저곳을 확인해 보고 싶은 심정이었다.

"내가 가지고 있는 작품이 진짠지 아닌지 결정할 수 있는 건, 네 아버지가 가지고 있던 그걸 봐야 한다잖냐! 그래 사서 그란다."

"삼촌께서 전화번호를 알려 주셨군요?"

"전화 왔었냐? 뭐라고 하드냐? 그리고 넌 뭐라고 했고?"

이때 현관문이 열리고 경찰과 며느리가 들어오고 있었다. 덕수는 거실로 올라서며 느닷없는 일에 의아했지만, 조카의 얼굴을 바라보며 무슨 일인지 물었다.

"무슨 일이냐?"

덕수의 물음에 경찰이 응수했다.

"남의 가택에 침입했다는 신고가 들어 왔습니다. 두 분 중 누구십니까. 얼른 나오세요."

경찰의 말에 덕수는 순간 오금이 저렸고 기가 찼다.

"니가 불렀냐?"

"작품 그런 거 없고, 삼촌 다시 볼 일 없으니 우리 집에서 빨리 나가

주세요."

"이놈의 자슥이 지 삼촌한테……. 이게 뭔 짓이야!"

"조용히 사는 조카한테 이런 일로 다신 찾아오지 마세요."

"아저씨, 나오세요. 어서요!"

덕수는 조카보다 처음 보는 며느리가 더 얄밉고 기가 찼다. 찬찬하게 생겨 먹었던 아까 얼굴과는 영 딴판인 당돌한 얼굴에서 만만하지 않음을 느낄 수 있었다.

덜미 잡히다

"일단 교동의 일은 갔다 와서 하기로 하고 지금 빨리 대전으로 가서 지시한 대로 해요."

"정말 없애도 되는 겁니까?"

"장난쳐요. 그렇게 하라잖아요."

"알겠습니다. 처리하고 다시 연락드리죠."

"깔끔하게 없애야 합니다. 알았죠?"

"네, 알겠습니다. 그리고 말씀하신 대로 깨끗하게 처리하고 나면 이번 거 약속하신 대로 지키신다고 하셨습니다."

"아, 글쎄 알았다니까요."

둘은 대전으로 한걸음에 달려갔다.

마성주는 감정 사무실을 전주나 대전으로 옮기지 않고 있었다. 그 탓에 여러모로 의혹과 의구심을 지인과 동료에게 받고 있었다. 천하의 마성주라도 마음이 조급할 수밖에 없었다. 하지만 눈앞에 있는 부작란을 포기할 수는 없는 일이었다. 마성주는 조급한 나머지 덕수를 기다리지 못하고 무리수를 둬 전화국 직원을 거액으로 매수해 추사의 작품이 있다는 그 집의 주소를 알아냈다. 낮에 확인한 집은 교동의 어느 한적한 곳에 자리해 있었고 침입하기도 용이했다. 전주가 마지막 순회전이었다면, 대전으로 간 둘은 마성주 대신 오늘 부작란이 있는 집의 담을 넘어야 했다. 하지만 대전의 일도 급하긴 매한가지라 어쩔 수 없는 일이었다. 그런 탓에 조바심에 애가 타 견딜 수 없었던 마성주는 결국, 혼자서라도 그것을 확인하기 위해 밤을 틈타 담을 넘기로 마음먹었던 거다.

　작품을 가진 젊은이가 작품을 가지고 감정받으러 올지 안 올지 모르는 상황에서 시간만 허비하는 것 같아 결국, 무리수를 두기로 한 것이다. 멀리 희미하게 비추는 가로등의 불빛은 젊은이의 집을 오히려 외딴곳으로 옮겨다 놓은 것처럼 해 놓았다. 띄엄띄엄 자리한 집들의 창은 하나같이 불이 꺼져 모두가 잠든 것 같았다. 하지만 젊은이의 집엔 불이 켜진 것도 켜진 거지만, 창 가까이에서 안을 들여다볼 수 있는 구조였다. 마성주는 가슴이 불규칙하게 뛰기 시작했고 목이 탔다. 작품이 걸려 있다면, 보일 것이기에…….

　마성주는 휴대할 수 있는 간이 사다리를 들고 깜깜한 골목 깊숙이 들어갔다. 아무런 인기척이 없는 적막한 촌구석이었다. 개 한 마리 짖지 않았다. 되레 너무 조용한 탓에 작은 소리라도 난다면 곤란한 형국이기도 했다.

　"이러다가 무슨 소리라도 나면 안 되는데, 씨……."

　마성주는 짜증을 냈다.

　"이 동네는 개도 한 마리 없나! 씨, 하긴 이 집은 개가 있으면 안 되지."

　마성주는 긴장한 탓에 나오는 대로 중얼거리며 마음을 가라앉혔다. 적당한 크기의 간이 사다리는 담을 쉽게 넘을 수 있도록 해 주었다. 역시 개와 같은 짐승은 없었다. 마성주가 담을 넘자 검은 형체의 고양이로 보이는 짐승 한 마리가 계단을 이용해 옥상으로 달아나듯 빠르게 올라갔다. 섬뜩한 순간이었다. 마성주는 벽 가까이 바닥에 앉아 창을 통해 거실을 들여다보았다. 불만 켜진 채 아무도 없었다. 마성주는 안방쯤으로 보이는 곳을 향해 쪼그려 앉은 채 살금살금 다가갔다. 그리고 조심스럽게 몸을 일으켰다. 창문 커튼 사이로 새어 나오는 세로로 긴 가느다란 불빛은 마성주의 얼굴과 몸을 반으로 쪼갰다. 가슴이 일순 쿵쾅댔다. 커튼 틈으로 얼굴을 내밀며 한쪽 눈을 새어 나오는 불빛과 맞받았다. 마주 보이는 벽에 뭔가가 걸려있는 게 보였다. 순간 숨이 목구멍에서 '턱' 멈췄다. 추사의 혼이 살아 요동치고 있었다. 사다리 위의 또 한 사람도 몸을 떨었다.

민수는 조심스럽게 가게 안을 살폈다. 물론 제주로 갔을 두 사내가 언제 들이닥칠지 몰라 셔터를 내리고 있었다. 생각보다 난장판은 아니었다. 두 사내가 들어왔다면 난장판일 거라는 생각은 민수의 기우였다.

민수는 가게에 들어오기 전 자신이 돌아왔다는 걸 알릴 겸 해서 시장에 들렀다. 민수는 시장에서 사 온 음식을 테이블 위에 놓고 허겁지겁 허기진 배를 채우며 가게 안을 휘둘러보았다. 심증은 가지만 녀석들이 들어왔다는 결정적인 물증은 없었다. 사라진 종이 더미 쓰레기와 산산이 박살 난 전화기 그리고 침입한 흔적만으로 그들의 짓이라고 단정할 순 없었다. 입과 목을 타고 내려간 음식들은 허기를 밀어내고 있었다. 허기가 물러나자 졸음이 그 뒤를 이었다.

"누군가 전화기를 이용했다는 것인데…… . 이렇게 박살을 내놨으니…… ."

물 대신 들이켠 막걸리 속의 알코올은 급속히 몸속으로 흡수되어 나른했던 몸을 더 나른하게 했다. 골방의 침대로 간 민수는 느닷없이 저 멀리 예산의 여인이 떠오르는 것에 계면쩍은 쓴웃음을 지으며 침대에 그대로 몸을 던졌다.

　꿈은 여자로부터 시작된다. 아내를 사르던 불춤 속에서 여자가 나온다. 이미 아내는 없다. 딸아이도 없다. 단지 시퍼런 하늘과 강렬한 기운의 바람 그리고 여자만 있다. 여자가 난을 품었다. 난은 아내가 들고 있던 난이다. 먹 냄새가 천지에 진동한다. 민수는 기겁한다. 먹 냄새는 민수의 영혼까지 헤집는다. 욕정과 갈증에 목이 탄다. 여자는 계속 오른다. 전에 보았던 산이다. 아니다, 계곡이다. 아니다, 바위산이다. 바위가 가파르다. 여자가 날아서 바위를 탄다. 민수가 부르지만, 여자는 자꾸만 간다. 멀어지지만 가깝다. 여자의 얼굴이 확연하다. 고고함, 처연함 그리고 휘어지듯 가느다란 허리는 욕정을 더욱 부채질한다. 목이 마르다. 갈하다. 바람이 차다. 목이 시원타. 여자가 운다. 눈물은 없다. 하지만 몸은 습하다. 자지러지듯 민수가 웃는다. 해방감, 탈피 그리고 슬픔. 여자의 몸에 불이 인다. 활화산이다. 애절하지만 민수는 죄인이다. 산 아래로 물이 차오른다. 강도 바다도 아니다. 다만 물이다. 여자의 모습이 투명으로 변한다. 불꽃만 선연하다. 불이 사라진다. 여자도 없다. 난이 바위를 뚫었다. 난이 오롯하다. 난 주위로 불이 또다시 인다. 하지만 이내 불이 시들하다. 불은 애가 달았다. 난은 처연하다. 난이 민수를 바라다본다. 섬뜩하다.

아!

 땀으로 범벅된 민수는 망연함에 몸서리쳤다. 한동안 꾸지 않았던
꿈이 되살아나 영혼을 사르듯 해 민수는 망연자실했다. 여자의 말대
로 되지 않았다. 여전히 악몽을 꾼 것이다. 대신 아내가 아니고 이번
엔 여자였다. 자리에서 일어나 앉자 가게 안의 어둠이 눈 속으로 들어
왔다. 뚫려있는 유리창으로 먼 데서 날아든 가로등의 희미한 불빛만
이 유일한 빛이다. 불을 켜지 않으려 했지만, 왠지 삶의 막다른 골목
앞에 선 기분에 그냥 스위치를 올려 골방을 밝혔다. 불이 켜지면서 벽
에 걸린 전화기가 눈에 들어왔다. 웬 전화기……

 참! 전화기가 두 대. 방에 있는 것. 홀에 있는 것. 그제야 자신의 가
게 안에 전화기가 두 대임을 알았다. 민수는 본능적으로 전화기를 뽑
아 들었다. 그리고 혹시 남겨진 전화번호를 확인하기 시작했다. 낯선
전화번호가 맨 위에 올라 있었다. 02로 시작되는 기억에 없는 전화번
호였다. 아마도 누군가 골방에서 서울로 전화를 건 모양이었다. 그렇
다면 왜 홀의 전화기가 박살이 난 걸까? 번호 그대로 전화를 걸었다.

 "여보세요."
 "우현동의 마입니다."
 마성주는 전시장에 도난 사건이 있었고, 다행히 도난되기 전에 경
찰이 덮쳐 일단락되었다는 이야기를 전해 들었다. 늦은 시간이었지
만, 마성주는 대전으로 급히 내려갔다. 그들이 잡힌 것이다. 문제가
크기 전에 그들의 입을 막아야 했기 때문에 급했다.
 "도대체 이 새끼들은 제대로 하는 일이 없어. 씨벌……"

경찰서 인근 여관에서 난에 시달리며 잠을 자고 일어난 마성주는 서둘러 밖을 나왔다. 몇 시간 자지 못한 것도 그렇지만, 난에 시달린 탓에 머리가 멍멍했다. 난생처음 꾸는 꿈이지만, 악몽도 그런 악몽이 없었다. 물론, 부작란의 행방을 알아내 마음이 안절부절못했지만, 그렇다고 난이 꿈속에 나타나 그렇게 난리 칠 줄은 상상도 못 했다.

"역시 다르긴 달라."

경찰서 건물은 아침 햇살을 등에 업고 경찰서 마당에 그림자를 길게 드리운 채 출근하는 사람들을 맞고 있었다. 입구의 순경으로부터 안내를 받고 담당 형사를 만나기 위해 경찰서 2층 형사계로 올라갔다. 담당은 아직 출근 전이라고 했다. 경찰서는 안이나 밖이나 삭막한 느낌은 매한가지였다. 선입견일 테지만 삭막함은 피부로 와 닿는 듯했다. 얼마 안 있어 담당 형사가 까치머리를 하고 나타났다.

"전시장 책임자입니다."

형사는 부은 얼굴에 떼꾼한 눈으로 마성주를 바라다보다가 마성주의 말을 받았다.

"제보가 없었으면 큰일 날 뻔했습니다."

"아, 예. 감사합니다."

제보라니. 도대체 누가 제보를 했단 말인가!

"일단 형사사건이니 피해자와 합의를 해도 고가의 전시장을 그랬으니 처벌은 받아야 하는 사안인 듯합니다."

"물론입니다. 그런데 그 사람들이 합의하고자 하는가요?"

"듣기론 그런다고 합니다."

272

"그러면 물건도 잃어버리지 않았는데 합의를 하는 쪽으로 하죠. 뭐, 전시회 이미지도 있고."

형사는 쉽게 합의하겠다며 나서는 마성주를 의외라는 듯 슬쩍 쳐다보았다.

"그러시죠. 그러면 일단 좀 기다리시죠."

"네."

마성주는 애꾸눈과 싸움꾼을 안심시켰다. 여하튼 처벌은 받을 수밖에 없지만, 다행히 절도 건으로 한 번도 처벌받은 바 없어서 집행유예가 될 수 있도록 최대한 조치하겠다고 했다. 아울러 해결되고 나면 약속한 것뿐 아니라 거기다 더해 지불할 것을 약속했다. 마성주로서는 여하튼 녀석들의 입을 막아야 했다.

"그렇게 알고 있게. 잘못되면 너도나도 아무것도 없네. 다 같이 쪽박이야. 쪽박이라고……."

그들은 망연자실 마성주를 물끄러미 쳐다보았다.

"도대체 어떻게 알고……."

"그러게, 나도 그게 궁금해. 한 사람이 있긴 한데……."

최후

　마성주는 혼자서 원성을 듣더라도 자신이 직접 작품을 내려야 할 것 같았다. 도난으로 자연스럽게 마무리하려 했던 일이 처음부터 무리였다는 생각에 짜증이 났다. 그리고 이번 일에 결정적인 제보자가 누군지 심증은 갔지만, 지금으로선 어쩔 수 없었다.

　"상회 이 늙은 새끼……. 내가 모를 줄 알고! 넌, 나와 영영 끝이야!"

　마성주는 교동의 부작란을 입수하기 위해 또 다른 모의를 할 수밖에 없었다. 당장에 급한 마성주로서는 잡혀간 둘이 나올 때까지 기다릴 수 없었다. 사실 그들이 앞으로 어떻게 될지 알 수도 없었기 때문이었다. 더군다나 살아 날뛰는 난이 언제 흔적도 없이 사라져 버릴지 그것도 불안했다. 이렇게 실타래처럼 얽힌 마성주의 머리를 더 혼란케 하는 전화가 걸려왔다.

　"위원님, 문덕습니다. 지난번 위탁한 거 어떻게 되었습니꺼?"

　창고에 처박혀 있는 작품이 떠올랐다.

　"아, 그거요. 조금만 시간을 주십시오. 죄송합니다. 곧 연락을 드리죠."

　"곤란하시믄 그냥 돌려주이소. 요즘 위원님도 바쁘신 거 같네예."

　"믿고 기다리세요."

　마성주는 전화를 끊고 골치 아픈 일도 많은 탓에 그냥 돌려주지 않은 걸 후회했다. 한편, 덕수는 아무래도 마 위원이 이상했다. 뭔지 모를 제사 아닌, 젯밥에만 온통 신경이 가 있는 듯했다. 이러다가 위탁한 작품까지 잘못될 것 같았다. 당장에 찾아가 작품을 돌려달라고 해야 할 것 같았다. 마 위원과의 전화 통화로 오히려 절박함만 더했다.

마성주는 하루라도 빨리 부작란을 수중에 넣으려 고심하고 있었다. 그때, 전화가 걸려왔다. 도우미가 받으려 하는 걸 자신이 받았다.

"밀양 경찰섭니다."

"그런데요?"

"마성주 씨, 맞습니까?"

"네. 맞습니다. 제가 마성주입니다."

"조사할 게 있으니 좀 나와 주셔야겠습니다."

느닷없는 전화에 머리는 복잡했고, 가슴은 쿵쾅거렸다.

"무슨 일이시죠?"

"글쎄, 오늘 중으로 출두하시기 바랍니다. 자세한 건 경찰서에서 말씀드리겠습니다."

"알겠습니다."

덕수는 감정 사무실을 찾아 자기 작품을 돌려달라고 요구했다. 무료하게 앉아있던 젊은 도우미는 먼저 위원에게 보고해야 한다며 한사코 기다리라고만 했다. 덕수는 도우미의 말대로 사무실 한편에 앉아 기다리며 사무실을 둘러봤다. 하지만 감정사무실 어디에도 자신의 작품은 보이지 않았다. 표구된 작품이기 때문에 감정 사무실에 있으면 보일만도 했지만, 다른 몇 작품만 있고 자신의 작품은 없었다.

"아가씨, 위원님은 도대체 언제쯤 오시능교?"

"전화 받고 나가셨어요. 곧 오실 겁니다. 조금만 더 기다리세요."

"멀리 갔능교?"

"글쎄요. 그 말씀은 안 하시고 나가셨어요."

"그런데 내 작품 여기 있능교? 여는 안 보이는데?"

도우미는 부라린 덕수의 눈에 겁을 먹었는지 잠시 망설이는 듯했다. 그러다 혹여, 완력으로 사무실 이곳저곳을 뒤져 작품을 찾아낼 것 같았는지 사무실엔 없다고 거짓말을 했다.

"어데다가 다시 맡겼능교?"

"그건 저도 잘 모르겠습니다. 위원님께서 하시는 일이라서요."

덕수는 예사롭지 않은 불길한 예감에 가슴이 철렁했다. 거기다 대박 날 물건이 어디론가 떠돌고 있다는 생각에 순간 화가 불같이 일어 견딜 수가 없었다.

"잘들 합니더. 남의 작품 가져다 이리 돌리고, 저리 돌리고 그라고 모른다 해 쌌코……. 진짜로 마!"

"선생님, 그게 아니라 위원님이 오시면 곧 아시게 될 겁니다."

도우미는 덕수의 표정에 어쩔 줄 몰라 난감한 해 하며 덕수의 화를 가라앉히려 애를 썼지만, 소용없었다.

"잘들 하소. 다들!"

"경찰서에 가시는 것 같았어요."

"뭐라!"

마성주는 테이블을 사이에 두고 형사와 마주 앉았다. 자신의 직감에 자꾸만 현기증이 나려 했다.

276

"허민수라는 분 아십니까?"

"글쎄요. 기억이……."

"왜요? 그분은 선생님을 잘 아시던데."

취조였다. 분명 형사가 보여준 뉘앙스는 그랬다.

"아, 그분 압니다. 알아요. 이제야 생각나는군요."

"솔직하게 말씀해 주셔야 합니다."

"그런데 도대체 무슨 일이죠?"

"잠겨 있는 허민수 씨 가게에 누군가 침입해 전화를 걸었습니다."

"그런데요? 그게 저와 무슨 상관이 있다고……."

"그런데 수신지가 마 선생님 사무실입니다."

"네! 그럴 리가요."

"다 확인한 일입니다."

마성주는 애꾸눈과 싸움꾼이 일을 또 그릇 쳤다는 걸 알았다.

"혹시, 허민수 씨께서 저에게 전화하신 건 아닐까요?"

"그날 허민수 씨는 가게에 없었습니다. 한동안 집을 비웠어요. 허민수 씨가 집을 비우고 돌아온 걸 시장 사람들이 다 확인을 해주었기 때문에 허민수 씨는 아닙니다. 그리고 선생님 말씀처럼 그렇다 하더라도 허민수 씨가 선생님께 전화할 무슨 일이라도 있습니까?"

"글쎄요."

"잘 생각해 보세요? 선생님."

"……저는 전화 받은 일이 없습니다."

"선생님, 그것도 이미 확인했습니다. 무려 오 분을 통화하셨던데요."

"……."

"그리고 침입한 자들로 추정되는 그들에게서 허민수 씨가 직접 들었다는 이야기인데……. 자신들이 사람을 여럿 죽였다는 겁니다. 선생님은 모르시는 이야깁니까?"

"뭐요? 저는 모릅니다."

덕수는 한걸음에 경찰서로 달려왔다. 그리고 조사계는 2층이라는 말을 듣고 2층으로 올라 조사계 문을 열고 안으로 들어갔다. 한눈에 봐도 알 수 있는 뒷모습이었다. 그날 밤 남의 집 창문 아래서 벌벌 떨며 서 있던 그가 분명했다. 덕수가 천천히 그들 가까이 가자 형사가 넌지시 고개를 빼며 어떻게 왔느냐고 물었다.

"이 사람을 고소하려고 왔심더."

형사와 마 위원은 덕수를 물끄러미 쳐다보았다. 덕수는 마성주가 조카 집 담을 넘어 방안을 한참 들여다봤던 일, 버리고 간 사다리 그리고 자신의 작품을 돌려주지 않고 있다는 내용을 형사에게 일목요연하게 설명하고 경찰서를 나왔다.

"진작 말했서믄 이런 일도 없지. 사무실 창고에 처박아 두었다. 이 말이가?"

박상회는 지방에서 일어난 일이 어떻게 수습되고 있는지 궁금해 견딜 수 없었다. 신고했던 형사계로 전화를 걸어볼까 하다 혹여, 불똥이라도 튀면 안 될 일이어서 이러지도 저러지도 못하고 있는 그때, 전화가 걸려왔다.

"박상회 씨?"

"그렇습니다. 제가 박상회입니다만."

"마성주 씨 아십니까?"

"네. 그런데 어디시죠?"

"밀양의 김형식 형사과장입니다.

"그래서요?"

"마성주 씨가 전부 다 불었습니다."

"뭘요?"

"같은 위원회 소속이면서 시치미 떼는 겁니까? 다 아시면서요."

여자의 난

　꿈을 좇아 그렇게 달려왔건만 여자는 가고 없었다. 마당 한쪽 섶은 불로 반쯤 그을려 있었다. 무슨 일인가. 내려앉는 듯한 삶의 허무함……

　민수는 집안을 둘러보았다. 여자의 흔적은 없었다. 아이의 흔적도 그랬다. 그들은 사라졌다. 집안에서 느낄 수 있는 냉기가 그랬고, 저 멀리 잿빛 하늘의 얼굴도 그들의 부재를 말해 주었다. 그리고 어딘가에 배어있는 불 내음이 그랬다.

　멀찍이 엎드린 초가로 향했다. 쇠약해 보이는 노인이 잿빛 하늘 사이로 언뜻언뜻 들이친 뙤약볕을 찾아 마당에 널린 고추를 말리느라 다가오는 민수의 기척엔 관심이 없었다.

　"어르신?"

　민수의 말에 펼 허리도 없는 노인이 하늘을 올려다보며 사립문 앞에선 민수를 향해 말을 받았다.

　"뉘슈?"

　노인! 태곳적 모습이 이렇던가! 깊은 주름이 드리운 얼굴엔 눈도 입도 코도 없었다. 단지 전체적인 얼굴 윤곽만 있을 뿐이었다.

　"혹시, 저 위쪽 사람들 아십니까?"

　위쪽 사람이라는 말에 노인은 간신히 허리에 걸치고 있던 팔을 아

래로 툭 떨구며 긴 한숨을 길게 내쉬었다. 민수는 노인의 반응에 예감
이 사실임을 깨달았다.

"갔슈, 아레……."

"네?"

"뭔 일인지 원통히 그렇게 갔슈."

노인의 목소리가 일순 떨리며 걸걸했다. 민수 역시 얼어붙은 모습
으로 서 있었다.

"정말인가요?"

"……불에 그을려 간 겨. 아주매만."

"불에요?"

"아주매는 불에 갔고, 아는 이모라는 여자랑 갔슈. 젊은 여자가 뭔
한이 있어……. 선상님도 징하게 무심해유……."

선생이라면 추사 선생을 말하는 것이리라……. 여자가 가고 없다.
그것도 불에 타서……. 이게 도대체 말이 되는가! 왜!

"장례는 어떻게?"

"읍내에 있는 사람들이 와서 치렀슈. 여자 하나가 엄청 울어번졌지
유."

"잘 알겠습니다."

"근디, 어째 오셨슈?"

"아, 예. 아는 사람입니다만."

"……읍내 대나무집으로 가 봐유."

"대나무집엘요?"

여자는 꿈에서 본 그대로 갔나 보다.

민수는 여자와 올랐던, 꿈에서 그렇게 말려도 달아났던 그 산으로 들어갔다. 여전히 처음 찾았던 그때와 별반 달라진 게 없는 산이었다. 탁 트인 풀밭에 이르자 잠잠했던 바람이 서서히 불어왔다. 처음 그때는 어땠는지 기억이 나지 않았다. 아마도 이곳은 사람이 나타나면 언제나 이렇게 바람이 부는 모양이었다. 추사 선생이 뛰어놀았을 이곳 풀밭. 난초도 아닌 독초들이 즐비한 이곳. 이곳은 언제나 저주와 같은 바람이 그때나 지금이나 항상 기다렸다 불었으리라.

독초를 지나 비탈이 있는 곳으로 나아갔다. 민수가 떨어지기 전에 당도했을 그 자리에 이러자 오금이 저렸다. 고개를 들자 전에 없던 바위가 머리를 내밀고 저만치 모습을 드러내고 있었다. 그땐 없었던 바윗돌. 언뜻 꿈에서 본 바위산과 닮아있었다. 그래, 여자가 날고 날아서 올라선 곳이 저곳이리라. 저기서 나를 내려다보았지. 그리고 몸에 불을 지르고 그렇게 타올랐지. 그렇게 부르고 불러도 그렇게 가버린 여자가 섰던 곳. 언젠가 나 또한 가리라. 당신을 따라……

바윗돌은 산 중턱의 야트막한 언덕배기에 견고히 박혀 마치 산 옆구리를 짓누르듯 그렇게 자리를 잡고 있었다. 얼핏 눈에 들어온 것은 여자의 손에서 떨어져 바위에 뿌리를 내린 난이었다. 정말 바위에 뿌리를 내렸다. 고고함 그리고 처연함과 도도함이 흘러넘치는 난이었다. 여자는 이렇게 난을 두고 내 곁을 떠난 나 보다. 따스하게 손 한번 잡아 보지 못한 한은 어떻게 하고……

돌아온 난

민수는 표구점에 들어서는 남자를 단박에 알아보았다. 애써 남자를 찾지 않았지만, 막상 그 남자를 보자 호흡이 거칠어지고 전신으로 심한 경련이 일었다. 반면 남자는 낯선 세계의 사람처럼 아주 태연했다. 난의 저주를 안겨다 줘 짧은 시간에 천 년과 같은 세월을 살게 한 그가 다시 나타난 것이다. 그동안의 일이 주마등처럼 지나갔다.

"그때 그분 맞죠? 추사 선생님의 작품……."

"……아, 아시네예."

"또 다른 작품이라도?"

"그게 아니라 한 가지 여쭐 게 있어서 왔습니다."

남자는 들고 온 보자기를 작업대 위에 올려놓고 조심스럽게 보지기를 풀었다. 보자기를 풀자 유리에 뿌옇게 습기가 낀 액자 한 점이 누워 있었다. 그러나 민수는 단번에 알아보았다. 부작란이 습기 밑으로 누워 있었다. 가슴이 뛰고 피가 거꾸로 흐르는 것 같았다. 내심 보고 싶지 않았던 난을 이렇게 다시 보게 된 것이다.

"표구를 잘못하신 겁니꺼? 습기가 왜 이렇게 끼는지 모르겠습니더."

남자의 말속엔 원망과 의구심이 들어있었다. 물론 민수도 처음 겪는 일이라 당황하지 않을 수 없었다. 그것도 추사 선생의 작품이 아닌가! 배접의 악몽이 순간 살아나는 것 같았다.

"글쎄요. 이런 일은 없는데……."

"처음 며칠은 괜찮았습니더. 그런데 시간이 가면서 계속 심해지더라고예."

"그래요?"

"표구를 다시 하든지 해야 할 것 같습니더. 이러다 작품에 곰팡이라도 선다면 낭패가 아닙니꺼."

"물론입니다. 당연히 그렇게 해야지요."

민수는 그때의 악몽이 되살아나 망연자실할 수밖에 없었다. 충분히 말리지 않고 정말이지 액자와 작품을 분리하는 게 맞는 건가?

남자 고객이 돌아가고 민수는 표구된 부작란을 앞에 놓고 소파에 몸을 깊게 묻은 채 한참을 들여다보았다. 인제는 뿌연 습기 밑으로 누르게 뜬 부작란이 한없이 가련해 보였다. 고고함도, 도도함도, 처연함도 없는. 그냥 종이에 습작으로 아무렇게나 그려진 그런 난으로 보였기 때문이었다. 그러나 답답함만은 더해 가는 느낌이었다. 민수는 한참을 그렇게 보고 있다가 불현듯 자리에서 일어나 액자를 작업대 위에 놓고 액자를 해체하기 시작했다. 해체하는 민수의 팔이 아니, 몸이 떨렸다. 난의 저주가 다시 생각났기 때문이었다. 순간 아내에게 미안한 맘이 불같이 일었다. 물론 자의는 아니었지만, 불쌍한 아내를 난에 끌어다 넣은 장본인이 자신임을 새삼 깨달았기 때문이었다. 물론 인제는 악몽을 꾸지 않았다. 아내도 딸아이도 여인도 난도 볼 수 없었다. 하지만 그때의 저주가 뇌리에 남아 있었는지 순간 몸이 경직되었다. 액자 해체는 간단했다. 액자를 벗어난 난이 깊은숨을 몰아쉬듯 습한 냄새를 뿜어냈다. 전과 같은 먹 냄새는 나지 않았다. 민수는 그것만으로도 다행이라 생각했다. 유리 표면에는 적지 않은 습기가 맺혀 있었다. 여차했다면 추사 선생의 작품에 곰팡이가 슬 뻔했던 것이다. 민수는 처음 작품을 만들 때와 지금 작품을 대하는 자기 모습이 확연히 달라 있다는 것을 알았다.

"먹 냄새가 문제였나……."

먹 냄새가 사라지고 난 작품은 혼이 다 빠져나가 버린 듯한 느낌을 주었다.

"혼이 지쳐 다 빠져나가 버린 모양일세……."

민수는 꼼꼼히 살폈다. 다른 이상은 없었다. 당장은 건조하는 과정에서 너무 서두른 것이 아닌가 하는 생각이 들 뿐이었다. 건조하기 위해 한쪽으로 물려 놓은 액자틀 속 부작란은 작업대 위쪽 선반에 올려놓은 예산 바위산에서 캐온 금화산과 묘한 분위기를 자아냈다. 보면 볼수록 둘은 어딘가 모르게 닮아 있었고 전부터 하나였다는 느낌이 들었다.

"추사는 이 난을 떠올리며 난을 친 거야……."

그런데 이상한 건 신기하게도 부작란이 말라가듯 선반 위의 금화산도 말라갔다. 공기도 물도 온도도 문제가 아닌 것 같은데 그렇게 부작란을 따라 말라 가고 있었다. 사흘 후 민수는 작품에 변화가 일어나는 걸 알았다. 먹 냄새가 서서히 나기 시작했던 것이다. 시간이 흐르면서 그 먹 냄새는 진해져 가기 시작했다. 그와 같이 금화산도 생기를 되찾고 있었다.

민수는 부작란을 얼른 조립했다. 먹 냄새의 악몽이 떠올랐기 때문이었다. 부작란이 액자에 들어가자 일순 먹 냄새가 멈추었다. 하지만 또 다른 반응이 일어나기 시작했다. 유리에 습기가 서리기 시작했던 것이다. 민수는 작품이 영험함을 새삼 알게 되었다. 민수는 남자 고객에게 전화했다.

"표구점입니다. 얼른 와 보세요."

영문도 모를 채 허겁지겁 달려온 남자는 자신이 맡긴 액자를 가만 들여다보았다. 그리고 그동안의 현상과 똑같은 현상에 의아해했다.

"난이 꼭 숨을 쉬고 있는 것 같습니더. 사장님."

"이 작품은 아무나 소장할 수 있는 게 아닌 것 같습니다."

"그러면 어떻게 하지예?"

"글쎄요. 그건 손님께서 알아서……."

민수의 이야기를 들은 남자는 뭔가 망설이는 듯했다. 그러다가 민수의 시선을 의식했는지 입을 열었다.

"사실 이 작품이 벽에 걸리는 그날부터 아내가 서서히 아프기 시작했습니더. 혹, 이 작품과 관련이 있지 않을까 하는 의구심이 들었지만, 설마 설마 했는데예 사장님 말씀을 듣고 보니 이 작품은 아무나 소장할 수 있는 게 아닌가 봅니더."

"……."

"그라믄 사장님께 부탁할게예."

"무슨 부탁을요?"

"일단 이 작품을 여기 화랑에 걸어두시면 안 되겠습니꺼."

"여기다가요?"

민수는 남자의 말에 깜짝 놀랐다.

"왜요, 안 됩니꺼?"

"그건 아니지만, 저도 저 작품이 그리 달갑지 않군요."

"그렇다고 저토록 귀한 것을 아무한테나 팔 수도 버릴 수도 어떻게 할 수도 없지 않습니꺼. 당장에 말입니더."

"……그렇지요. 국가 보물이 될 수도 있는 것인데요."

"그렇다면 사장님, 사장님께서 알아서 처분해 주이소. 작품을 찾던 관계자들도 있던데요. 저는 저 작품을 다시 집으로 가져갈 순 없습니더. 대대로 내려온 귀한 유품도 유품이지만, 당장에 아내가 힘들어해서 안 되겠습니더. 저에겐 아내가 더 소중합니더."

"알아서 임의로 처리해도 되겠습니까?"

"네, 그래 주이소. 이 계통엔 사장님이 더 잘 아실 거 아닙니꺼. 사실 저 유품을 가지고 계셨던 고모님께서 들려주신 이야기가 있었습니더. 일찍 남편을 여읜 고모님이 시어머니께 물려받은 거라고 하셨지예. 그리고 물려받은 유품 때문에 많은 사람의 암투가 있었고, 그 때문에 죽었던 사람들도 많았다고 하셨지예. 어쩌면 아무나 가질 수 없는 것을 동생에게 물려 주셨고 이후 제가 소장하게 된 것입니더. 지금 생각해 보니 저에겐 벅찬 작품이었던가 봅니더."

"……정 그렇다면 여기 양도서를 써 주세요."

남자는 민수가 주문서 한 장을 찢어 내민 종이에 자필로 양도서를 썼다. 아내에게 사랑한다는 말, 소중하다는 말 한마디 하지 못한 민수는 남자가 돌아가고 난 후 아내 생각으로 마음이 울적했다.

"무엇이 귀중한지 아는 남자야. 여보 잘 가! 그리고 은혜도……."

민수는 액자를 다시 해체했다. 그리고 사람들 눈에 띄지 않는 구석진 곳에 걸어 놓았다. 하지만 문화재급인 작품을 이런 곳에 묵혀둔 부담에 하루하루가 고달팠다. 거기다 하루가 멀다고 진하게 펴져 오는 먹 냄새로 또다시 긴장하지 않을 수 없었다. 그렇다고 난의 주인이 자신에게 양도, 위임한 거여서 당장에 처분한다는 것은 뭔가 맞지 않았다. 이 일을 어쩐다.

　여자의 난을 불이 태우려 했다. 왜 태우려고 했을까! 물론 태우지 못하고 말았지만……. 민수는 난을 뚫어지게 쳐다보았다. 난을 태워야 한다는 절박함이 어떤 깨달음 같이 가슴속으로 밀려들었다. 민수는 당장에 밖에다 금화산을 옮겼다. 몇 날을 가게 앞에서도 말리고 집에 와서도 말려 결국 죽게 했다. 불을 붙인다면 잘 탈것 같았다. 여자를 태웠던 불이 하지 못했던 걸 인제 민수의 손으로 난을 태울 순간이 된 것이다. 가게 앞에 깡통을 놓고 바싹 마른 난을 그 안에 넣었다. 그리고 기름을 붓고 불을 붙였다. 불은 순식간에 타올랐다. 난은 잿빛을 남기고 금방 사라졌다. 일순 몸 안에 막혔던 혈이 터지는 느낌에 아찔했다. 소파로 돌아온 민수는 현기증에 소파 깊이 몸을 묻었다. 눈을 감았다. 얼마나 그렇게 있었을까? 가게 안에 먹 냄새가 사라지고 있었다. 민수는 자리에서 벌떡 일어나 부작란이 있는 곳으로 나아갔다.

終

　아이가 왔다. 이모라는 사람과 왔다. 이모는 여자와 닮아 있었다. 아이만 남고 이모는 갔다. 아이가 손을 내밀고 하얀 봉투를 내밀었다. 봉투 안에는 여자가 남긴 글이 적혀 있었다. 민수에게 남기는 글이라고 쓰였다. 아이를 남긴다는 말을 서두로 자신이 떠날 수밖에 없었던 이유를 밝히고 있었다. 난의 저주에서 민수가 완전히 놓일 수 있는 길은 그 길밖에 없었다고 했다. 민수에겐 자신은 난이었고, 그리고 그 난을 민수가 소유함으로 또 다른 고뇌의 삶을 살 수 있기에 그렇게 간다고 했다. 난의 실체가 없듯 자신도 그렇게 간다고 했다. 영영 간다고 했다. 탐욕도 성냄도 벗어놓고 물같이 바람같이 그렇게 살다가 간다 했다.

　난은 없다. 사라지고 없다. 대신 내 혼 속에 아니, 우리의 혼 속에 들어와 있다. 선생의 혼은 자유로워지고 싶어 했다. 마음을 그렸는데 그 마음을 가두려 했으니 얼마나 갑갑해하셨을까!

이제 훨훨 날아서 어디론가 날아가소서.
높이 멀리 날아가소서.
광명한 세상천지 어디든 못 가시겠소.

가시다가 기진해서 쉴 곳이 필요하면,
아무 데나 자리해서 절절한 난이라도 시원히 치신다면 될 일 아니겠소.

아! 선생.
가슴 가득 절절한 피맺힌 한을 토해
산수 강산 아무 데나 뿌려놓고
물같이 바람같이 그렇게 떠나가소서.

꿈을 꾼다.
청아한 하늘은 시리도록 아프다.
난도, 아내도, 여자도, 딸아이도 아무도 없다.
잘 말려진 한지 한 장만이 눈앞 가득하다.
하지만 아무것도 어떤 것도 그리지 않는다.
다만 마음만 그릴 뿐이다.
그래야 온전히 살 수 있겠다.
무엇인가 그리는 순간 나는 죽겠다.
아니, 모두가 죽겠다.
어리석은 일은 여기서 그만. 하얀 한지는 나를 올려다보며 웃고 있다.
청아한 하늘에 새 한 마리 날아간다.
새는 혼이다. 추사다. 그리고 나다. 우리다.
잡으려 하지 마라.
바람같이 살다가 가려 하네…….
2023. 5. 31.

난의 혼 추사의 얼

초판 1쇄 인쇄 2023년 11월 10일
초판 1쇄 발행 2023년 11월 20일
지은이 전흥웅

펴낸이 김양수
편집디자인 안은숙
교정 김현비

펴낸곳 도서출판 맑은샘
출판등록 제2012-000035
주소 경기도 고양시 일산서구 중앙로 1456(주엽동) 서현프라자 604호
전화 031) 906-5006
팩스 031) 906-5079
홈페이지 www.booksam.kr
블로그 http://blog.naver.com/okbook1234
포스트 http://naver.me/GOjsbqes
이메일 okbook1234@naver.com

ISBN 979-11-5778-622-0 (03800)